문예신서
274

알퐁스 도데의 문학과 프로방스 문화

이종민 지음

東 文 選

알퐁스 도데의 문학과 프로방스 문화

차 례

■ 문학 여행을 떠나면서

■ 프로방스의 문화와 전통

알퐁스 도데를 읽기 전에

　인간의 현실에 관한 묘사와 그에 대한 감동이 예술이 추구하는 중요한 요소들 중의 하나라면 알퐁스 도데의 문학이야말로 그와 같은 가정을 충족시키기에 가장 적합한 모델이라 할 수 있을 것이다. 그는 고요하고 아름다운 글 속에 날카로운 풍자를 지니면서 풍부한 휴머니티를 그려내고 있을 뿐만 아니라, 무수한 환상과 추억을 서정적 이야기에 담아 독자로 하여금 마음속 깊이 스며드는 정취를 느끼도록 해준다.

　남부 프랑스의 아름다운 지방 프로방스의 짙푸른 자연 속에서 뛰놀며 성장하던 어린 시절과 고뇌와 방황의 젊은 시절, 그리고 만년의 삶이 반영된 알퐁스 도데의 문학 세계는 항상 풍부한 서정과 생동감으로 가득 차 있다. 그리하여 알퐁스 도데라는 이름을 떠올릴 때마다 프로방스의 향기로운 대기와 북소리를 연상하지 않을 수 없으며, 그가 그토록 사랑했던 풍차간이 우리 앞에 그림처럼 펼쳐지고 있음을 보게 되는 것이다.

　무릇 뛰어난 명작들이 작가 자신의 경험을 토대로 한 자전적 요소를 담고 있듯이 도데의 《풍차간의 편지》와 《월요 이야기》, 그리고

《꼬마 철학자》 역시 그의 삶의 경험과 추억에 결부되어 있는 자전적 이야기들이다. 각각의 단편들이 하나의 완전한 작품이 될 수 있고, 그 단편들 전체가 하나의 맥을 이루어 내는 알퐁스 도데 특유의 이 연작소설들이, 구성이나 전개 혹은 표현에 있어서 다른 자연주의 작가들보다 더욱더 친숙한 느낌과 짙은 호소력을 우리에게 전해 주고 있는 이유는 바로 픽션의 형태하에 감추어진 자전적 요소 때문일 것이다. 어릴 때부터 남다른 감수성을 지니고 있던 그의 눈과 가슴에 비친 고향의 아름다운 자연과 인간들의 모습, 그리고 정겨운 이야기들이 프랑스의 자연주의 문학을 꽃피우게 한 알퐁스 도데를 만들었던 것이다.

매일매일을 살아가는 인간들의 적나라한 모습과 비천한 존재들에 대해 많은 관심과 사랑을 지녔던 알퐁스 도데는, 시정(詩情)에 넘치는 특유한 문체로 당시 유행하던 비관주의와 냉철한 과학적 방법에서 벗어나 행복과 선의를 작품에서 구현하려 노력했다. 냉혹한 과학적 태도가 압도하고 있었던 당시의 사실주의와 자연주의의 한복판에서 알퐁스 도데 역시 자신의 동료들의 영향에서 완전히 벗어날 수는 없었다. 주제의 선택, 작업 방식, 그리고 문체에 있어서 그는 플로베르의 제자이자 졸라와 공쿠르 형제의 친구로 간주되지만, 그럼에도 그들의 문학적 형식이나 이론에 거의 관심을 두지 않았다. 그 역시 동료들처럼 예리한 관찰력[1]을 지녔으면서도 현실을 있는 대로 바라보는 데 만족하지 않고 낭만적인 시정을 작품 속에 불어넣을 줄 알았다. 그는 졸라와 더불어 자연주의 문학의 대표로 간주되고 있으나, 졸라처럼 과학적이고 치밀한 묘사에 집착하는 것이 아니라 오히려 주변 환경이 그에게 야기시킨 모든 종류의 인상과 감각을 모을 뿐이다. 에두아르 메이니알은 작가로서의 알퐁스 도데의 진정한 가치를 다음과 같이 적고 있다. "프랑스 소설에 있어서 가장 특수한 인물들 중의 한 사람인 알퐁스 도데의 경우, 그는 자신이 살아오면서 체험하고 주목했던 사소한 일화에 대한 취향 말고는 거의 자연주의를 받아들이지 않았다."[2] 도데 자신의 표현을 인용하자면 그는 '느끼는 기계(machine à sentir)'였던 셈이다.[3] 객관적으로 현실을 제시하는 척하기보다는 재치 있는 아이러니로써 혹은 공감이나 감동으로써 현실을 관찰하였다. 그리하여 비참한 광경에 대한 묘사에 있어서도 그의 염세주의는 정감이 넘쳐흐르는 일종의 미소로 승화된다. 그런 자기 자신을 그는 '행복을 파는 상인(marchand de bonheur)'이라고 부른다.[4]

우리는 알퐁스 도데의 작품을 통해서 그의 문체의 매력에서뿐만 아니라 단편의 배경과 등장인물들의 심리분석, 그리고 모험담의 다

---

1) 알퐁스 도데는 자신의 작업 방식에 대해 다음과 같이 언급하고 있다. "자연에 따라서! 이 작업 방법 외의 다른 방법은 없다. 마치 화가들이 실루엣과 태도 · 단축법 그리고 팔의 움직임 등이 생생히 기록된 크로키 앨범을 간직하고 있듯이, 나는 30여 년 전부터 수많은 노트들을 모아 오고 있다. 그 노트들 속에는 주변 환경이나 사람들에 대한 요점이 자세하게, 때로는 단 한줄로 빽빽하게 적혀 있는데……." 《Trente Ans de Paris; Fromont jeune et Risler Aîné》, Paris, C. Marpon et E. Flammarion, 1889, pp.300-301.

2) MAYNIAL Edouard, 《Anthologie des romanciers du dix-neuvième siècle》, Paris, Hachette, 1929, p.163.

3) 도데는 sensibilité에 관한 자신의 타고난 능력에 대해 다음과 같이 피력한 바 있다. "특히 어린 시절, 나는 느낀다는 것에 있어서 얼마나 탁월한 능력을 지니고 있었던가! 수많은 세월이 흘렀지만 내가 별로 가보지 않은 님의 몇몇 거리들에서 풍겨 나오던 식료품의 냄새를 기억한다……. 그 거리들에 대한 인상과 느낌이 수많은 내 작품에서 강도 높게 표현되고 있다." 《Notes sur la vie》, Paris, Charpentier, 1899, p.129.

양한 인상 속에서 프랑스를 재발견한다. 그리고 프랑스 문학사에서 알퐁스 도데가 차지하고 있던 위상에 대해 조금도 의심치 않는다. 왜냐하면 작가의 자질에 있어서나 그가 동시대인들에게 끼쳤던 영향, 그리고 후손들의 증언을 통해 그의 작품의 중요성이 충분히 인식되고 있기 때문이다. 본 연구 속에서 우리가 전념코자 하는 것은, 그의 작품이 당시 사회상에 대한 다큐멘터리로 여겨지는 의미를 찾아보는 것이다. 알퐁스 도데에 의하면 소설은 역사이다. 그는 심지어 역사를 통해 사회를 밝히고 그것을 정당화시키기까지 한다. 그에게 있어서 소설은 사회와 풍습을 반영하면서 역사의 한 형태를 이룬다. 그러므로 한 국민의 민족 정신과 그 민족의 고유한 성격, 영혼 그 자체와 그 민족이 선호하는 작가들 사이에서 어떤 공통점과 조화로운 적응을 발견하게 되는 것은 전혀 잘못된 일이 아니다. 바로 거기에서부터 조급한 일반화와 숨가쁜, 그러나 자연스럽고도 상대적으로 정당화된 의견들이 나오게 되는 것이다.

그의 모든 작품은 자신의 작품 속에 프랑스 사회의 그림을 제공했던 화가로서 알퐁스 도데를 간주하는 것이 가능하도록 꾸며져 있다. 유년 시절부터 알퐁스 도데는 자기 자신을 학습의 대상으로 삼아 자신을 뒤돌아보고 세밀하게 자신과 주위 환경에 대해 관찰하였

---

4) DAUDET Léon, 《Alphonse Daudet》, Paris, Charpentier Fasquelle, 1898, p.89. 귀스타브 투두즈는 알퐁스 도데의 '행복을 파는 상인'이라는 표현의 의미를 이렇게 기술하고 있다. "알퐁스 도데에게 있어서 자선가는 불행한 사람이나 불쌍한 사람에게 봉사하고 육체적으로 고통을 완화시켜 줄 뿐만 아니라 정신적으로 즐거움과 기쁨을 가져다 줌으로써 그를 돕고, 뜨거운 마음으로 그에게 용기를 북돋아 주는 사람이다." 《Pages choisies de Grands Ecrivains, A. Daudet》, Paris, Armand Colin, 1909, p.26.

다. 이 연구는 전 생애에 걸쳐 이뤄졌으며, 그리하여 그가 제시하고 있는 것은 자전적 줄거리의 차원을 넘어서서 자신의 행위와 경험, 그리고 그 자신의 전체로써 사회의 모습을 꿰뚫어 보는 데 도달했던 것이다. 이러한 그의 통찰력은 어느 한 작품에만 국한되어 있는 것이 아니라 전체의 작품 속에서 일관된 하나의 흐름을 형성하고 있다. 따라서 "알퐁스 도데는 사회의 맥을 짚었다"[5]라고 랑송은 언급하기에 이르렀다. 그리고 에밀 파게는 알퐁스 도데의 작품들이 제2제정 말기와 제3공화정 초기의 프랑스 사회와 풍습에 관계되는 기록으로 참조되어야 한다고 주장한다.[6] 따라서 그의 생애의 여러 단계는 사실상 세계의 모든 것을 인식하고, 모든 곳을 질주할 수 있도록 그를 도와 주었다. 알퐁스 도데 자신의 고백에 따라서,[7] 그리고 일반적인 견해로서 자신이 살았던 사회로부터 가장 폭넓고 다양하며 충실한 이미지를 추출했으며, 사회상을 가장 훌륭하게 그려낸 화가였다는 사실에는 의심할 여지가 없다. 그렇다면 소설가로서 자신이 설정했던 테두리 속에서 그는 성공을 거두었을까? 그리고 사용했던 방법들이 그가 도달하고자 했던 목표에 어울렸을까? 이러한 문제 제기는 본 문학 여행을 위해 대단히 유익할 것이다. 왜냐하면 도데는 역사학자도 사회학자도 아닌 소설가였으며, 프랑스 사회 전

---

5) LANSON Gustave, 《Histoire de la littérature française》, Paris, Hachette, 1912, p.1083.

6) FAGUET Emile, 《Dix-Neuvième Siècle》, Paris, Boivin, 1890, p.72.

7) 알퐁스 도데는 언젠가 자신의 아들 레옹에게 현대 소설가의 역할에 대해 다음과 같이 피력한 바 있다. "현대에 있어서 소설가의 역할은 역사적인 존재가 되어야 한다. 역사적이 되어야 하는 이유는 한 시대 속에서 살면서 소설가는 그 시대의 정신적 경향과 그 시대의 성격에 젖어 있기 때문이다." DAUDET Léon, 《Alphonse Daudet》, Paris, Charpentier, 1898, p.276.

체를·묘사한 것이 아니라 다만 직접적이거나 간접적인 경험이 자신에게 알려 주었던 사실만을 묘사했기 때문이다.

  알퐁스 도데는 당시의 프랑스 사회를 묘사하는 데 있어서 다른 어떤 작가들보다도 북부 지방과 남부 지방을 잘 융합시킬 줄 알았다. 허풍스럽고도 익살스럽고 유쾌한 파리의 일상과 역시 허풍스럽고도 공상적이며 완전히 관능적인 프랑스 남부 지방의 풍경을 동시에 작품 속에 요약시킬 줄 알았던 작가를 찾기란 아마도 대단히 어려운 일일 것이다. 이러한 이중적 성격의 덕택으로 알퐁스 도데는 동시대의 작가들 가운데 가장 독특한 작가로 취급되어진다.

  그러나 북부 지방과 남부 지방의 적절한 융합에도 불구하고 파리 지역의 사회상과 풍습에 관한 작품이 성공을 거두었고, 어린 시절 고향을 떠난 후 자신의 고향과 항상 일정한 거리를 유지했으며, 거의 전 생애를 파리에서 보냈고, 사실상 파리를 사랑했다는 사실 때문에, 작품의 독창성에 있어서 프로방스적인 요소들의 보다 중요한 우월성이 파리의 그것보다 상대적으로 덜 인식되어진 것이 사실이다. 따라서 본 문학 여행 속에서는 그의 작품의 상세한 검토를 통해서, 그리고 그의 작품에 관한 모든 자료를 통해서 그의 삶과 예술의 잠재적인 토대로 간주되는 이러한 요소들을 명백하게 설명코자 하며, 프랑스 남부 지방 태생이라는 그의 기원을 통한 인간과 그의 재능에 대해 밝혀 보고자 한다. 우선 필자는 그의 예술의 전개와 발달에 있어서 프로방스가 차지하는 중요한 역할이 무엇인지를 보여 줄 것이다. 즉 프로방스의 대지와 자연, 그리고 개체들의 양상이 도데의 작품 속에서 어떻게 드러나고 있는지에 초점을 맞출 것이다. 이어서 프로방스적인 영감에 의한 작품의 중요성을 명기할 것이며, 당시의 독자들에게 그가 제시하고자 했던 사상에 대해, 그리고 고향과 동료들에게 남겨 놓았던 표현에 대해 숙고해 볼 것이다. 아울러 알퐁스 도데 문학의 독특한 개성을 찾아내기 위해서 동시대의 다른 작가들과 프로방스에 대해 글을 썼던 작가들과의 비교가 첨가될 것이다. 결국 알퐁스 도데와 프로방스와의 관계를 통하여 그의 작품에 나타나 있는 프로방스적인 요소들의 중요성을 재인식하고, 그 당시 프로방스의 진정한 모습을 드러내 주고자 하는 것이 본 문학 여행의 주요 과제이다.

본 여행을 위해서 우리는 알퐁스 도데의 무수한 작품들 중에서 프로방스의 향기가 가장 진하게 스며들어 있는 《풍차간의 편지》를 주요 텍스트로 사용할 것이며, 작가의 어린 시절의 프로방스가 그려져 있는 《월요 이야기》와 《꼬마 철학자》의 일부분을 부차적인 텍스트로 삼을 것이다. 물론 이 세 권에 수록된 단편들 전체가 프로방스에 할당되어 있는 것은 아니지만, 그 기본적 어조가 프로방스에 바탕을 두고 있기 때문에 이러한 선정은 설득력을 지닐 수 있을 것이다.

문학 여행을 떠나면서

1

프로방스의 자연과 대지

　자연과 대지는 일찍이 많은 문학 작품 속에서 단순한 배경으로 머물기도 하지만, 모든 작가들이 눈에 보이는 자연의 경치만을 관조한 것은 아니다. 그들은 자연 속에서 인간의 번민에 대한 다양한 질문을 던지고 자아를 향한 솔직하고도 엄숙한, 그러면서도 감수성에 따라 각기 다른 태도로 여러 가지 해답을 구하여 왔다. 따라서 자연은 소박한 경치 앞에서의 단순히 심미적이고 서정적인 찬미이기도 하고 혹은 형이상학적 근원으로서 여겨지기도 하며, 때로는 친숙하고 때로는 적대적인 대상으로서 인간 감정의 상대적 역할을 하기도 한다.

　알퐁스 도데의 경우에도 프로방스라는 거대한 공간은 삶의 근원적 원천을 제공해 주는 현실적 토양이자 낭만과 서정과 회한의 감정을 동시에 불러일으키는 상상과 관념의 대지이다. 이 지방의 자연과 개체들, 그리고 사물들에 대한 그의 깊은 애정과, 작품이 간직하고 있는 그 지방의 짙은 향내는 유년 시절부터 가슴속에 형성되어 있던 이러한 현실적·관념적 토대에 기초하고 있는 것이다. 따라서 도데의 영혼을 깊이 사로잡았고 삶과 문학의 진실한 배경이 되었던 프로방스의 대지와 자연의 요소들을 하나의 문학적 여행을 통해 깨닫고 밝혀 본다는 것은, 이 작가의 작품의 핵심에 이를 수 있는 지름길이 될 것이다.

다음의 몇몇 페이지 속에서 프랑스 남부 지방이라는 거대한 대지를 섭렵하면서 북쪽에서 남쪽으로, 서쪽에서 동쪽으로 중간 과정 없이 한 지점에서 다른 지점으로 지나치면서 남프랑스의 뜨거운 태양이나 사나운 바람, 음습한 안개와 비, 포효하는 바다와 드넓게 펼쳐진 평원, 그리고 늪지의 습기찬 수풀 속에 처박히면서 필자는 알퐁스 도데와 함께 시간과 공간 속의 길다란 여행을 떠나고자 한다. 인간은 원시적이고 웅장한 것이든 혹은 반대로 문명화되고 손질된 것이든 간에 자신들이 살았던 모든 장소를 탐험하고 정복해 버렸다. 인간의 손길이 닿아 있는 자연, 도데가 묘사하던 대지와 자연을 찾아가 보고자 길을 떠나는 것이다.

우리의 길다란 여정에서 우리는 우리가 보고 있지 못한다 해도 우리를 둘러싸고 있어서 지나치게 낯설지 않은 남프랑스의 친숙한 대지와 자연을 방문함으로써 문학 여행을 시작해 볼 것이다. 가깝거나 혹은 멀리 떨어진 이 지방의 하늘과 대기, 시골과 도시들, 건축물들, 수 세기에 걸쳐 이룩되고 창조된 인간화된 경치들과 혹은 적대적이면서도 야생적인 대지의 경치들은 지워지지 않는 흔적을 지니고 있으며, 무한한 다양성으로 우리를 영원한 감동으로 초대하고, 끝없는 찬미와 이방인의 탐욕스런 호기심으로 그것을 바라보도록 부추긴다.

구체적인 작업을 위해서 서언과의 연계성을 고려하면서, 특히 알퐁스 도데의 텍스트에 의거해서 본 연구가 지리학적인 것이 아니라 하더라도 필자는 그의 작품들이 배경으로 삼고 있는 지역들의 한계를 지리학적 측면에서 우선 설정하고 설명해야 한다. 그 이유는 프로방스 지방에 관한 그의 작품들이 근본적으로 문학 작품이라 해도 결코 작가의 순수한 상상력의 산물은 아니기 때문이다. 한 가지 분명한 사실이 있다. 1863년에 파리를 떠나서 퐁비에유로 갔을 때, 알퐁스 도데는 아를 지방을 거쳐 카마르그에서 알피유까지 펼쳐지는 프로방스에 완전히 매료되어 버렸다. 1863년에서 1864년의 겨울에, 그리고 그 다음해에 이어지는 매년 겨울 동안 도데는 파리의 격정적인 삶에서 벗어나 쉬고자, 그리고 유쾌한 여행을 함께 했던 프로방스의 시인들처럼 지중해적인 아름다운 경치와 착한 주민들이 그에게 제공해 주는 모든 즐거움을 누려 보고자 생각하곤 했다. 따라서 프로방스의 자연에 대한 그의 사랑은 완전한 것으로 남아 있다. "나는 프로방스를 보면 가슴이 터질 듯하다"[1]라고 자신의 아들 레옹에게 고백하기도 했고, 친구인 티몰레옹에게 보낸 편지도 그것을 증명해 주고 있다. "몽토방의 소나무 아래 지금 혼자 앉아 있을 수만 있다면 어떠한 희생이라도 아끼지 않을 텐데……."[2] 프로방스에 대한 그의 애정과 집착은 다음의 몇몇 줄에 극단적으로 압축되어 있다. "나는 내 지방의 모든 것, 심지어는 먹을 것까지 사랑한다. 텁텁한 고기나 감자, 뜨겁게 구운 고기에 대해 말하지 마라. 빵과 올리브와 무화과 · 아이올리 등은 특히 내가 좋아하는 음식

---

1) DAUDET Léon, 《Quand vivait mon père》, Paris, Bernard Grasset, 1940, p.90.
2) DAUDET Alphonse, 《Lettres familiales》, Paris, Plon, 1944, p.147.

이다. 나는 시골의 초원에서건, 혹은 호수와 별들 사이에 있는 알프스의 짧은 사구에서건, 가축들의 한가운데 서 있는 목동들의 외출이 부럽다."[3]

여기에서 우리는 알퐁스 도데가 묘사했던 프로방스의 모습을 정확히 바라보기 위해서 프로방스라는 단어의 의미를 명기해 보는 것이 바람직할 것이다. 지금까지 사람들은 프랑스 남부 지방에 관해 '미디' 혹은 '프로방스'라는 단어를 인습적으로 혼용해 왔던 것이 사실이다. 지도 위에 펼쳐진 미디는 프랑스의 남동쪽에서 남서쪽에 이르는 거대한 공간이다. 이 미디에서는 자연의 모습과 도시들의 외관, 주민들의 성격 등이 대단히 다양하게 나타난다. 실제로 대서양 쪽에 위치한 남서부의 도시 사람들과 그들의 삶은 지중해 주변의 도시 사람들의 그것과는 판이하다. 지역적인 거리나 환경의 차이가 양쪽 지방의 삶의 유사성을 허용하지 않았기 때문이다.

일반적으로 프로방스라는 이름은 보클뤼즈와 알프드오트프로방스(바스잘프), 부슈뒤론, 바르, 알프마리팀이라는 5개 주(州)로 형성된 지역에 할당된다.[4] 따라서 프로방스는 미디의 일부분을 형성하고 있을 뿐이다. 이 주(州)들의 경계는 역사상의 프로방스 지방과 정확히 일치하지 않는다.[5] 옛 프랑스의 이 지방들은 콩타 데 니스나

---

3) DAUDET Léon, 《Alphonse Daudet》, Revue de Paris, Paris, 1898, tome Ⅱ, p.848.

4) 《Histoire de la Provence》에 따르면 현재 프로방스의 범위는 대혁명 이후 처음에는 4개의 주로 이후 5개의 주로 통합, 고정되었다고 한다. BARBATIER Edouard, 《Histoire de la Provence》, Toulouse, Privat, 1987, p.8.

도피네의 인접 지역도, 르 콩타브네생도 포함하지 않았다. 이 지방은 다만 부슈뒤론과 알프드오트프로방스(바스잘프)와 바르를 자신의 영지로 지배하고 있었을 뿐이다. 그러나 주민들과 환경의 성격상 프로방스에 속하는 알프마리팀과 펠리브리주의 요람이었던 보클뤼즈의 두 지역도 알퐁스 도데의 프로방스에 편입시켜야 하며, 간간이 도데의 필치가 닿았던 드롬과 오트잘프, 그리고 서쪽의 가르 지역도 추가되어야 한다.

지리적인 의미에서의 프로방스라는 용어에 역사적 기원을 추가시켜야 한다. 프로방스는 눈부신 과거를 지닌 대단히 오래된 시골 지역이다. 그것은 기원전 7세기경부터 그리스의 식민지가 되었으며, 따라서 어느 정도의 높은 문화 수준을 향유하고 있었다. 기원전 125년경에 이곳은 프로빈치아 로마나라는 이름을 얻게 되었고, 이러한 명칭으로부터 프로방스라는 이름이 비롯되었다. 이것은 로마의 점령에서부터 커다란 번영을 인출한다. 중세기에 들어서서 대단히 눈부신 그의 문명은 전 유럽에서 빛을 발한다. 지방 영주의 궁전으로 트루바두르들은 랑그독 언어로 된 그들의 시를 노래하러 오기도 했다. 따라서 이곳은 경제적·문화적 플랜 위에서 대단히 풍요로운 지역이었으며, 18,9세기의 무수한 정치 개혁들 이전에는 파리의 중앙 정부에 대해 어느 정도의 독립성을 유지하고 있었다.

알퐁스 도데는 위에서 열거한 5개 주를 포함하는 프로방스 지역을 완전하게 그려내고 있을까? 그 질문에 대한 답은 회의적이다.

---

5) RIPERT Emile, 《La Provence》, Paris, Laurens, 1929, p.2.

왜냐하면 알퐁스 도데는 프로방스에서 자신이 알고 있는 부분을 묘사하는 데 스스로 한계를 두었기 때문이다.[6] 그의 프로방스는 "바싹 마른 바위들과 태양 때문에 가차없이 푸른 하늘의 보이지 않는 빛 속에서 미스트랄 바람을 맞아 먼지로 뒤덮인 떡갈나무의 프로방스"[7]이며, 그것은 프로방스의 일부분일 뿐이다. 그것은 빛의 중심지로서 퐁비에유와 함께 보클뤼즈와 부슈뒤론, 그리고 실제로는 프로방스에 속하지 않는 가르 지역이었다. 프로방스의 서쪽 지역인 알프드오트프로방스(바스잘프)와 알프마리팀, 그리고 바르는 그의 관심의 대상이 아니었으며 따라서 그 지역들은 조금 묘사되거나 거의 언급되지 않았다.

따라서 우리의 여행은 프로방스를 구성하는 모든 것 중에서 가장 대표적인 이 부분에서부터 펼쳐진다. 일단 발랑스와 몽텔리마르를 지나치면 론 강의 계곡이 나오고 바로 거기에서 알퐁스 도데의 진정한 프로방스를 보게 된다. 대기의 투명성에 의해 언덕과 초목에서 프로방스를 깨닫게 되는 것이다. 프로방스의 자연이 지니고 있는 분위기는 도데의 표현을 능가하는 장 브뤼네의 작품에서 완벽하게 묘사되고 있다.

"경치는 변화한다. 더욱 생생한 푸른빛의 하늘에는 드문드문 구름이 지나가고, 벌써 미친 듯이 날뛰는 바람은 하늘과 함께 북쪽에서

---

6) A. RATTI Giono, 《Les idées morales et littéraires d'A. Daudet》, Grenoble, J. Léon Aubert, 1911, p.2.

7) MONTAUD Deluns, 《Art le Félibrige》, Revue de France, Paris, 1898, tome I, p.1106.

남쪽으로의 변화를 준비한다. 발랑스를 넘어서서 자신의 동향인들에 대해 말하는 주민들은 '프란시코'를 구사한다……. 몽텔리마르 근처에서는 특징적인 첫 올리브나무들이 나타나서, 동제르 문을 통해서 지중해의 미디로 들어가고 있다는 사실을 알려 준다. 변화가 완성되기 위해서 그리고 프로방스의 인상적인 특징들과 양상들이 어우러지는 것을 보려면 남쪽으로 50여 킬로미터를 더 내려가야 한다. 대기의 투명성, 선들의 순수함, 경치의 정확성, 어둠의 부조화, 숨막힐 듯한 여름과 매미들의 울음소리, 꼬리로 무더운 여름밤을 밝혀 주는 반딧불, 경작과 비옥한 평야, 보는 것만으로도 갈증을 풀어 주는 듯한 자생적이거나 재배된 식물들, 잔인한 미스트랄 바람에 의해 남쪽으로 굽어진 가지들과 납빛 이파리의 나무들, 실백편과 같은 묘지의 나무들, 감미로운 향기를 내뿜는 경작되지 않은 평원들, 키 작은 푸른 떡갈나무의 수풀들, 봄날 성 미카엘 축제의 날에 길가에 흩날리던 무수한 먼지들, 이슬과 1년 중 적어도 3개월 동안의 가뭄 등…… 그것은 이미 그리스이자 오리엔트이다. 왜냐하면 그것은 프로방스이기 때문에…….”[8]

모든 것이 고대의 헬라스를 연상시켜 주는 곳이 그리스 시대의 프로방스이며 미스트랄의 고장이고, “유쾌한 향기가 멀리까지 퍼져 가는 낙원의 구석”이다. 알퐁스 도데가 모든 시와 모든 매혹적인 아름다움을 추출해 낸 구석 역시 그의 지방 프로방스였다.

---

8) BRUNHE Jean, 《Géographie Humaine de la France ; Histoire de la Nation Française》, Paris, Plon-Nourrit, 1926, tome II, p.267.

앞서 언급했듯이 알퐁스 도데가 자신의 작품을 통해서 우리에게
보여 주고 있는 것은 프로방스 전체가 아니다. 예로써 우리는 그의
작품에서 산이나 코트다쥐르의 삶을 발견하지는 못한다. 그의 작품
은 프로방스라는 이름으로 흔히 인습적으로 규정해 버리는 서쪽의
절반만을 포함하고 있을 뿐이다. 지역적으로 편중된 묘사의 불완전
성 외에도 혹자들은 그의 표현 방식상의 문제점을 지적하기도 한
다. 피에르 롤레는, 도데 자신이 주장했던 프로방스의 두 개의 휴머
니티,[9] 즉 예리함과 재치와 건장함과 정직함 등의 훌륭한 휴머니티
와, 수치스런 관습들과 이기주의, 그리고 비천함에 의한 경멸스런
도시의 휴머니티 중에서, 고향에 대한 부분적이고도 그릇된 이미지
를 부여하고 있는 후자의 휴머니티만을 자신의 작품 속에 그려냈다
고 도데를 비난한 바 있다. 심지어 도데를 프로방스적인 작가들 사
이에 위치시키기를 주저하면서 피에르 롤레는 "어떤 난폭함이나 단
정적인 관능성이 그의 작품 속에 들어 있다는 것을 제외하고는 그
에게서 엑스적이며 프로방스적인 어떠한 것도 찾아볼 수 없다"[10]고
주장하기까지 했다. 이러한 모든 비난에도 불구하고 알퐁스 도데가
그려내고 있는 그림이 프로방스적이라고 주장할 수 있는 근거는 그
그림이 프로방스의 모든 지역 중에서 상당히 대표적인 지역의 평원
과 산과 바다를 지니는 거대한 넓이를 포용하고 있기 때문이다. 우
리는 다음 페이지들에서 도데가 프랑스의 이 지역이 지니고 있는

---

9) 알퐁스 도데는 미디(남프랑스)를 '훌륭한 미디'와 '코믹한 미디' 두 가지로
분류하고 있다. "농부적인 미디와 부르주아적인 미디가 존재한다. 전자는 훌륭하
고 후자는 코믹하다. 타르타랭과 아를의 여인은 서로 상이한 이 두 미디를 대표하
는 모델이다." La Doulou, 《Les Carnets inédits》, Paris, Fasquelle, 1931, p.125.
10) ROLLET Pierre, 《La vie quotidienne en Provence au temps de mistral》, Paris,
Hachette, 1972, p.195.

모든 아름다움과 매력을 드러낸 하나의 그림을 구성하는 데 어떻게 성공했는가를 보게 될 것이다.

알퐁스 도데가 프로방스에 가져다 준 가장 커다란 업적은 이 지방의 자연의 정신과 본질을 최초로 추출했다는 사실이다. 심지어 이 시적인 대지의 영혼을 침투해 들어간 최초의 작가였다는 사실이다. 대단히 개성적인 방법을 통해서 단순성과 예민한 정묘함으로써 놀라울 만한 기억의 위력과 상세하게 완성된 어떤 그림들을 도데는 우리에게 보여 주었던 것이다. 도데의 풍경화는 프로방스 지방의 여행의 인상들과 기억에서부터 출발한다. 《내 책에 관한 이야기》는 자신의 프로방스 지방의 여행에 대한 추억을 단 몇 줄에 집약시켜 놓고 있다.

"나의 환상은 풍차간 주변의 가벼운 나들이에서도 반짝이고 있었다. 그것은 바카레 호수 근처의, 소와 말들이 대초원의 한구석에서 자유롭게 방목되고 있던 카마르그에서의 사냥과 낚시의 한 부분을 이룬다. 또 다른 어느 날, 나는 프로방스의 시인들이자 내 친구들이 펠리브리주 회원들을 만나러 가고 있었다. 사제의 수염을 한 얼굴에 어린애같이 웃음짓는 대여섯 명의 좋은 친구들이 알피유 산맥의 바위 때문에 가로막힌 프레데릭 미스트랄의 작은 마을 마얀에 가기로 약속도 하였다. 때로는 농가에 고용되려고 시장의 광장에 모여든 수많은 목축업자들과 목동들이 법석대는 아를에서 모이기도 하였다. 알리스캉에 가서 회색 석관 사이의 풀밭에 누워 테오도르 오바넬의 아름다운 희곡을 듣기도 하였고, 그러는 동안에 매미의 울음소리가 대기를 진동하고 시든 나뭇잎의 장막 뒤로 망치 소리가 빈정대듯 울려

퍼지고 있었다. 하얀 어깨 장식에 예쁜 모자를 쓴, 사랑 때문에 자살을 한 장의 거만하고도 애교스런 아를의 여인이 지나가는 것을 보려고 리스 강을 일주하기도 하였다……. 펠리브리주 회원들은 아비뇽의 성채와 교황궁의 정면에 있는 바르트라스 섬의 갈대 속에서 모임을 갖기도 했는데 그 섬은 바로 베덴의 모험과 음모의 증인이 되기도 한다. 이어서 바다에 있는 어느 선술집에서 점심을 먹은 뒤로 샤토뇌프-데-파프에 살고 있는 시인 앙셀므 마티외의 집에 올라가기도 하였다. 그 고장은 프로방스에서 오랫동안 가장 명성 있는 포도주 생산지로 유명한 곳이기도 하다. 미스트랄의 싯구와 새로운 단편들을 낭송하면서 우리는 귀족들과 황제와 교황이 마시던 금빛 장식의 포도주를 언덕의 높은 곳에서 음미하고 있었다……. 붉게 물든 하늘과 메마른 돌로 된 무지갯빛 단지로 떠받쳐진 포도원의 언덕 앞에 서면, 그리고 올리브나무들과 석류나무, 도금나무들 사이에 서 있으면 스스로가 마요르크에 있는 것처럼 생각되기도 하였다……. 우리는 벌을 따라서 이 즐거운 지방을 날아다니고 있었다……. 우리를 싣고 온 마차 위에서 떠들썩한 목소리와 제스처로 오르비에탕이 모여든 군중들에게 나누어지고 있었다……. 그 농부들은 우리와 함께 목소리를 맞추어 태양의 노래를 다시 부르곤 한다. 프로방스의 위대한 태양, 미스트랄 바람의 유쾌한 친구…… 이 모든 것이 아주 좋았기 때문에 열광적인 나들이 이후에 풍차간으로 돌아와서 지붕의 풀 위에 올라가 쉬면서 좀더 후에 이것들을 바탕으로 한 작품에 대해 생각했다. 나는 그 책에다 아직도 내 귀에 남아 있는 이러한 노래들과 밝은 웃음과 요정의 전설 등의 울림을 적어 넣을 것이며, 진동하는 태양과 불타듯이 붉게 물든 언덕의 향기와 폐허가 된 그곳의 풍차 날개가 부러질 때까지를 기록할 것이다."[11]

위 구절에서 우리는 프로방스의 자연이 알퐁스 도데에게 부여한 몇몇 대표적인 인상을 추출할 수 있다. 첫번째로 프로방스는 도데에게 있어 추억과 꿈으로 가득 찬 대지이다. 때로는 어린 시절의 장소로 거슬러 올라가면서 그 시절을 상기하고, 때로는 여러 가지 사상의 결합을 통하여 자신이 묘사하는 장소와 관련된 추억이나 일상을 회상하기도 한다. 그리하여 과거와 현재, 작가가 보는 것과 느끼는 것 사이에서 교감이 형성된다. 때로 프로방스는 그의 가슴속에 다른 지방과는 다른 어떤 무한함에 대한 감정을 부여한다. '팸퍼스'라는 용어를 사용하여 도데는 카마르그 평원을 남아메리카 대륙과 연결시킨다. 다른 한편으로 프로방스는 심오한 시적 우주를 형성하는 문학적인 공간이다. 자신의 고향에 애착을 보이던 프로방스의 위대한 시인들——앙셀므 마티외, 테오도르 오바넬, 프레데릭 미스트랄 등——을 열거함으로써 도데는 이 고장이 문학적 영감의 원천이라는 사실을 발견했던 것이다. 마지막으로 여기에서 흐르고 있는 축제와 유쾌한 삶의 분위기는 펠리브리주 회원들과의 빈번한 나들이와 포도주에 대한 취향, 군중들에게 나누어지는 오르비에탕과 같은 묘사들에 의해 강조되고 있다. 공동체 사회의 이러한 축제적 분위기는 프로방스인들이 위대한 태양과 바람에 대한 예찬을 통하여 어떻게 자연과의 조화로운 삶을 영위하고 있는가를 보여 주고 있다. 알퐁스 도데는 프로방스에 할당된 단편들 속에서 그의 고향이 지니고 있던 모든 매력과 아름다움을 생생히 전달하는 데 성공했던 것이다.

---

11) DAUDET Alphonse, 《Trente Ans de Paris; Histoire de mes livres: Lettres de mon moulin》, Paris, C. Marpon et E. Flammarion, pp.171-175.

물론 알퐁스 도데의 시대 이전에도 프랑스 남부 지방에 대한 풍경화가 존재했던 것은 사실이다. 그러나 루소 이전의 시대까지 그 작품들은 다소간 연대기나 여행담으로 국한되어 있었다. 거의 모든 경우가 그러하듯이 이 그림들은 지나치게 인공적이거나 혹은 때때로 의도적으로 왜곡되고 과장되었거나 상당히 의심스런 예술적 가치를 지닌 것들에 불과했다. "루소 이전에 자연은 작가들의 관심권 밖에 있었다. 심지어 프로방스의 경치는 놀림거리가 될 정도였다…….자연에 관한 이러한 인기 상실은 19세기 중반까지 지속되었다"[12]라고 루이 브레스는 기록한 바 있다. 그러나 좀더 후에 루소의 자연에 대한 새로운 해석과 함께 알퐁스 도데의 출현으로 프로방스는 문학 속에서 다시 인기를 회복할 수 있었다.

알퐁스 도데가 묘사한 프로방스의 자연을 좀더 객관적인 시각에서 이해하기 위해서는 몇몇 유명한 문인들의 텍스트 속에서의 프로방스의 모습을 참고할 필요가 있을 것이다. 왜냐하면 작가마다 자신의 기질과 관찰력에 따라서 다양한 형태로 프로방스를 표출했기 때문이다. 우선 17세기에 세비녜 부인은 프랑스 남부를 여행하면서 느꼈던 다양한 인상과 추억들을 우리에게 남겨 놓았다. "아비뇽에서 온 너의 편지들이 너무나 좋아서 나는 그것들을 읽고 또 읽는다. 너의 편지들은 나의 상상력과 수풀의 정적을 더욱 흥겹게 해주고, 프로방스의 아름다운 태양과 론 강의 매혹적인 기슭들을 상기시켜준다"[13]라고 딸에게 쓰고 있다. 또 다른 그녀의 편지를 인용해 보자.

---

12) BRES Louis, 《Le paysage provençal et son influence au point de vue littéraire et artistique》, Marseille, Barlatier-Feissat, 1883, p.3.

"……프로방스에서 사람들은 얼마나 극단적이 되는가! 모든 것은 지나치다. 열기와 밤이슬, 북풍과 비, 가을의 천둥. 부드럽고 중용적인 것은 아무것도 없다. 그대의 강물은 넘쳐흐르고, 그대의 들판은 적셔져 깊이 잠긴다. 당신의 뒤랑스는 거의 항상 육체에 악마를 지니고 있다. 마침내 그대가 대단히 격정적인 수많은 것들에 대항시키는 섬세한 건강을 생각하면서 나는 전율한다."[14] 이러한 인상들은 세비녜 부인의 자연에 대한 예민한 사랑에서 기인하는 것이긴 하지만, 그 인상들은 알퐁스 도데와 같이 프로방스에 대한 깊은 사랑에서 우러나온 것이 아니고 표현 역시 지나치게 과장되어 있는 듯 느껴진다. 오히려 그것은 가득 찬 매력으로 그 인상을 만들어 주는 경치들에 프로방스가 연결시켜 주었던 행복스런 삶이었을 것이다.

장 자크 루소는 자연에 대한 새로운 개념을 가져왔다. 그는 모든 것들 중에서 자연을 최고의 선으로 삼았다. 그는 아이러니와 볼테르적인 무미건조함에 항거하며 단순하고 진지하게 자연에 대한 깊은 애정을 표현하였다. 몽펠리에를 여행할 때 깊이 느껴진 어떤 감각에 의해 영향을 받은 퐁 뒤 가르에 대한 묘사가 그러한 사실을 증명하고 있다. "내가 본 것은 로마인들의 첫 작품이다. 나는 그것을 건축한 손들로 이루어진 고귀한 기념물을 보고 싶어했다……. 이 단순하고도 고귀한 작품의 모습은 침묵과 고독이 그 물체를 더욱 생생하게 만들어 주는 사막의 한가운데 있는 만큼이나 나를 놀라게 했다. 왜냐하면 이 다리는 고가식 수로일 뿐이었다. 어떤 힘이 그토록

---

13) SÉVIGNÉ Mme de R.-C., 《Lettres》, 3 juillet 1689, Paris, Hachette, 1862, tome IX, p.106.
14) Ibid., 1 novembre 1679, tome VI, p.69.

먼 채석장에서 이 거대한 돌들을 운반하게 했으며, 아무도 살지 않는 장소에 수많은 사람들을 끌어 모았던 것일까? 나는 내 발치에서 존경심으로 거의 으깨어지려는 이 훌륭한 건축물의 3층까지 뛰어 올라갔다. 이 거대한 천장 아래에서의 내 발걸음의 울림은 그것을 세웠던 사람들의 건장한 목소리를 듣고 있는 듯한 착각을 불러일으켰다. 나는 한 마리 곤충처럼 이 거대함 속에서 헤매고 있었다. 나는 이 모든 것 속에서 내 영혼을 앗아가는 것이 무엇인지를 느끼고 있었으며, 가쁜 숨을 몰아쉬면서 생각에 잠겨 있었다……."15)

1835년에 메리메는 역사 기념물을 관리하는 총감독으로 일하는 중에 프랑스 남부를 순회하면서 《항해 기록》이라는 일종의 보고서 속에 프로방스에 관한 여러 가지 추억을 남겨 놓았다. 관찰은 거의 고고학적인 것이었지만, 우리는 거기에서 프로방스의 경치에 관계되는 2개의 구절을 인용할 수 있다. "아비뇽에 도착하면서 나는 프랑스에서 떠나 있는 듯한 느낌을 받는다. 언어, 의복, 지방의 모습, 모두가 이상해서 프랑스의 중심에서 떠나온 듯하다. 어느 스페인의 도시 한복판에 와 있는 듯한 착각에 빠져 있었다. 깔쭉깔쭉한 성벽, 돌출된 회랑의 종탑들, 올리브와 대단히 남프랑스적인 초록의 갈대들로 뒤덮인 시골 등이 아비뇽의 평원처럼, 푸른 창공에 순수하게 그려진 산들의 벽으로 둘러싸인 발랑스와 후에르타를 연상시켜 준다. 이어서 도시를 질주하면서 놀랍게도 스페인적인 관습과 풍습들을 발견하게 되었다."16) 이어 크로 지방에 대한 그의 인상이 펼쳐진

---

15) ROUSSEAU Jean-Jacques, 《Les Confessions》, tome I, VIème livre, Paris, Flammarion, 1968, p.294.

다. "마르세유에서 2일을 보낸 후 나는 거의 경작되지 않은 늪이 많고 지평선도 없는 크로를 지나서 아를로 다시 갔다. 시각이 멀리 펼쳐지는 그만큼 돌과 소수와 갈대만이 보일 뿐이었다. 이어서 여기저기서 검은 소떼와 흰 말떼가 먹을 것을 찾는 것이 보였고, 나는 얼마나 많은 잔디가 태양에 붉게 물들고 있는지 모를 지경이었다."[17]

낭만주의의 대표적 시인인 라마르틴은 오리엔트로 가는 길목에서 지중해적인 프로방스에 관한 일시적인 어떤 특징을 특유한 서정으로 그려내고 있다. "모든 것은 빛난다. 유쾌하고 청명하다. 생존이란 프랑스 남부 지방의 기후 속에서는 지속적인 축제이다. 착각의 파도가 빛을 내던지는 눈부심을 이루고, 대지 위에서 파열하는 바닷가에서 선조들의 정원과 집, 그리고 자신의 집을 소유한 사람은 행복한 사람이다."[18]

1841년에 실험여행가이자 방랑작가이던 마르미에는 프로방스에서의 자신의 체류에 관한 추억 속에서 특권을 지닌 이 대지의 아름다움에 매료되었다. 그는 론 강의 계곡과 아비뇽, 엑스, 마르세유에서 툴롱까지의 매력적인 여행을 기술하고 있다. 봄므와 이예르 사이의 경치는 그에게 낙원처럼 여겨지기도 했다. "하늘은 우리나라의 극지점들에, 마치 거기에 도달하는 사람들에게 우리의 아름다운

---

16) MÉRIMÉE Prosper, 《Notes de voyages dans le Midi de la France》, Paris, Librairie Hachette, 1971, p.97.

17) Ibid., pp.156-157.

18) LAMARTINE Alphonse de, 《Voyage en Orient》, Paris, Gosselin, 1835, tome I, p.40.

프랑스의 매력에 대한 첫 사상을 부여하려는 듯, 이 관대한 대지를 가져다 놓은 듯하다."[19]

　알퐁스 도데보다 앞선 이 선구적 풍경화가들에 관한 간략한 열거를 통해 다음의 결론에 도달할 수 있다. 장 자크 루소의 자연에 대한 새로운 해석이 출현하기 전까지는 프로방스는 순수하게 문학적인 작품의 영감자가 아니었다. 게다가 기억이나 여행담의 형식으로 저장된 프로방스는 성급하고도 종종 그릇되거나 피상적이고 지나치게 주관적인 인상에 의해 잘못 해석되거나 왜곡되기 일쑤였다. 왜냐하면 위에서 언급한 작가들은 근본적으로 프로방스 출신이 아니었기에 단순한 여행자나 호기심이 강한 사람의 수준에서의 감상을 피력했을 뿐, 프로방스 자연의 본질을 정확하고 예리하게 꿰뚫지는 못했던 것이다. 따라서 진정한 프로방스 문학의 탄생을 위해서는 상당한 시간을 기다려야 했다. 프로방스 문학은 진정한 감동으로 자신의 고향을 다룰 줄 알았던 그 지역 출신의 유명한 작가들의 충동으로 꽃을 피우게 된다. 프로방스와 관계된 진정한 문학은 비로소 프레데릭 미스트랄과 함께 시작된다. 펠리브리주라고 불리우는 일단의 시인 그룹에 속한 미스트랄은 19세기 중엽에 프로방스의 고유한 언어를 보존하는 일에 앞장섰다. 우리는 미스트랄의 작품 속에서 산업혁명 이전의 더욱 인간적인 프로방스, 즉 언어와 전통에 있어서 위협을 받고 있던 과거의 프로방스에 대한 진한 노스탤지어를 발견할 수 있다. 과거에 대한 향수는 목동과 어부, 수공업

---

19) MARMIER Xavier, 《Souvenirs de voyage et traditions populaires》, Paris, Masgana, 1841, tome I, p.66.

자 등 전통적인 직업인들의 삶의 양상을 통해 묘사되고 있다. 미스트랄과 알퐁스 도데 이후에 프로방스를 대변하던 대표적 문인들로는 앙리 보스코와 장 지오노, 마르셀 파뇰 등을 들 수 있다. 앙리 보스코의 경우 그의 고향 아비뇽과 뤼베롱까지 이어지는 그 주변은 자신의 소설 속에서 즐겨 쓴 무대이기도 하다. 그의 예민하고도 어지러울 정도의 문장은 그와, 야생의 평원과 뤼베롱의 숲 속 혹은 인간의 노동에 의해 손질된 농가와 들판들 사이의 내적인 공감대를 그려내고 있다. 장 지오노는 마노스크의 갈색 기왓장들을 끌어안았다. 알프드오트프로방스(바스잘프)의 소설가인 그는 단 한 번도 자신의 고향을 떠나지 않고서 고향에서의 삶에 내내 충실했다. 미스트랄처럼 삶의 방식을 획일화시키고 경치를 타락시키는 현대화와 산업화에 대해 생생한 적의를 품었다. 그의 영감은 바로 뤼르산과 트리에브산 부근과 청명한 대기, 그리고 대지의 진정한 풍요로움을 향해 움직였다. 앙리 보스코처럼 장 지오노는 인간을 자연에 결합시키는 은밀한 관계를 묘사했는데, 그것은 호흡만큼이나 기본적이고 자연스런 행복의 보증이었다. 마르세유 근처의 작은 도시 오바뉴에서 태어난 마스셀 파뇰 역시 현대 프로방스 지방의 위대한 예술가들 사이에서 한 자리를 차지한다. 위대한 극작가인 그는 1929년부터 1952년까지의 사실주의적인 프랑스 영화의 창안에 참여하였으며, 삶의 말년에 유머와 부드러움에 있어서 도데의 산문과 근접한 추억들을 남프랑스의 악상으로 남겨 놓았다.

알퐁스 도데의 자연에 관한 그림을 생각할 때 우선 그의 가슴에 고귀하게 남아 있는 프로방스에 대한 생생한 묘사를 떠올릴 수 있다. 따라서 활기로 가득 찬 프랑스 남부 지방의 도시들과 함께 제반 경치와 프로방스의 내적 양상에 대한 묘사가 그의《풍차간의 편지》에서 중요한 자리를 점유하고 있다. 그가 전개하는 이야기의 주요한 전형은 바로 그림을 제작하는 방식에 토대를 두고 있다. 텍스트에서 드러난 경치에 대한 정확하고도 다양한 묘사를 통해 우리는 마치 우리의 눈앞에서 펼쳐지는 듯한 경치와 장면들, 그리고 인물들을 대할 수 있다. 그리하여《풍차간의 편지》는 프로방스의 자연에 대한 종합이라고 할 수 있다. 도데의 자연이 얼마나 인간의 관능성을 만족시키며, 자연이 어떻게 모든 의미를 고양시켜 줄 기회를 부여하는가를 보여 주고 있다. 그는《들판의 부군수》에서 '푸른 떡갈나무들'과 '제비꽃'을 묘사하면서 색채의 표현을 배가시키고, 《별》에서는 '숫노새의 방울 소리'와 '나뭇잎 떨어지는 소리'를 듣게 하면서 음향을 배가시키며,《고세 신부의 영약》에서는 '회색 빛깔의 향기와 태양으로 타는 듯한 프로방스의 잔디'를 회상하기도 한다. 도데는《스갱 씨의 염소》에서는 '축축한 먼지'와 '거품'을 묘사하면서 촉각적 감각을 강조하며, 심지어는《세 독송미사》에서는 발라게르경이 '금빛 잉어'와 '구운 칠면조'를 미리 맛보고 있을 때가지 미각적 감각을 그려내고 있다. 긍정적 양상 아래에서 그의 자연은 유쾌하고도 화려한 것으로 모습을 나타내기도 하지만 그것이 항상 위험스러운 것만은 아니다. 강하고 야성적인 자연은 때로 두려운 존재이다.《별》속에서 태풍을 몰아오면서 인간의 약점을 강조해 주는 것이 바로 자연이다. 맑고 매력적인 어느 날, 자연은 밤이 되면 낯선 사람의 색깔로 채색되어지고 그리하여《스갱 씨의 염소》속에서 즐거움은 드라마에 자리를 내준다. 알퐁스 도데의 주요 단편들에 따른 자연의 묘사에 대한 이러한 개괄이고 총체적인 고찰은 그 작품들이 지니고 있는 프로방스적인 요소들의 풍부함을 보다 상세하게 깨달을 수 있는 기회를 우리에게 부여할 것이다.

　따라서 알퐁스 도데의 작품은 자연에 나름대로의 역할과 지위를 부여한 최초의 작품으로 간주될 수 있다. 그는 경치의 규모와 사실성에 민감한 화가의 정확성으로, 그리고 자신의 고향을 드나들면서 그곳이 진보라는 이름으로 위협받고 있는 것을 보고 있는 한 유형자의 노스탤지어로써 자연을 묘사한다. 필자는 이 장을 대기와 자연으로 나누어 전개할 예정이다. 첫번째 장은 이 지방의 대기의 요소들, 즉 알퐁스 도데의 작품에 묘사된 태양과 바람을 연구하는 데 할당될 것이다. 왜냐하면 경치는 태양 아래에서 끊임없이 다양하게 변화하고 있기 때문이다. 그리고 그 경치는 때론 유쾌하게 때로는 잔인하게 미스트랄의 바람에 흔들리고 있기 때문이다. 두번째 장은 야생의 대지가 지니고 있는 제 요소, 즉 산과 평원, 강을 연구의 대상으로 삼을 것이다. 《별》의 목동에게 있어 자연은 꿈의 원천이자 자유의 공간으로 등장한다. 평원에 관해서는 프로방스의 숨막힐 듯 무더운 태양 아래 침묵하는 크로 평야와 카마르그 평원을 살펴볼 것이며, 마지막으로 프로방스 지방을 한가운데로 분할하는 강력한 론 강에 대한 묘사를 언급할 것이다.

태양과 빛의 의미

　필자는 프로방스의 대기에 대한 일반적 양상을 언급하면서 본 여행을 시작할 것이다. 프로방스 전체의 물리적인 단일성과 독창성을 형성해 주는 커다란 요소는 바로 태양과 바람으로 대별되는 기후이다. 사람들이 보편적으로 생각하는 프로방스적 기후의 근본적인 특성은 변덕과 극단적인 불규칙성이다. 봄과 가을은 종종 대단히 짧은 중간 과정의 기간으로, 연중 대부분의 비가 집중되는 계절이다. 겨울에는 바다의 영향으로 내륙부에서는 부드러운 날씨가 계속되는가 하면 반대로 특히 알프드오트프로방스에서는 대단히 춥고 건조한 날씨가 이어지기도 한다. 여름은 작렬하는 태양 아래 모든 개체를 녹여 버릴 듯한 무더운 날씨가 계속된다.

알퐁스 도데의 작품 속에서 프로방스의 대기를 구성하는 가장 대표적인 요소들 중 하나도 바로 태양이다. 태양은 그의 작품 속에서 프로방스에 독창성을 부여해 주는 가장 중요한 문학적 제재이기도 하다. 프로방스의 태양의 본질은 자연만큼이나 대조적인 면을 지니고 있다. 그것은 완벽한 조화를 이루어 내는 부드러움과 힘의 기묘한 혼합을 의미한다. 태양은 노래하고 곡식을 영글게 하며 인간을 따뜻하게 해주기도 하지만 역시 더위와 짜증과 권태를 동반하면서 개체들에게 극단적인 고통을 안겨 주기도 한다. 알퐁스 도데는 이러한 태양의 이중적 성격, 즉 생산자와 파괴자로서의 성격을 잘 파악하고 있었다.

알퐁스 도데의 프로방스는 단적으로 말해 태양과 빛의 대지이다.[1] 진정한 프로방스인으로서, 태양과 빛의 찬미자로서 알퐁스 도데는 남쪽 지방의 태양에 적셔진 듯한 수많은 흔적들을 자신의 작

---

1) 자신의 풍차간에 정착한 이 작가는 다음과 같이 기술한다. "프로방스의 이 모든 아름다운 경치는 빛을 받아야만 생명을 얻는다." 《Lettres de mon moulin; L'Installation》, Paris, Flammarion, 1972, p.44.

품 속에 남겨두었다. 태양에 대한 그의 애정과 집착은 자신의 탄생으로 거슬러 올라간다. "나는 프랑스 남부에 있는 랑그독 지방의 조그만 마을에서 태어났다. 프랑스 남부 지방의 여러 도시들처럼 햇빛이 쨍쨍 비치는 날이 많았고⋯⋯."[2] 도데는 아주 빈번히 눈부신 빛과 향기의 도취 속에서 그때부터 그가 세상의 어떤 것보다도 사랑하게 될 경치를 보고자 공원을 가로질러 소나무로 뒤덮인 작은 언덕을 기어오르곤 했다. 아나톨 프랑스는 이 작가의 어린 시절을 다음과 같이 규정하고 있다. "그는 그리스와 흡사한 향기로운 이 대지에서 감미롭게 태양을 즐기고 있었다. 그는 열정적이고 귀여운 한 마리 목신이었다."[3] 그의 뇌리에 남아 있던 어린 시절의 태양에 대한 깊은 인영은 고향을 떠나 파리에서 사는 동안, 그리고 죽을 때까지 끊임없이 고향에 대한 향수를 불러일으키는 영매자의 역할을 담당한다. 알퐁스 도데는 항상 자신을 "오렌지나무를 금빛으로 물들이는 태양의 아래로 펼쳐지던 프로방스의 순수하고도 향기로운 대기와는 사뭇 다른 파리의 안개 속에서 고통으로 괴로워하는 한 마리의 새 혹은 한 명의 유배자"[4]로 자신을 간주하고 있었다. 따라서 태양과 그의 만남은 운명적인 것이었는지도 모른다.

우리는 프로방스의 태양에 관해 다음의 두 가지 질문에 이르게 된다. 알퐁스 도데는 자신의 작품 속에서 태양을 어떻게 묘사하고 있

---

2) DAUDET Alphonse, 《Le Petit Chose; la Fabrique》, Paris, Librairie Générale Française, coll. 《Livre de Poche》, 1985, p.16.

3) FRANCE Anatole, 《Alphonse Daudet》, Revue de Paris, Paris, 1898, tome I, p.5.

4) RIOTOR Léon, 《Les Arts et les Lettres》, Paris, Alphonse Lemerre, 1903, p.305.

으며, 또 어떤 의미를 지니고 있는가 하는 질문이 바로 그것이다. 태양에 대한 회상은 퐁비에유 근처의 한 시골 지역에 대한 묘사에서부터 시작된다. 그는 수도 없이 미스트랄을 만나러 마얀으로 가거나 혹은 펠리브리주 회원들과 어울려 산책하면서 이 시골 지역을 속속들이 꿰뚫고 있었다. 알퐁스 도데가 그 경치를 관조할 때, 그의 정신은 그를 둘러싸고 있는 주위의 자연과 교감을 형성하고, 특히 태양과 그 빛의 반영을 획득한다. 그것은 바로 심오한 평화의 순간이기도 하다. 《풍차간의 편지》중 첫번째 편지인 〈정착〉의 몇몇 구절이 바로 이러한 경치의 양상을 제시하고 있다. "내가 그대들에게 편지를 쓰고 있는 곳이 바로 여기다. 활짝 열어 놓은 문으로 맑은 햇빛이 쏟아지고 예쁘장한 소나무 숲이 햇빛을 받아 반짝이며 내 앞에서부터 산기슭까지 내닫는다. 지평선에는 알피유 산들이 아름다운 봉우리를 드러내고 바스락 소리 하나 들리지 않는다. 이따금 피리소리, 라벤더 숲 속에서 지저귀는 마도요새, 길가는 노새의 방울 소리가 겨우 들려올 뿐, 프로방스 지방의 이 아름다운 경치는 햇빛을 받아야만 생명을 얻는다."[5] 이 구절에서 우리는, 마치 알퐁스 도데가 태양을 향해 열려진 문 앞의 커다란 테이블 앞에 앉아서 파리의 어느 일간신문에 첫 편지를 쓰고 있는, 자신의 풍차간에 정착한 어느 시인의 모습을 보고 있는 듯한 착각에 빠져 있지 않은가? 우리의 작가는 활짝 열려진 창문을 통해서 우리에게 신선한 아침의 향기와 금빛으로 물들어 가는 저녁노을, 남프랑스의 놀라운 태양, 투명한 하늘, 그리고 크리스탈처럼 투명한 대기를 전하고자 했던

---

5) DAUDET Alphonse, 《Lettres de mon moulin; L'Installation》, Paris, Flammarion, 1972, p.44.

것이다.

  알퐁스 도데는 우선 태양에 bon이라는 형용사를 부여하고 있다. 'bon soleil'라는 규정을 통해 그는 태양을 양부(養父)의 존재로서 파악한다. 여기서 태양은 사실상 모든 개체를 적셔 주는 빛의 대원천이자 동시에 맑고도 유쾌한 경치를 형성하는 절대적 요소이다. 샤토브리앙과 빅토르 위고 역시 자신들의 작품 속에서 태양의 우월한 가치에 집착한 바 있다. 샤토브리앙은 태양과 그 빛 속에서 근본적인 어떤 요소를 느끼고 있다. "경치는 태양에 의해서만 창조될 뿐이다."[6] 빅토르 위고 역시 태양의 중요성을 다음과 같이 증언하고 있다. "모든 것은 빛이고 모든 것은 즐거움이다"[7]

  태양과 그 빛, 그리고 다양한 색채로 어우러진 아름다운 경치는 비단 문인들뿐만 아니라 르누아르와 마티스, 피카소에 이르기까지 무수한 화가들을 매료시켰다.[8] 이들 중 인상파의 선구자로서 네덜란드 화가인 빈센트 반 고흐는 1888년 2월에 프로방스에 도착했다. 그는 이 시기에 아를과 생-레미의 풍경, 특히 이 지역의 올리브나무와 시프레나무를 주제로 한, 훌륭한 그림을 남겨 놓았다. 올리브

---

  6) CHATEAUBRIAND François-René de, 《Mémoires d'outre-tombe》, tome IV, Paris, Flammarion, 1982, p.125.
  7) HUGO Victor, 《Les Chants du crépuscule》, Paris, Gallimard, coll. 《nrf》, 1990, p.281.
  8) 이 화가들 외에도 페르낭 레제와 막스 에른스트, 조르주 브라크, 라울 뒤피, 피에르 보나르, 빅토르 바사렐리, 조르주 쇠라, 폴 시냐크 등의 현대화가를 들 수 있다. Cf. DROSTE Thorsten et FINK Humbert, 《Provence》, Paris, Nathan, 1991, p.50.

나무의 뒤틀린 형태, 시프레나무의 어두운 불꽃, 무자비할 정도로 푸른 하늘을 떠도는 태양 등이 그의 필치 아래에서 꿈과도 같은 형태를 취하고 있다. 그리하여 형태와 색채가 걱정스럽고도 어지러울 정도의 내적 시각에 부응한다. 프로방스의 자연에 대한 고흐의 태도는 그의 체류 동안 상당히 모호한 것으로 남아 있지만, 그러나 그는 경치의 형태가 지니는 단순성과 대기와 빛의 투명성을 잘 깨닫고 있었다. 원래 이 지역 출신인 세잔의 경우, 그는 도데의 경우와 마찬가지로 어린 시절부터 자신의 고향의 경치와 그 선에 흠뻑 매료되면서 대마술사인 태양에 깊은 관심을 보였다. 반 고흐가 임의적으로 색채를 사용하면서 프로방스를 지나치게 거칠거나 강렬하게 묘사하는 등 과장한 면이 있는 반면에, 세잔은 자연에 관해 끊임없이 분석하면서 반대로 표현 방식을 절제하고 나아가 자신의 상상력을 축소시키고자 노력했다. "회색만이 이 지방의 자연을 지배하고 있지만 그 빛을 포착하기란 끔찍이도 어려운 일이다"라고 세잔은 1866년에 언급한 바 있다. 결과적으로 태양에 의해 형성된 경치는 사물을 바라보는 예술가들에 의해 채택된 시각에 따라서, 혹은 그들의 예술적 관점에 따라서 다양한 색채를 지니게 되는 것이다. 이런 의미에서 반 고흐의 프로방스가 채색된 프로방스라면. 세잔의 경우는 회색빛 프로방스라 할 수 있다. 따라서 태양의 특권을 부여받은 이 지역이 무수한 예술가들의 창조를 위한 원천이 되었다는 것은 그다지 놀라운 일이 아니다.

알퐁스 도데의 작품 속에서 태양은 모든 대기를 적셔 주고 또 흥겹게 해준다. 그는 《풍차간의 편지》에서 태양에 적셔진 아름다운 경치를 다음과 같이 전해 주고 있다. "나는 파리의 안개로부터 천리나 멀리 떨어진 탬버린과 사향포도주 나라의 밝은 언덕 위에 있거든요. 주위에는 다만 햇빛과 음악만이 있을 뿐이지요. 새들의 관현악이 들려오고 합창소리가 들려와요. 아침이면 꾸르르 꾸르르 하고 지저귀는 도요새 소리가 들려오고 낮에는 매미들이 소란을 떨고, 게다가 피리 부는 양치기 목동과 포도밭에서 히드득거리며 지껄이는 구릿빛 머리를 한 아름다운 아가씨들, 사실 이곳은 우수에 잠기기에는 가장 적합하지 못한 고장이지요."[9] 이 구절 전체는 인간들에게서 멀리 떨어진 동물들과 개체들에 대한 즐거움과 사랑, 그리고 세계에 대한 일종의 환대와 각성을 보여 주고 있다. 그것은 또한 소란스럽고도 음산한 어느 파리인이 망각 속에서 햇빛에 문을 활짝 열어 놓고 프로방스의 미래에 믿음을 보내는 행위이기도 하다. 바로 여기에서 알퐁스 도데의 심오한 인상과 추억들이 분출되는 것이다. 그는 빛이 불러일으키는 시각적인 감동뿐만 아니라 향기와 그 자신이 창조하는 소리의 세계를 회상하면서 태양의 매력을 한껏 표출하고 있다. 즉 인간이 소유하고 있는 모든 감각 기관에서 비롯되

---

9) 동생 테오와 친구 에밀 베르나르에게 보내는 편지 속에서 반 고흐는 프로방스의 자연이 제공하는 다양한 색채에 대한 자신의 인상을 밝힌 바 있다. 그의 관찰에 의하면 이 지방을 지배하고 태양이 드러내는 몇몇 색채가 존재한다고 한다. "그러나 내 예감으로는 다른 예술가들이 더욱 강렬한 태양 아래서 그리고 더욱 일본적인 투명함 속에서 색채를 보고자 할 것이라는 것이다. (…) 어째서 가장 강력한 색채주의자인 외젠 들라크루아가 남프랑스와 나아가 아프리카까지 가지 않으면 안 된다고 판단했을까? 아를만 넘어서게 되면 붉은색과 초록색, 푸른색과 오렌지색이 자연스럽게 이루어 내는 아름다운 대조를 발견하게 될 것이다." VAN GOGH Vincent, 《Lettres à son frère Théo》, Paris, Gallimard, coll. 《L'Imaginaire》, 1988, p.411. "풍부한 색채, 영광스런 남프랑스의 풍부한 햇빛, 능란한 채색화가의 방식으로 우리는 남프랑스의 색채를 들라크루아의 색채와 비교 대조할 수 있다. 말하자면 남프랑스는 이제 색채와 하모니의 동시 발생적인 대조를 통해 출현한다." VAN GOGH Vincent, 《Lettre à Emile Bernard》, Correspondance complète, Paris, Gallimard/Grasset, tome III, 1960, pp.53-54.

는 효과들의 대조 속에서 프로방스는 독특한 아름다움을 획득한다.

  우리는 알퐁스 도데의 작품 속에서 하루 동안에 펼쳐지는 태양의 놀라울 만큼 깨끗하고 때로는 인상적이며 다양한 양상에 대한 묘사를 발견하게 된다. 가장 특징적인 몇 가지 예들을 열거해 보자. 우선 새벽에 대한 회상을 서두에 위치시켜야 한다. "오늘 아침, 날이 밝을 무렵에…… 잔잔한 산들바람이 숲 속에서 노래를 부르고 있었다……. 동쪽으로는 알피유의 아름다운 봉우리 위로 금빛 하늘이 천천히 얼굴을 내밀고 있었다……. 맨 처음 햇살은 어느새 풍차간의 지붕을 덮고 있었다……."[10] 이어 아침의 태양이 우리의 눈앞에 펼쳐진다. "아, 아침에 눈을 뜨고, 식탁보를 통해 방 쪽으로 떨어지는 아침 햇빛을 바라보는 도취, 그리고 비탈진 포도밭과 시프레, 올리브나무와 눈부신 소나무 숲 등으로 이루어진 놀라운 지평선은, 아침이라는 시간에도 불구하고 짙은 안개의 이불도 없이 경쾌하고 강한 입김으로 거대한 계곡을 채워 주고 있었던 미스트랄에 의해 밤새 적셔진 푸른 하늘 아래에서 론 강까지 자취를 감추어 간다……."[11] 위의 두 구절 속에서 태양은 모든 창조의 원천으로 그려진다. 말하자면 태양은 자신의 신선한 광선으로 모든 개체들에게 생명력을 부여하고 그들을 활성화시키는 긍정적이고도 능동적인 존재인 것이다.

  이어서 뜨거운 태양 아래 잠들어 있는 한낮의 촌락의 모습이 상기

---

  10) DAUDET Alphonse, 《Lettres de mon moulin; La légende de l'homme à la cervelle d'or》, Paris, Flammarion, 1972, p.176.
  11) Ibid., 〈Nostalgie de Caserne〉, p.271.

된다. 역시 특징적인 두 구절을 제시해 보자 "7월 어느 날 오후, 님에서 돌아오는 길이었다. 날씨가 몹씨 더웠다. 까마득히 이글거리는 하얀 도로에는 올리브나무와 작은 떡갈나무들 사이에서 하늘에 가득 찬 뿌연 은빛의 커다란 태양 아래 먼지가 일고 있었다. 그늘 하나 없이 한줄기 바람도 불어오지 않았다. 오직 솟아오르는 열기와 미칠 듯이 울어대는 매미들의 시끄러운 소리뿐이었다. 귀가 찢어질 듯 빠른 박자로 울어대는 시끄러운 매미 소리는 바로 그 눈부시고 강렬한 열기의 진동 소리와도 같았다."[12] 이어지는 또 다른 태양의 모습을 살펴보자. "2시경, 에기에르에 도착했다. 모두들 나가고 마을은 텅 비어 있었다. 먼지로 뽀얗게 된 큰 길가의 느릅나무 속에서는 크로 평야에서처럼 마냥 매미들이 울어대고 있었다. 읍사무소 광장에는 당나귀 한 마리가 햇빛 속에 서 있었으며, 성당의 우물 위에서는 비둘기가 살고 있었지만 내게 고아원을 가리켜 줄 사람은 아무도 없었다."[13]

마지막으로 석양에 대한 여러 개의 묘사가 알퐁스 도데의 텍스트 속에서 대단히 채색적인 작은 그림으로 형성되어 있다. 여기서도 특징적인 두 구절을 음미할 필요가 있다. "바람이 잦아들고 있었다. 기울어 가는 태양은 알피유 산의 보랏빛 선 위에서 움푹 파인 바위에다 유동적인 반암의 호수들과 금빛으로 용해된 호수들의 진짜 환영을 내던지며 불타오르고 있었다. 특히 지평선은 빛으로 떨리고 불타는 백합으로 현은 팽팽해진다. 그 현의 노래는 매미들에 의해 계속

---

12) Ibid., p.213.
13) Ibid., p.148.

되어지고 북소리는 멀리까지 잘 퍼져 나가고 있었던 듯하다……"[14]
또 다른 석양의 구절이 이어진다. "멋진 시각은 황혼 무렵, 사냥꾼
들이 돌아오기 직전이다. 그때는 바람도 잔잔해진다. 나는 잠시 밖
으로 나간다. 커다랗고 시뻘건 해가 연기도 없이 타오르다가 평화
롭게 스러져 간다. 밤이 푹 젖은 검은 날개로 슬쩍 얼굴을 스치며
가볍게 내려앉는다. 저 멀리 지평선에 어둠에 싸여 살아난 붉은 별
빛 하나가 번쩍이며 불빛에 어울린다. 날 저문 뒤에 남아 있는 생명
은 서두르고 있다."[15]

　알퐁스 도데의 태양에 관한 묘사에서 우리는 여름의 태양에 더욱
관심을 집중시켜야 한다. 왜냐하면 겨울의 태양에 대한 묘사는 한
두 개의 경우를 제외하고는 거의 찾아볼 수 없으며, 프로방스의 태
양은 여름의 하늘에서만 그 진정한 모습을 드러내기 때문이다. 알
퐁스 도데가 여름의 태양에 관해서 끊임없이 우리에게 전해 주고자
했던 것은 바로 태양의 강도와 격렬함에 대한 이미지이다. 그 이미
지들 중 가장 인상적이며 선명한 이미지는 태양이 내뿜는 열기의
이미지일 것이다. 그리고 그 이미지를 지탱해 주고 있는 형용사들
——'붉은' '불타오르는' '펄펄 끓는' '숨막힐 듯한' '뜨거운' '짓
누르는 듯한' 등——이 다양하게 동원되고 있음을 알 수 있다. 알
퐁스 도데의 단편에 묘사된 태양의 열기의 이미지는 나무 전체가 불
길에 휩싸여 하늘로 올라가는 듯한 반 고흐의 그림을 연상시킨다.[16]

　14) DAUDET Alphonse, 《Numa Roumestan; Valmajour》, Paris, G. Charpentier, 1881, pp.84-85.
　15) DAUDET Alphonse, 《Lettres de mon moulin; En Camargue》, Paris, Flammarion, 1972, p.261.

반 고흐의 그림은 이 지역의 자연과 모든 개체를 단번에 녹여 버릴 듯한 환영을 우리에게 제공하고 있다. 따라서 알퐁스 도데는 뜨겁고도 숨막힐 듯한 태양의 이미지에 걸맞는 다양한 형용사를 동원할 수밖에 없었을 것이다. 우리는 다시 태양의 찌는 듯한 열기에 짓눌린 프로방스로 다시 들어가 보자. "이 사륜마차 속은 얼마나 더운가! 콩브-오-페의 이 가도에는 미디의 태양 아래 뽀얀 먼지가 일고 있었다. 공기는 불타오르고, 길가의 느릅나무는 뿌옇고 하얀 먼지로 뒤덮여 있었고, 매미떼들은 이 나무에서 저 나무로 서로 화답하며 노래를 한다."[17] 이 불타오르는 대지는 다음의 두 구절 속에서 더욱 뜨겁게 달구어진다. "우리는 단둘이 마차 위에 올라 각자 구석에 자리잡고 있었다. 후덥지근한 날씨였다. 마차의 가죽 덮개가 불타오르듯 흐느적거리고 있었다. 잠시 나도 모르게 눈이 감겨 왔지만 도저히 잠을 이룰 수 없었다."[18] 다음은 어느 산악 지방의 여름에 대한 묘사이다. "참새들의 짹짹거림과 매미들의 노랫소리가 아련히 들려왔다. 하얗게 먼지가 내려앉은 플라타너스 나뭇가지 사이로 햇빛이 비늘처럼 부서져 내렸다. 대기는 들끓고 아른아른 아지랑이가 피어오르고 있었다."[19]

---

16) 반 고흐는 생-레미에서의 체류 시절, 알퐁스 도데의 묘사를 상기시키는 〈두 시프레나무〉를 제작한 바 있다. 이 작품에서 시프레나무는 어두운 불꽃처럼 요동치고 진동한다. 땅에서 나무로, 나무에서 하늘로 옮겨 가는 강력한 움직임을 작품은 보여 주고 있다. Toile, 95×73 cm, New York, The Metropolitan Museum of Art. Cf. LEYMARIE Jean, 《Van Gogh》, Genève, Editions d'Art Albert Skira, coll. 《Découverte du XIXᵉème siècle》, 1985, p.87.

17) DAUDET Alphonse, 《Lettres de mon moulin; Le Sous-Préfet aux champs》, Paris, Flammarion, 1972, p.161.

18) Ibid., 〈La Diligence de Beaucaire〉, p.52.

19) Ibid., 〈Le Sous-Préfet aux champs〉, p.161. 〈La Diligence de Beaucaire〉, p.52.

마지막으로 태양의 열기가 부여하는 이미지는 다음과 같이 극단적으로 확장된다. "7월 어느 날 오후, 님에서 돌아오는 길이었다. 날씨가 몹시 더웠다. 까마득히 이글거리는 하얀 도로 위 올리브나무와 작은 떡갈나무들 사이에서 하늘에 가득 찬 뿌연 은빛의 커다란 태양 아래 먼지가 일고 있었다. 그늘 하나 없이 한 줄기 바람도 불어오지 않았다. 오직 솟아오르는 열기와 미칠 듯이 울어대는 매미들의 시끄러운 소리뿐이었다. 귀가 찢어질 듯 빠른 박자로 울어대는 매미 소리는 바로 그 눈부시고 강렬한 열기의 진동 소리와도 같았다."[20]

알퐁스 도데가 표현한 태양의 절대적 위력은 랑그독 지방의 위제스에 체류할 당시 장 라신이 기록한 어느 구절과 그 이미지가 놀랍게도 일치하고 있다. "대기는 화덕에 불을 지피우는 것만큼이나 뜨겁고 이 열기는 낮이나 밤이나 계속된다. 결국 때때로 불어 주는 자비를 지닌 한 줄기 가느다란 바람도 없기 때문에 버터처럼 스스로 용해되는 수밖에는 달리 길이 없다. 일을 끝내기 위해서 나는 사방에서 울어대는 무수한 매미들의 가장 날카롭고도 귀찮은 노랫소리에 하루종일 덤벙거려야 했다."[21]

우리는 지금까지 알퐁스 도데가 자신의 작품 속에서 묘사했던 프로방스의 태양을 묘사한 다양한 그림을 음미해 보았다. 그 그림들

---

20) Ibid., 〈Les Deux Auberges〉, p.213.
21) RACINE Jean, 《Lettres d'Uzès》, 13 juin 1662, Lyon, Cadran, 1930, tome II, p.72.

속에서 우리는 작가가 끊임없이, 그리고 한결같이 태양의 열기를 강조하고 있음을 깨달았다. 사실상 그는 태양의 속성인 열기를 예찬하고 있었다. 태양의 열기는 개체들에게 내적인 향기를 제공하고, 그들의 감정에 격렬성을 부여한다. 개인과 종족에 축적된 그 열기는 남프랑스인들을 정묘한 알콜이나 섬세한 아편이 촉발할 수도 있을 듯한 환각 상태로 이끌어 간다. 그의 말에 의하면 태양은 모든 것을 변화시키고, 원래의 모습보다 확대시켜 접촉하는 모든 것을 과장시킨다. 그리고 태양의 작용에 의한 이러한 환각 상태는 일종의 마력과도 같은 것이다. 따라서 알퐁스 도데의 텍스트를 통해 태양과 그 열기라는 중요한 요소가 바로 남프랑스인들의 허풍스런 행위를 정당화시켜 주고 있음을 알 수 있다. 이 이중의 요소는 우리의 작가가 《풍차간의 편지》에서 묘사한 바와 같은 권태와 게으름을 조장할 뿐만 아니라 상상력의 증대를 가져왔다. 이러한 상상력이 바로 고귀한 편지(소식)들에 지중해적인 정신을 부여한다. 알퐁스 도데가 《타라스콩의 타르타랭》에서 약삭빠르게 명시하고 있듯이, 프랑스 남부 지방은 태양의 덕분으로 환영의 고장이 된다. 그는 태양에 의해 형성된 남프랑스인의 정신 상태를 일종의 환상이나 환영의 형태로 설명하고 있다. "남프랑스인은 거짓말을 하지 않는다. 다만 스스로 속고 있을 따름이다. 남프랑스인은 항상 진실을 말하지는 않지만 자신이 진실을 말하고 있다고 생각한다. 그가 하는 말들은 거짓말이 아니라 일종의 환영이다. 그렇다, 바로 환영이다. 그것을 잘 알려면 프랑스 남부 지방으로 가보라. 그곳은 태양이 모든 것을 변형시킨다는 것을 알게 될 것이다……. 남프랑스에 유일한 거짓말쟁이가 있다면 그것은 태양일 것이다."[22] 이처럼 태양은 상상력을 덥혀 주고 또 그것을 충전시켜 주며 가장 기괴한 창조물을 진짜인 것으로 받아들이도록 한다. 따라서 세비녜 부인의 말처럼 이 지방에서는 '부드럽고 중용적인 것'은 아무것도 없으며[23] 모든 개체와 사물들은 극단성을 띠고 있는 듯 보인다. 알퐁스 도데가 환각 작용에 의해 부풀려진 허풍쟁이 타르타랭과, 열기에 그을려 감각이 둔해져 지팡이 갈대의 구석에서 나뒹구는 게으름뱅이를 고안해 낸 것이 바로 프랑스 남부 지방의 뜨거운 태양의 열기 속에서이다.

태양의 환각 작용으로 인한 알퐁스 도데의 상상력의 공간을 떠나서 이제는 현실적인 삶의 공간으로 들어가 보자. 알퐁스 도데는 태양의 열기 아래 거칠고도 힘든 삶을 영위하는 시골 주민들의 모습을 다양한 색채로 구현하고자 노력했다. 또 다른 양상 아래에서 태양은 이제 더 이상 '선한' 존재가 아닌, 모든 것을 파괴하는 존재로 등장한다. 프로방스 지방의 일시적인 여행자나 방문객에게 태양은 단순히 자연 환경의 한 요소로만 비춰질 수도 있고, 시적인 서정을 불러일으키거나 인상 깊은 여행의 추억에 관한 재료를 제공해 줄 수도 있다. 무감각한 사람들, 혹은 도시인들에게 있어서 이 지방의 태양이 단순히 관념적이고 추상적인 의미로 해석되어진다면, 이 지방의 거주자들에게는 생활의 토대와 주변을 형성해 주는 자연 환경의 요소들 중 하나이며 때로는 그들을 거칠게 거부하면서 재앙을 가져다 주는 가공할 재난의 현실적인 가혹한 존재로 등장한다. 말하자면 태양의 건조한 열기 덕택으로 방대한 포도 재배지와 다양한 식물군과 동물군을 소유할 수 있던 반면에, 한편으로 태양은 주민들

---

22) DAUDET Alphonse, 《Tartarin de Tarascon》, Paris, Flammarion, 1968, pp.60-61.

23) Cf. p.23.

에게 더 이상 인내할 수 없는 열기로서 삶의 극한적인 고통을 가져다 주는 것이다. 다음 구절에서 무자비한 태양의 열기로 인해 신음하는 주민들의 모습이 적나라하게 묘사되어 있다. "사실 여름이 와서 늪이 마르고 운하의 흰 진흙이 폭염으로 갈라질 때, 섬은 정말로 사람이 살 만한 곳이 못된다. 나는 딱 한 번 물오리를 쏘러와서 그것을 보았다. 이 불을 뿜는 들판의 처참한 광경을 잊지 못할 것이다. 군데군데 연못은 커다란 독처럼 햇빛을 받아 김을 뿜고 있었다. 바닥에 살아남은 불도마뱀과 거미ㆍ물파리떼들이 습한 구석을 찾아 꿈틀거리고 있었다……. 감시인 집에서는 온 가족이 오한에 떨고 있었으며, 모두들 고열로 신음하고 있었다. 노랗게 뜬 얼굴, 쑥 들어간 커다란 눈동자만 동그랗게 남은, 3개월 동안 열에 뜬 몸을 사정없이 내리쬐는 태양 아래 오들오들 떨면서 이리저리 육신을 끌고 다녀야만 하는 이 사람들을 본다는 것은 정말 가슴 아픈 일이다."[24] 장 라신 역시 알퐁스 도데의 태양의 열기에 버금가는 묘사를 농부에게 할애하고 있다. "마치 악마처럼 벌겋게 익은 채 일하는 한 무리의 수확자들을 보게 될 것이다. 숨이 차오를 때면 그들은 태양이 내리쬐는 땅에 누워서 잠들고 또 즉시 일어나야 한다. 나로서는 창문으로 이것밖에 보지 못했는데, 그 이유는 죽지 않고서는 잠시도 그곳에 있을 수 없기 때문이다."[25]

태양은 자신의 광선이 닿는 모든 것을 확대한다. 태양이 자신의

---

24) DAUDET Alphonse, 《Lettres de mon moulin ; En Camargue》, Paris, Flammarion, 1972, pp.264-265.

25) RACINE Jean, 《Lettres d'Uzès》, 13 juin 1662, Lyon, Cadran, 1930, tome I, p.72.

빛나는 광휘와 열기를 통해 주민들의 감정을 부풀리고 있음으로써 정숙한 태도와 영웅주의, 관대함과 두려움, 활력과 수줍음을 종종 아이러니한 하나의 덩어리로 뒤섞는 일종의 열광 상태를 조장한다. 이러한 열광 상태 말고도 태양은 주민들에게 연대감의 감정을 제공한다. 그리하여 프로방스의 주민들에게 있어서 태양은 항상 부정적 이미지만을 갖고 있는 실체는 아니다. 오히려 그 부정적 이미지의 덕택으로 북프랑스와는 대조적인 더욱더 독창적이고 프로방스적인 모습을 지니게 되는 것이다. 거칠고 대항할 수 없는 열기와 움직임으로 전환된 태양은 주민들의 정맥 속으로 미끄러져 들어간다. 태양이 그들을 도취시키고 외관상 태양이 그들을 미치게 만들어도 태양은 반대로 더욱 굳건하고 심오하게, 그리고 명석하게 만들어 주는 그들의 이성을 절대로 공격하지 않는다. 태양은 그들에게 사계절 내내 들판이나 광장에서 서로를 만나게 해주기 때문에 그들 사이의 휴머니티를 조장해 주고, 강하고 굳건한 종족을 만들어 주는, 사랑에서 애국심으로 이어지는 사회적 관계를 조장한다. 그리하여 알퐁스 도데는 다음과 같이 외치기에 이른다. "우리의 묘약, 그것은 미스트랄의《미레유》시구와 오바넬의《아를의 비너스》, 그리고 앙셀므 마티외나 조제프 루마니뉴의 전설을 이해하고 환호하는 농부들의 언어에서 나오는 아름다운 프로방스의 시구에서 출발한다. 그 농부들은 우리와 함께 목소리를 맞추어 태양의 노래를 다시 부르고 있었다. '프로방스의 위대한 태양이여'"[26] 태양은 목소리에 울림을 부여한다. 태양은 색채와 뉘앙스를 지워 버리고 모든 것을 똑같은

---

26) DAUDET Alphonse, 《Trente Ans de Paris; Histoire de mes livres: Lettres de mon moulin》, Paris, C. Marpon et E. Flammarion, 1889, p.174.

지도 위에 가져다 놓기 때문에, 태양은 용이한 환영을 만들고, 어느 순간에 개체를 모으고 그 개체에게 자신과 같이 금빛으로 물든 미래를 단순화시켜 주며, 때로는 자신처럼 미지근하게, 때로는 자신처럼 격렬하고 생생하고 소란스런 감각으로 그 개체를 뒤덮는다. 어린 가지로, 식탁보로, 다발로 눈부신 의식 앞에서 태양은 감정을 투사하며 그것을 펼쳐내거나 확대시킨다. 그리고 종종 그것을 하나의 우스꽝스런 덩어리로 혼합시킨다. 이러한 덩어리가 바로 프로방스의 태양, 그 자신의 존재 덩어리인 것이다.

한 가지 중요한 사실이 있다. 태양의 대조적인 묘사에서 우리가 파악할 수 있는 것은, 알퐁스 도데의 작품 구조가 균형 감각에 철저한 토대를 두고 있다는 사실이다. 자연의 요소들에 관한 것이든, 개체들에 관한 것이든, 그의 텍스트는 빛과 어둠, 유쾌함과 멜랑콜리 사이의 균형 감각을 추구하고 있다. 우리는 그의 텍스트에서 태양에 짓눌려 힘든 삶을 살아가는 주민들의 불행을 파악할 수 있으며, 동시에 눈부신 태양의 분위기에 뒤섞여 살아가는 농부들의 즐거운 노랫소리를 들을 수도 있다. 따라서 알퐁스 도데의 텍스트가 자연의 이중적 성격——생산자와 파괴자, 선과 악——에 토대를 둔 균형 감각에 따라 철저하게 전개되고 있다는 결론을 도출할 수 있다.

부드럽고 격렬한 바람

알퐁스 도데가 우리에게 남겨 놓은 프로방스의 경치에 관한 묘사는 완전히 태양과 바람의 존재를 통해 기록되고 있다.《풍차간의 편지》의 단편인 〈노인들〉에서 우리는 프로방스적인 기후의 가장 전형적인 특징을 발견할 수 있다. "그날 아침, 날씨는 놀라울 정도로 좋았지만 미스트랄이 너무나 심하게 불어대고 태양이 뜨거운 프로방스의 전형적인 날씨라서 길을 걷기에는 적합치 못했다."[1] 때로는 부드럽고 신선하게, 때로는 격렬하게 불어대는 이 지방의 바람은 그것을 구성하고 특징짓는 기후의 한 중요한 요소이다. 알퐁스 도데는 자신의 풍차간 주변의 경치를 묘사하면서 태양에 이은 바람의 중요성을 언급하고 있다.

우리는 알퐁스 도데의 텍스트 속에서 이 지역에 부는 두 가지 바람의 명칭을 발견하게 된다. 미스트랄과 트라몽탄이 그것이다. 우리의 연구에서는 미스트랄에 더욱 관심이 집중될 것이다. 그 이유는 알퐁스 도데의 작품 속에서 미스트랄에 대한 묘사가 트라몽탄이나 그밖의 바람에 대한 묘사보다 훨씬 더 빈번하고 상세하게 나타나고 있기 때문이다. 사실상 오래전부터 프로방스 주민들의 의식 속에는 바람이 상징적인 의미를 띠고 있다.

알퐁스 도데의 텍스트를 언급하기 전에 우리는 미스트랄이라는 바람의 성격을 간단히 살펴보자. 라틴어 'Magistralis'에서 그 명칭이 유래한 이 바람은 프랑스 남부 지방을 북에서 남으로 불어대면서 좋은 날씨를 가져오기도 하지만, 또한 겨울에는 혹독한 추위를 동반하기도 한다. 바람이 집중적으로 불어대는 최대한의 기간은 3

---

1) DAUDET Alphonse, 《Lettres de mon moulin; Les vieux》, Paris, Flammarion, 1972, p.148.

월부터 6월까지이다. 바람의 속도는 초속 8 내지 10미터이다. 이 바람의 빈도수와 평균 속도는 론 강의 계곡에서 멀어져 동부로 향하게 될 때 조금씩 감소된다. 사실상 그 바람은 도처에서 같은 방향으로 불어대지는 않는다. 그것은 대개 론 강 계곡의 북쪽에서 아를까지 불어댄다. 이 바람의 격렬한 성격은 주민들의 거주지와 삶의 형태에도 깊은 영향을 미치고 있다. 들판과 건물을 보호하기 위해 울타리가 세워진다. 테라스는 집 자체의 몸체에 의해 보호되며 남쪽에 세워지고, 지붕을 두르는 기와는 외벽이 시멘트로 된 제노바식의 2열, 3열로 이루어져 있다. 미스트랄의 중요성은 다른 바람의 실존을 거의 잊어버리게 한다.

이 거칠고도 예측할 수 없는 바람은 항상 그 위력을 강조하는 속담을 만들어 낸다. 예를 들면 "당나귀의 꼬리를 뽑아낼 정도로 미스트랄이 불어댄다" 혹은 "숫소들의 뿔을 뽑아낼 정도로 미스트랄이 불어댄다"는 속담이 그것이다.[2] 영국의 여행가이자 작가인 아서 영도 1876년 1월 3일자 자신의 일기 속에서 이 바람의 위력에 대해 언급한 바 있다. "많은 눈을 동반한 극히 사나운 미스트랄이 몰아치고 있었는데, 방목장에 있는 4,5천 마리의 가축들이 바람에 휩쓸리고 있었다. 다섯 명의 목동들이 8백 마리의 가축을 이끌고 마르세유로 향하고 있었는데, 그들 중 세 명의 목동과 양들이 사라져 버렸다." 프로방스의 민속에서 바람에 대한 숭배는 미스트랄의 의인화로 이어진다. 즉 주민들을 미스트랄을 '아를의 장'이라는 이름으로

---

2) MASSOT Jean-Luc, 《Maisons rurales et vie paysanne en Provence》, Paris, Serg, 1975, p.30.

부른다. 바람은 무수한 속담과 격언을 통해 프로방스 지방 주민들의 가슴속에 살아 있다. 예를 들면 카시스에서는 물결이 항구의 좁은 입구 안쪽으로 휩쓸려 가면서 노호하는 소리를 내게 될 때, 어부들은 "마르틴이 움직인다"라고 외친다. 카마르그에서는 감시인들이 바람 소리를 암소의 울음소리와 비교하면서 그 바람 소리가 파도를 만들어 내게 될 때 그들은 "암소가 우리를 덮친다"라고 말한다. 이렇듯 이 지방 주민들은 자신들을 에워싸고 있는 바람으로부터 거친 삶 속에서 잊혀져 가기 쉬운 정서와 유머를 만들어 낼 줄 아는 여유를 지니고 있었다. 또 다른 예를 들어 보자. 프로방스인들의 말에 따르면 미스트랄은 3이라는 숫자에 의해 좌우되는 신비스런 법칙에 복종한다고 한다. 실제로 세번째 날에 바람이 잦아지지 않으면 그 바람은 다시 3일 동안 계속해서 불어댄다. 그리고 만일 6일째에도 잦아지지 않으면 다시 차가운 3일 동안의 폭풍우를 기다려야 한다. 적어도 미스트랄은 그것이 불어대기 시작하는 만큼이나 같은 방법으로 갑자기 진정되어진다. 따라서 미스트랄은 프로방스 주민들의 가슴속에서 이러한 속담을 증언하는 존재로 항상 남아 있다.

알퐁스 도데의 텍스트 속에서 작가가 미스트랄의 존재와 함께 회상하고 있는 것은 우선 그가 머물고 있는 풍차간의 모습이다. 바람의 덕분으로 이 지방은 무수한 풍차들로 뒤덮였고, 풍차는 또한 이지방의 독특한 외적 경치를 형성해 주고 있었다. "마을을 둘러싼 언덕이란 언덕은 모두 풍차들로 뒤덮었다. 오른쪽을 보아도 왼쪽을 보아도, 보이는 것이라곤 소나무 숲 위에서 미스트랄을 받아 빙글빙글 돌아가는 풍차의 날개와 길을 따라 오르내리는 부대자루를 실은 작은 나귀들뿐이었다."[3]

프로방스의 작렬하는 태양이 질 좋은 포도주와 오렌지 생산의 바탕을 이루고 있다면 바람은 그 시대 풍차간의 존재 근거였다. 알퐁스 도데는 바람을 코르니유 영감의 입을 빌어 풍차를 돌려 주는 '신의 숨결'로 파악하고 있다. "나는 미스트랄과 트라몽탄으로 일하고 있지. 그것들은 신의 숨결이야."[4] 태양이 프로방스인들의 의식 속에서 항상 '신의 얼굴'로서 물질화된 것으로 남아 있다면,[5] 마찬가지로 바람은 '선한 신의 입김'을 상징하고 있다. 따라서 태양과 바람은 대등한 상징성을 띠고 있지만, 바람은 그 격렬성과 다양한 양상을 통해 자신의 성격을 드러내고 있다. 우리는 《상징사전》에서 바람의 기본적 속성을 증명하는 임의적인 몇몇 명사를 볼 수 있다. '허영'과 '불안정성' '단속성' 혹은 '격렬함'과 '맹목적성'이 바로 그러한 속성들이다.[6] 알퐁스 도데는 이 거친 땅을 지배하고 있는 상당히 시적인, 그리고 태양과 의형제의 관계를 이루고 있는 바람이라는 요소를 결코 가볍게 취급하지 않았다. 그는 자신의 풍차간에 틀어박혀 미스트랄과 트라몽탄의 리듬에 따라 돌아가는 풍차의 날개 소리에 주목하면서, 바람이 자신에게 가져다 주는 영감을 작은 이야기 형태로 빨아야 했다. 그는 뜨겁고도 도취시키는 듯한, 그리고 한편으로 신선한 향기를 내뿜는 유쾌한 바람 소리에 경탄한다. 그러나 그는 종종 치명적이고 격렬하며 약탈적인 바람 소리에도 귀를 기울인다. 어떤 힘과 놀라울 만한 생생함과 정확성으로 그는 변덕

---

3) DAUDET Alphonse, 《Lettres de mon moulin; Le secret de maître Cornille》, Paris, Flammarion, 1972, p.58.

4) Ibid., p.58.

5) Cf. p.32.

6) CHEVALIER Jean et GHEERBRANT Alain, 《Dictionnaire des Symboles》, Paris, Robert Laffont/Jupiter, 1982, p.997.

스런 바람의 위력을 표현할 줄 알았다. 그가 표현했던 바람의 이중적 성격 중에서 유쾌한 측면을 먼저 제시해 보자. "두 카마르그인이 탄 사륜마차는 미스트랄에 의해 밀려가듯 줄곧 혼자서 가고 있었다. 미스트랄은 마차를 흔들고 마차의 가죽 덮개를 휘게 만들거나 돛과 같이 부풀리기도 했다……. 바람은 연기처럼 하늘로 사라지고 키가 큰 밀 이파리 위로 스쳐가며 올리브 밭에서는 은빛 이파리들을 더욱 반짝거리게 하기도 하고, 바퀴는 먼지 아래서 돌아갈 때마다 삐거덕 소리를 낸다"[7]

유쾌한 바람의 신에 대한 경배가 계속된다. "많은 사람을 볼 수는 없으리라. 때때로 멀리에서 태양 아래 보이지 않는 거대하게 절단된 석재를 실은 운반차가 왔다갔다 하고, 향기로운 풀들로 가득 찬 커다란 광주리를 들고서 허리를 구부린 채 등에는 탁발 승려의 배낭을 짊어지고 땀이 흘러 뒤랑스의 자갈처럼 빛나는 한 늙은 농부 아낙네가 보이기도 한다. 혹은 순례에서 돌아온 곱게 차려입은 여인네들이 탄 마차가 보이기도 하는데, 그 여인네들은 검고 아름다운 눈에 뒷머리는 대담하게 쪽머리를 한 채 밝고 미끈한 리본을 묶고서 생트 봄므와 노르트담 드 뤼미에르에서 돌아오는 길이었다. 미스트랄은 이 모든 것, 즉 힘든 수고와 비참함과 이 지방의 미신들에 건강함과 아름다운 기질의 원기를 부여해 주고 있었으며……."[8]

---

7) 《뉘마 루메스탕》에서 뉘마는 바람과 태양에 대한 민중들의 노래를 기록하고 있다. "프로방스의 아름다운 태양이여, 미스트랄의 유쾌한 친구여." DAUDET Alphonse, 《Numa Roumestan; Valmajour》, Paris, G. Charpentier, 1881, p.75.
8) Ibid., pp.74-75.

자연은 항상 인간에게 부드러운 존재만은 아니다. 자연은 바람으로서 때로는 인간의 약점을 강조한다. 알퐁스 도데는 주민들이 찬양하는 바람의 밝고도 유쾌한 측면과 마찬가지로 그것의 어둡고 부정적인 측면에도 자신의 시선을 고정시킬 줄 알았다. 그것은 바람의 거대한 위력과 그것이 가져다 주는 공포감이었다. 미스트랄에 대한 어두운 이미지는 밝은 이미지와 마찬가지로 자신의 풍차간에서부터 시작된다. "간밤에는 잠을 이룰 수가 없었다. 미스트랄이 성난 듯 불어대고 있었고, 그 무섭게 몰아치는 소리에 아침까지 꼬박 뜬눈으로 있을 수밖에 없었다. 부러진 날개가 선박의 기계처럼 북풍을 받아서 무섭게 흔들리고, 풍차간 전체가 삐거덕거리는 것이었다. 기왓장이 지붕에서 떨어져 날아갔다. 멀리 언덕을 뒤덮은 빽빽한 소나무 숲이 어둠 속에서 꿈틀거리며 신음하고 있었다."[9]

알퐁스 도데에게 있어서 바람은 자신의 추억과 상상력을 확장시켜 주는 문학적 영감자이기도 하다. 그는 자신이 이상하고도 잊을 수 없는 매력을 느낀 카마르그라는 불확실하고도 신비로운 대지에 대한 추억 속으로 우리를 이끌어 간다. 아를 지방과 알피유 지방에서의 뜨거운 태양과 빛의 투명한 분위기 속에서 제한될 것처럼 보이던 《풍차간의 편지》는 바람에 의해 론 강을 넘어서 늪지와 커다란 연못들의 안개가 자욱한 지평선을 향해 넓혀져 간다. 이제 우리는 카마르그 평원의 한복판에 서 있다. 모든 개체들은 미스트랄에 의해 적셔진 듯한 형태를 지니고 있다. "물결이 일어도 일직선으로

9) DAUDET Alphonse, 《Lettres de mon moulin; Le Phare des Sanguinaires》, Paris, Flammarion, 1972, p.109.

만 보이는 바다처럼 이 들판으로부터 고독하고 막막한 감정이 솟아오른다. 잠시도 힘을 늦추지 않고 거침없이 휘몰아치며 그 힘센 숨결로 전망을 더욱 평평하게, 또는 넓혀 주는 듯한 미스트랄로 인해 한층 그 감정이 격렬해진다. 아무리 작은 관목이라도 이 바람이 지나간 자취를 간직하고 있다."[10]

프로방스의 대기는 극단적으로 변덕스럽다. 보통은 건조하고 청명하며 비가 오는 경우는 매우 드물다. 그러나 때로는 비가 바람에 동반되어 억수같이 쏟아지기도 한다. 알퐁스 도데는 이 지방의 갑작스런 일기 변화에 대한 인상을 기록했다. "지난 일요일, 잠자리에서 일어나자 포부르그의 몽마르트르 가에 있는 집에서 잠이 깬 듯한 느낌이 들었다. 비가 오고 있어서 하늘은 잿빛이었고, 풍차간은 썰렁했다. 나는 이렇게 비가 오는 추운 날을 집에서 보내기가 두려웠는데, 문득 내 머리에 떠오른 생각은 프레데릭 미스트랄의 곁에서 몸을 녹이자는 것이었다. (…) 그 날은 길을 걸으면서 눈을 뜰 수가 없었다. 비가 억수같이 퍼붓는 데다 북풍은 마치 물통이라도 끼얹은 듯 얼굴에 빗물을 뿌려대고 있었다."[11] 비에 대한 알퐁스 도데의 묘사는 거의 찾아보기 힘들다. 그것은 다만 윗 구절에서 볼 수 있듯이 미스트랄과 같은 바람이나 강도 높은 돌풍에 동반되어 나타날 뿐이다. 따라서 비는 바람에 종속되어 프로방스의 대기를 구성하는 부차적 요소에 불과하다.

---

10) Ibid., pp.259-260.
11) Ibid., p.183.

프로방스에 불어대는 미스트랄, 트라몽탄과 함께 폭풍우를 이 지방의 바람의 범주에 추가해야 한다. 카마르그 평원의 폭풍우에 대한 섬세하고도 극적인 묘사에서 알퐁스 도데는 처음부터 완전한 공포에 이르기까지 우리들을 능숙하게 이끌어 가고 있다. "태풍이 들이닥쳐 방비도 없고 더욱 제지할 만한 것은 아무것도 없는 이 넓은 카마르그 들판을 매섭게 휘몰아칠 때, 소떼들은 우두머리 뒤로 모여서 머리를 얕게 숙이고 그들의 힘을 집중하고 있는 그 커다란 이마를 바람을 향해 돌리는 광경이란 정말 장관이다. (…) 무리에 섞이지 못한 소들은 불행하다. 비 때문에 눈을 뜰 수도 없고, 태풍으로 휘몰려 가는 소들은 뱅뱅 맴돌면서 놀라 미친 듯이 날뛰며 폭풍을 피하기 위해 곧장 줄달음쳐서 론 강 혹은 바카레 호수 아니면 바다에 떨어지고 마니까……"[12]

카마르그 평원을 떠나서 우리는 시선을 코르시카 섬으로까지 연장시켜야 한다. 코르시카 섬이 지리적으로 프로방스에 속하지 않는다 하더라도 알퐁스 도데가 묘사한 코르시카의 대기는 프로방스적인 영감으로 채색되어 있기 때문이다. 말하자면 바람은 그의 문학적 공간을 연장시키는 역할을 하고 있는 셈이다. 프로방스의 거친 바람은 그를 먼 지방의 강렬했던 어느 추억 속으로 이끌어 간다. 코르시카 섬에 대한 추억들이 어느 불면의 밤으로부터 상기된다. 거칠은 미스트랄이 폭풍우와 송림 속의 혼란스런 바람 소리, 그리고 암초에 부딪히는 파도의 포효를 상기시킨다. 이 세계에서 가장 꾸

---

12) DAUDET Alphonse, 《Le Trésor d'Arlatan》, Œuvres complètes illustrées, tome XXIV, Paris, Librairie de France, 1930, pp.38-39.

밈 없고 자연스런 풍차는 상상 속에서 코르시카 섬의 바람과 고독 속에서 몸부림치는 등대로 변한다. 그리고 하나의 추억은 또 다른 추억을 불러일으킨다. "요전날 밤의 미스트랄이 우리를 코르시카 섬으로 몰고 갔으니 오늘은 그쪽 어부들이 밤을 새워 가며 이야기하는 무시무시한 바다 이야기를 들려 줄 작정이다."[13]

1862년 12월말, 알퐁스 도데는 건강상의 이유로 또다시 파리를 떠나고픈 욕구에 잠긴다. 그리하여 그는 코르시카 섬을 선택한다. 그는 이 코르시카 여행으로부터 잊을 수 없는 추억들을 간직하게 된다. 이 추억들은 바람의 살인적 위력이 주민들에게 야기하는 극단적인 공포와 재난의 참상으로 얼룩져 있다. 불가사의하게 침몰해 버린 순양함의 비극적 참사 같은 환각적 이야기와, 개인적 인상 속에서 예리한 관찰력과 기억력에서 기인하는 시각적·청각적 효과에 의해 바람의 강도가 논리적으로 표현된다. 바람에 고립되어 몸부림치는 등대는 풍차를 연상시키고 혹은 그것을 예고한다. "밖은 어둠과 심연, 유리로 벽을 가린 자그마한 발코니 위로 바람이 미친 듯이 소리치며 날뛰고 있었다. 등대는 삐걱거리고 바다는 포효했다. 섬 끝머리의 암초에 부딪히는 노도가 포성처럼 우렁찼다."[14]

태양이 자신의 뜨거운 열기로 개체들을 서서히 녹여낸다면, 바람은 일시에 개체들의 정신을 앗아가서 그 존재를 사탕수수처럼 용해시켜 버린다. 그리고 바람은 인간에게 고립과 고독을 강요하는 압

---

13) DAUDET Alphonse, 《Lettres de mon moulin; En Camargue》, Paris, Flammarion, 1972, pp.267-268.
14) Ibid., p.114.

제자의 모습을 드러낸다. 알퐁스 도데가 우리의 목을 조를 듯한 현실에 대한 감정으로 우리에게 서술하고 있는 것은 바로 감시인들의 힘든 실존과 움직임이다. "바람이 휘몰아치고 파도가 일고 상기네르의 섬들이 물거품으로 뽀얗게 되면 근무중인 등대지기들은 계속해서 2, 3개월 혹은 어떤 때는 정말로 무시무시한 상황 속에서 어쩔 수 없이 수개월을 갇히고 만다."[15] 한 많은 생존 조건과 극한 상황 속에서의 몸부림이, 이상에서 살펴본 두려운 바람에 대한 묘사에서 드러나 있다.

　알퐁스 도데가 그려낸 바람은 낭만의 대상일 뿐만 아니라 주민들에게 있어서 욕망과 의지의 한계이며 때로는 가장 절망적인 좌절의 상징이기도 하다. 그 바람은 살아가는 기쁨과 슬픔으로 가득 차 있다. 바람의 흐름은 프로방스 주민들을 신선한 분위기로 감싸 주면서 이 지역을 흘러 노을 속으로 사라지는 존재이지만, 폭풍우로 전환된 움직임으로 주민들이 자신들의 주위에 이룩했던 삶을 송두리째 앗아가 버리는 재난의 이중적 구조를 지니고 있다. 결국 알퐁스 도데는 태양의 경우와 마찬가지로 바람의 이중적 구조를 우리에게 보여 주고자 했다. 즉 그것은 바람이 촉발한 유쾌함과 두려움 사이의 대조이며, 이러한 대조를 통하여 바람의 흐름은 모든 개체를 적셔 주고 활성화시키거나 혹은 인간의 삶을 완전히 파괴해 버리는 것이다. 따라서 바람은 그들에게 있어 고난과 고립의 요소이면서도 동시에 결코 거부할 수 없는 생존의 필수적 환경이 된다. 그들은 바람 앞에서 체념 내지는 그것과의 조화를 꾀한다. 바람은 고난에 찬

---

15) Ibid., p.112.

삶의 쓰라림과, 그 쓰라린 삶에 대한 주민들의 힘겨운 이중적 구조에 의해 소설적인 긴장을 획득한다. 마지막으로 알퐁스 도데의 텍스트에서 바람은 태양과 함께 주요한 영감의 고취자로서 프로방스를 코르시카 섬과 연결시키는 주요한 요소가 되기도 한다.

광막한 평원

알퐁스 도데는 프로방스인들의 억양과 태양의 환각 작용을 통해서 아름다운 경치와 생기에 넘치는 유쾌한 주민들의 프로방스에서만 살지는 않았다. 그가 사랑하는 고장은 해안가 도시의 매력적이고 풍요로운 고장이 아니라 열기와 매미 소리로 정신이 혼란하고 내리쬐는 햇빛에 바람으로 건조해진 척박한 땅이었으며, 불모의 사막이나 메마른 바위, 초원과 늪지 등이 어우러져 펼쳐지는 황야였다. 이러한 배경은 카마르그와 크로 등의 평원과 관계가 있다. 알퐁스 도데는 까마르크와 크로의 대조적인 성격을 다음과 같이 단적으로 규정하고 있다. "론 강의 물살과 추진기, 그리고 북풍, 이 세 가지가 합쳐진 속력으로 양 기슭을 지나간다. 한쪽은 크로, 자갈이 많은 불모지다. 또 다른 쪽은 카마르그, 녹색이 더 많고 짧은 풀잎과 갈대가 우거진 늪이 바다까지 펼쳐져 있다."[1]

프로방스에 존재하는 대표적인 이 두 평원은 프로방스의 남서부

---

1) DAUDET Alphonse, 《Lettres de mon moulin: En Camargue》, Paris, Flammarion, 1972, p.258.

에서 대단히 특이한 공간을 형성하고 있다. 우리는 론 강의 좌안에 위치한 크로 평원에 관해서는 간략한 묘사만으로 만족할 것이다. 크로 평원은 2개의 커다란 덩어리로 나누어진다. 평원의 북쪽에 위치한 소(小)크로는 관개 시설이 갖추어진 덕분으로 포도와 올리브 등의 재배가 가능한 지역이다. 그 남쪽으로 펼쳐져 있는 대(大)크로는 건조한 스텝 지역으로서 양떼와 가축들이 방목되는 목초지를 형성하고 있다. 불행하게도 우리는 알퐁스 도데의 프로방스적인 연대기 속에서 이 평원에 관한 비교적 상세한 정보를 거의 얻을 수 없다. 결국 두 평원 가운데 알퐁스 도데에게 더욱 커다란 흥미를 불러일으켰던 평원은 카마르그 평원이었다. 펠리브리주 회원들과의 빈번한 방문을 통해 카마르그의 거칠고 야생적인 경치에 이상한 호기심과 애착을 느끼고 있었기 때문이다. 따라서 알퐁스 도데의《풍차간의 편지》에서 프로방스의 평원을 대변하는 것이 바로 카마르그라는 사실에는 어떠한 이의도 있을 수 없다. 현실적인 측면에서도 프랑스의 식물군과 동물군의 보고(寶庫)로서 그 규모와 가치, 독창성에 있어서도 카마르그는 자연에서 매우 중요한 위치를 차지하며 오늘날까지 존속하고 있다.

어원학적으로 수많은 논란의 대상이 되고 있는 카마르그 평원은 론 강의 촉수가 창조하는 부채꼴의 형상으로 자신을 펼쳐 보인다. 7만 5천 헥타르에 달하는 이 평평하고 거대한 세계는 늪지와 초원지대를 형성하면서 론 강의 델타 유역의 두 지류 사이에서 펼쳐진다. 시작도 끝도 없는 거대한 초원으로 이루어진 이 평원은 그 가운데 바카레 호수를 놓아두고 있다. 바다에 침식당해 소금기 있는 이 호수의 주변에서 야생마와 검은 황소들이 서식하며, 절대적 고독과 고립 속에서 감시인들과 목동들이 힘든 삶을 영위한다. 론 강의 범람과 유입, 염전의 침입에 의해 항상 위협당하는 이 대지에서는 통행이 힘들고 모기떼 등의 곤충이 극성을 피운다. 자연적인 악조건은 인간의 인위적 정복을 오랫동안 허용치 않았다. 카마르그는 항상 바람에 씻겨가고 노출되어 공허하고 드넓은 지평선으로부터 멜랑콜릭한 모습을 보이고 있다. 알퐁스 도데가 《풍차간의 편지》에서 묘사했던 것이 바로 이러한 경치이다. 다음의 몇 줄 속에 카마르그에 대한 일반적인 인상이 압축되어 있다. "경작지를 통과하고 나니 드디어 황량한 카마르그 들판, 눈에 보이는 것이라곤 목장 사이사이 풀숲에서 반짝이는 늪과 운하뿐이었다. 위성 류와 갈대숲은 고요한 바다 위에 떠 있는 섬 같았다. 큰 나무는 하나도 없다. 광야의 평평하고 무한한 전망을 막을 것이라곤 아무것도 없다."[2]

알퐁스 도데의 텍스트 속에서 카마르그 지역이 우리에게 가져다주는 첫번째 분위기는 바로 대지의 거대함에서 비롯되는 광막함과 고독감이다. "물결이 일어도 직선으로만 보이는 이 들판으로부터 고독과 망막한 감정이 솟아오른다."[3] 이러한 분위기는 《월요 이야기》속에서도 강조된다. "이곳은 프로방스 지방에 있는 카마르그의 어업 감시소, 갈대로 꾸민 오두막, 벽에는 그물이 걸려 있고, 노·총 같은 물과 땅에서 쓰는 사냥 도구가 보인다. (…) 이 조그만 방 밖에는 바람이 불고 새가 나는 광막한 공간을 느낄 수 있었다. 그 공간은 소나 말떼가 지나가는 방울 소리로 헤아릴 수 있었다. 가까이서

---

2) Ibid., 257.
3) Ibid., pp.259-260.

크게 울리던 방울 소리는 차츰 멀어져 바람 속으로 사라지고 있었다."[4]

　카마르그 평원이 드러내는 경치의 가장 특징적인 양상은 바로 여름에 나타난다. 알퐁스 도데는 여름의 카마르그에서 받았던 강렬한 인상을 자신의 단편들 속에서 정확하게 되살려내고 있다. 그것은 태양의 복사 작용에 의해 동반되는 극한적 더위와 대지의 폭발이다. 그것은 카마르그이지만 물오리 새끼의 계절인 여름의 카마르그이다. 그때는 대기가 건조해지고 물병이 강렬한 열기로 깨져 버린다. 카마르그는 때로 거의 원시적인 삶으로 되돌아가도록 인간에게 강요한다. 여름철의 습기가 말라붙은 채로 불어대는 열기로 초췌해진 감시인들의 당황스러울 정도의 고독감을, 그리고 주민들이 극복할 수 없을 정도의 극한적 고통을 드러내 준다. "사실 여름이 와서 늦이 마르고 운하의 진흙이 폭염으로 갈라질 때 섬은 정말로 사람이 살 만한 곳이 못된다. (…) 이 불을 뿜는 들판의 처참한 광경을 나는 잊지 못할 것이다. 군데군데 연못은 커다란 독처럼 햇빛을 받아 김을 내뿜고 있었다. 바닥에 살아남은 불도마뱀과 개미·물파리떼들이 습한 구석을 찾아 꿈틀거리고 있었다. 악취와 텁텁하게 떠도는 독기가 안개처럼 서려 있었으며, 모기떼들의 소용돌이가 그것을 더욱더 짙게 만들었다. 감시인 집의 가족들은 모두가 오한에 떨고 있었으며, 고열로 신음하고 있었다."[5]

---

　4) DAUDET Alphonse, 《Contes du lundi: Paysages Gastronomiques》, Paris, Librairie Générale Française, coll. 《Livre de poche》, 1985, pp.235-236.
　5) DAUDET Alphonse, 《Lettres de mon moulin: En Camargue》, Paris, Flammarion, 1972, pp.264-265.

역설적으로 인간의 거주지로서의 불리한 조건의 덕택으로 카마르그는 원시적의 모습을 그대로 간직할 수 있었다. 변화를 거부하는 카마르그의 완강함은 그곳의 주민에게 원시적인 삶을 강요했다. "그러나 여기서 20리 떨어진 늪지대에 또 한 사람의 밀렵 감시인이 살고 있는데, 그는 1년 내내, 그야말로 단신으로 로빈슨 크루소처럼 살아가고 있다. 손수 지은 갈대의 오두막 안에는 버들가지로 엮어 달아맨 그물 침대를 비롯하여 화로로 쓰이는 검은 돌 3개, 위성류 뿌리로 만든 의자, 그리고 이 괴상한 집을 잠그는 흰 나무로 만든 자물쇠와 열쇠에 이르기까지 그의 손이 닿지 않은 도구가 없었다."[6] 인간의 발길은 항상 발전이라는 명제를 동반한다. 발전이라는 명목 하에 인간의 자신이 접촉하는 모든 것을 파괴하기도 한다. 그러나 카마르그의 거칠은 평야는 적어도 19세기말까지는 집요하게 인간의 침입을 거부해 왔다. 그 결과 알퐁스 도데는 이 지방의 여행으로부터 태고적 때부터 카마르그라는 대지의 신비로움과 그 속에서 전혀 훼손되지 않고서 살아가는 수많은 개체들의 양상을 발견할 수 있었다. 카마르그의 이러한 원시적·야생적 환경으로 인해 인간은 이 지역에서 집단적인 촌락이나 도시의 형태를 형성하지 못했다. 드문드문 눈에 띄는 목동들이나 감시인들의 초가집, 혹은 오두막을 제외하고는 공동체적인 삶의 형태를 알퐁스 도데의 작품에서 찾아볼 수 없다.

이 지역에서 빼놓을 수 없는 중요한 요소가 있다. 그것은 앞서 언급한 바 있듯이 카마르그의 중심 부분을 차지하고 있는 바카레 호

---

6) Ibid., p.265.

수로써 카마르그 경치의 절정을 이룬다. "카마르그에서 가장 아름다운 곳은 바카레 호수이다. (…) 뭍으로 둘러싸인, 대양의 한 조각처럼 보이는 작은 바다인 이 호수는 땅의 포로라는 느낌 때문에 더욱 친근감이 간다. 이 해안은 일반적으로 건조와 불모로 황량한 느낌을 주지만, 바카레 호수는 약간 높은 기슭 위에 고운 벨벳같이 반들반들한 진초록색 풀잎으로 기묘하고도 아름다운 꽃밭을 펼쳐내고 있다. (…) 저녁 5시경, 해가 저물 무렵이면 30리 안의 이 해상에는 호수의 담담한 정취를 덜거나 변화시킬 배 한 척, 돛 하나 없는 실로 감탄해 마지않는 조망을 이룬다."[7]

카마르그 평원에 대한 알퐁스 도데의 묘사에서 우리는 또 다른 특징을 찾아볼 수 있다. 그것은 태양과 바람의 경우에서 우리가 이미 살펴본 바와 같이, 그리고 《풍차간의 편지》 전체에 적용되고 있는 균형 감각의 추구이며, 여기서도 그것은 충실히 적용되고 있다. 예를 들면 알퐁스 도데는 빛과 청명함이 지배하는 퐁비에유 주변의 정화된 이미지를 〈정착〉 편에서 보여 주는가 하면, 반면에 늪과 호수의 거칠고도 야생적이며 황량한 이미지를 포착하고 있기도 하다. 보르네크가 언급하고 있듯이[8] 다른 단편에서의 상반된 이러한 묘사는 《풍차간의 편지》가 기본적으로 지니고 있는 선과 악이라는 두 가지 극점을 증언하고 있다. 그리하여 카마르그의 어두운 분위기는 퐁비에유 주변의 명랑하고 유쾌한 분위기를 통해 충분히 보상받고 있다.

---

7) Ibid., p.257.
8) BORNECQUE Jacques-Henri, 《Les années d'apprentissage d'Alphonse Daudet》, Paris, Nizet, 1951, p.448.

이러한 예는 다른 곳에서도 찾아볼 수 있다.《교황의 노새》의 즐겁고 흥겨운 분위기는《아를의 여인》의 비극적인 분위기를 상쇄하고,《들판의 부군수》의 환상은《왕자의 죽음》의 슬픔을 완화시켜 주며,《상기네르의 등대》에서의 행위의 부재는 교황 시절의 아비뇽의 소란스런 분위기 이후 휴식을 제공한다. 그리고《세미양트호의 최후》속에서의 자연의 위협은《들판의 부군수》의 즐겁고도 순진무구한 양상을 흔들어댄다. 이렇게《풍차간의 편지》의 배열은 색채와 리듬의 교차로 이루어져 있다. 말하자면 잠시의 휴지 뒤에 맹렬한 행동이 일어나는가 하면, 웃음은 어떤 이야기의 슬픔을 지워 버리는 것이다. 따라서 이러한 경향이 지속적으로 알퐁스 도데의 작품 속에서 이어지고 있다.

알퐁스 도데가 그려내는 카마르그 평원은 단순한 삶의 물리적 공간이 아니다. 그가 카마르그를 통해 우리에게 보여 주려는 것은 경치의 외적인 양상을 뛰어넘어 그 속에서 어우러져 살아가는 개체들의 위대한 행위이다. 알퐁스 도데는 이 지역의 비극적 환경과 운명적 분위기로부터 그것을 극복하고 살아가는 굽힐 줄 모르는 인간의 의지, 그리고 그 위대함을 보여 준다. 감시인이나 목동들은 대지와의 동화 혹은 공존의 의식 속에서 묵묵히 그리고 성실히 살아가는 선의 유형을 드러내 준다. 이러한 유형은 알퐁스 도데가 생각하던 도시의 약삭빠름과 비열함의 유형에 의해 더욱 두드러진다.

밝고 어두운 산

　알퐁스 도데의 문학적 제재 중에 일반적으로 산은 프로방스 자연의 다른 요소들과 같이 나름대로의 중요한 지위를 차지하고 있다. 몇몇 작품들 속에서 산은 이야기의 주요한 배경으로 등장하기 때문이다.

　프랑스 남부 지방에서 산은 결코 멀리에 있지 않다. 그저 눈을 들어 시선을 옮기기만 하면 하늘을 절단하는 산의 선들이 시야에 펼쳐진다. 알퐁스 도데는 자신의 작품에 등장하는 산의 실체를 너무도 잘 알고 있었다. 론 강을 중심으로 늘어서 있는 프로방스의 산들은 높은 고도를 지니고 있지는 않지만 종종 가파르고 거칠며, 날카로운 산의 경사는 눈부신 그림으로 이 작가를 매료시키기에 충분했다. 몽토방에서 체류하고 있을 당시 그는 목동들과 양떼들에게서 옛날 이야기를 들으며 그들과 산 속에서 함께 오랜 시간을 보내기도 했고, 산이 제공하는 아름다운 경치와 신선한 대기를 음미하기도 했다. 따라서 그는 낮과 밤을 통해 펼쳐지는, 때로는 아름답고 신비스러우며 때로는 어둡고 무서운 산의 이미지를 몇몇 작품 속에 포착해 놓는 것을 잊지 않았다.

　알퐁스 도데의 《풍차간의 편지》에서 우리가 찾아볼 수 있는 산들은 바로 알피유와 알프스, 그리고 뤼브롱이다. 우선 퐁비에유에 있는 작가의 풍차간은 알피유 산으로 가는 출발점으로 등장한다. 알피유는 론 강의 계곡까지 펼쳐지는 알프스 끝자락의 작은 산들로 이루어져 있다. 약 1백만 년 전에 바다가 프로방스를 뒤덮고 있었다. 제4기에 알프스와 피레네의 압력으로 인해 바다의 심층부가 융기됨으로써 오랜 세월 동안 침적된 이 석회질 층이 탄생했다. 그것을 둘러싸고 있던 바다는 론 강과 뒤랑스의 거대한 지각 변동이 이루어지는 과정에서 알프스의 광대한 충적토 층에 의해 조금씩 밀려나기 시작했다. 라마논의 입구를 통해 들어오던 론 강은 그리하여 그 출구가 바다 쪽으로 향하게 되었다. 남쪽의 대(大)크로 평원과 북쪽의 소(小)크로 평원은 이러한 지각 변동으로 탄생한 평원이었다. 알피유 산은 이 바다 분지의 섬처럼 사방으로부터 우뚝 솟아나서 그때부터 놀라운 경치를 형성하게 되었던 것이다. 해발 4백50미터에 이르는 이 산악 지역에는 적어도 하나의 부조로서 지중해적인 식물들이 서식하고 있다. 이 산악 지역은 다음과 같은 시골의 촌락들을 형성하고 있다. 뒤랑스의 가장자리에 생-레미와 오르공, 세나스가 자리잡고, 크로 평원을 둘러싸면서 에기에르와 오레이유, 모산느가, 그리고 그 중심부에는 레 보가 각기 자리잡고 있다. 알퐁스 도데의 풍차가 돌아가고 이웃 농가와 함께 어울려 있는 곳이 바로 크로 평원의 가장자리에 있는 이 구릉지역이었다. 크로 평원의 지각 변동으로 이 대지는 비옥해서 물이 풍부했고, 계곡은 다양한 식물들이 자라나는 푸른 녹음에 감싸여 있었다. 이 산악 지역에 대한 묘사가 《풍차간의 편지》의 서두에서부터 솟아나와, 그 아름다운 모습으로 자신의 풍차간에 틀어박힌 알퐁스 도데의 문학적 상상력을 자극하기 시작했다. 알피유의 놀라운 경치를 음미하면서 그는 풍차간에서 자신의 속내 이야기를 빻기 시작한다. "예쁘장한 소나무 숲이 햇빛을 받아 반짝이며 내 앞에서부터 산기슭까지 내닫는다. 지평선에는 알피유 산이 아름다운 봉우리를 드러내고……."[1] 빛의 작용을 통해

배가된 알피유의 매력은 단순히 자연의 외적인 의미를 넘어서서 그의 《풍차간의 편지》에 문학적 감수성을 부여해 주는 영감의 출발점이라는 것을 이 구절에서 알 수 있다.

   알퐁스 도데가 그려내는 산의 이미지는 카마르그 평원이나 론 강이 부여하는 거대함이나 막막한 감정과는 다른, 어떤 상쾌함이나 싱싱함, 그리고 활력을 상징하는 초록색을 연상시킨다. 알프스의 푸르고 무성한 숲은 개체들을 먹여 살리는 삶의 근원적 공간이다. 그는 산에서 야생의 삶을 찾아내어 그것을 생생한 필치로 그려낸다. 야생의 동·식물들과 산은 현실적으로 가장 직접적이고도 운명적인 관계를 맺음으로써 공생적인 모습을 형성한다. 운명적인 이들의 관계를 신선하고 향내나는 그림으로 만들어 내는 데는 위대한 시인으로서의 비전이 필요하다. 알퐁스 도데는 시각적이고 회화적인 여러 가지 색채를 동원하여 산에 대한 자신의 풍부한 상상력을 신선한 시적 언어로 표현할 줄 알았다. 가장 서정성이 강하다고 생각되는 한 구절을 음미해 보자. "이곳 프로방스 지방에서는 더위가 오면 가축들을 알프스 산으로 보내는 것이 관습으로 되어 있단다. 짐승은 물론 사람까지도 5,6개월간을 아름다운 별조차 잠드는, 높은 산의 배꼽까지 차오르는 무성한 숲 속에서 보낸다. 그런 다음 가을바람이 불기 시작하면 다시 농가로 내려온다. 로즈메리 향기 가득한 잿빛 언덕에서 얌전하게 풀을 뜯게 하며. (…) 그래 바로 어제 저녁에 양떼들이 돌아온 것이다. (…) 아마도 양들은 저마다 털 속에

---

1) DAUDET Alphonse, 《Lettres de mon moulin: L'Installation》, Paris, Flammarion, 1972, p.44.

순박한 알프스의 향기에 취하여 춤이라고 추고픈 산의 이 싱싱한 공기를 조금씩 지니고 왔으리라."[2]

  산을 무대로 한, 라 퐁텐의 우화를 연상시키는 재미있는 단편이 있다. 《스갱 씨의 염소》의 배경으로 사용되는 산의 지리적 명칭은 이 작품의 어느 곳에도 명시되어 있지 않다. 그러나 우리는 그것을 프로방스의 어느 산이라고 가정할 수 있다. 왜냐하면 이 작품이 알 퐁스 도데의 순수한 상상력에서 기인한 것이라면 작품의 배경을 우리의 상상력 속에 위치시키는 것 또한 바로 독자의 특권일 것이기 때문이다. 이 작품에서는 《정착》에서 언급된 산과 가축과의 관계가 다시 환기된다. "하얀 염소가 산에 다다르자 산 전체가 황홀하게 느껴졌다. (…) 밤나무는 땅에 닿도록 굽혀 가지 끝으로 그를 애무했다. (…) 그곳에는 풀이 가득했지. 보게, 뿔이 묻힐 정도였다네. 무슨 풀이 이렇게 맛있담! 맛있게 생긴 것, 부드러운 것, 톱니같이 생긴 것, 천 가지 만 가지 풀이. (…) 큼직한 푸른빛 도라지꽃, 길죽한 꽃받침이 있는 빨간 디지털 리스, 취해 오르는 즙을 가득 담은 야생 꽃이 숲을 이루고 있었다네. 흰 염소는 반쯤 취해 그 속에서 다리를 치켜들고 발랑 뒤집어져 뒹굴기도 하고, 낙엽과 알밤과 뒤엉켜 경사면을 구르기도 했다. (…) 갑자기 바람이 서늘해졌다. 산은 보랏빛으로 물들었다. 저녁 무렵이었다. 보금자리로 돌아가는 매가 날개로 가볍게 그를 스치며 지나갔다. 그러자 산 속에서 울부짖는 소리가 들려왔다. "우우! 우우!" 염소는 늑대를 생각했다. 염소는 갑자기 자기 등뒤에서 나뭇잎이 바스락거리는 소리를 들었다."[3] 현실

---

2) Ibid., p.44.

을 시적인 것으로 만드는 데 대가인 알퐁스 도데는 비현실적이고 환상적인 주제에 현실의 모습을 부여하는 데도 천부적인 재능을 보였다. 그는 자신이 회상하고 상상하는 것, 즉 사물들에 영혼을 빌려 줄 줄 아는 재능이 있었다. 특히 동물들은 몇몇 작품 속에서 놀라우리만치 인간적인 모습을 지니고 있다. 위에서 언급한 작품에 등장하는 염소 블랑케트는 가장 대중적이고도 보편적인 등장인물들 중의 하나이다. 따라서 거의 모든 작품에서 빅토르 위고의 정신주원론, 즉 "모든 것은 살아 있고, 영혼으로 가득 차 있다"[4]는 사상이 동물들의 의인화로 구현되고 있다. 블랑케트에게 있어서 산은 자유의 상징이다. 다양한 색채의 식물들로 블랑케트를 유혹하는 산은 그러나 사실상 참된 자유가 아닌 자유에 대한 환상을 불러일으키는 미지의 두려운 공간이다. 알퐁스 도데는 이 작품 속에서 자유란 얼마나 억제할 수 없는 것이며 얼마나 커다란 희생이 필요한 것인가를 역설하고 있다. 자유와 때로는 타협이 뒤따르는 안전 사이에서 하나를 선택해야 한다. 라 퐁텐은 우화《늑대와 개》에서 이러한 사상을 이미 전개한 바 있다.

야생 동·식물들의 삶의 원초적 토대로서의 산의 실제적 공간은 낮과 밤의 두드러진 대조적 양상을 이 작품에서 보여 주고 있다. 말하자면 태양의 눈부신 빛에 의해 고무된 야생 동·식물들이 밝고 유

---

3) Ibid., 〈La chèvre de M. Seguin〉, pp.67-69.

4) HUGO Victor, 《Les chants du crèpuscule》, paris, Gallimard, coll. 《nrf》, 1990, p.282. 빅토르 위고의 애니미즘은 다음 시에서도 표현되어 있다: "Tout chante et murmure, / Tout parle à la fois, / Fumée et verdure, / Les nids et les toits; / Le vent parle aux chênes, / L'eau parle aux fontaines;" Ibid., p.81.

쾌한 분위기를 형성해 주고 있는 반면에, 어두운 밤은 늑대의 등장을 통해 공포심과 두려움을 유발시킨다. 그러나 어두운 밤이 항상 두렵고 위협적인 존재만은 아니다. 오히려 산은 낮보다도 밤에 자신만의 독특한 아름다움을 간직할 수 있을지도 모른다. 산 속에서 펼쳐지는 개체들의 삶이 가장 시적으로, 가장 환상적으로 펼쳐지는 작품이 바로 뤼브롱을 무대로 한 《별》이다. 이 작품에 접근하기 전에 보두이예의 몇 구절을 인용할 필요가 있다. "뤼브롱은 동에서 서로 뻗어 있는, 주변에 있는 산들과는 상당히 다르고 외떨어진 길다란 산으로서 르 베르동과의 합류점으로부터 쿨롱을 만나는 지점에 이르기까지 즉각적으로 거의 뒤랑스를 지배한다. 보클뤼즈 산맥과 방투산은 북쪽에, 베르동 산맥은 동쪽에, 알피유는 서쪽에 위치한다. 이 산들의 날카로운 급경사는 대단히 영웅적인 그림들을 창조하는데, 거기에서는 광물이 왕이다. 헤라클레스처럼 근육으로 단련된, 그리고 아폴론처럼 불꽃으로 둘러싸인 이 등장인물들 가운데 뤼브롱은 다듬어지지 않은 여신이다."[5]

알퐁스 도데는 때로는 거칠고 또 때로는 부드러우며 헐벗거나 혹은 풀이 무성한 뤼브롱의 양상을 직접적으로 묘사하지는 않는다. 우리는 개략적으로 그려진 그림을 볼 수 있을 뿐이다. 그는 간접적인 방식의 묘사를 통해 자연의 모든 아름다움과 생생함에서 비롯되는 대단히 활기찬 인상을 간직한다. "그러는 동안 곧 밤이 되었다. 여기저기 산봉우리에 마지막 비낀 햇살과 서쪽에 안개 같은 빛이 조금 남아 있을 뿐이었다. (…) 우린 말없이 나란히 앉아 있었다. 만일 여

5) VAUDOYER Jean-Louis, 《Beautés de la Provence》, Paris, Grasset, 1926, p.237.

러분들이 아름다운 별들이 반짝이는 밤을 지새워 본 경험이 한번이라도 있다면 우리들이 잠들고 있는 그 시각에 새로운 세계가 고독과 고요 속에서 눈을 뜬다는 사실을 알 것이다. 그때 샘물은 한층 더 맑게 노래하며, 연못은 작은 불꽃을 피워댄다. 산의 모든 정령이 자유로이 오가고, 공중에는 무엇인가가 스치는 소리, 들리지도 않는 작은 음향이 마치 나뭇가지가 굵어지고 풀잎이 자라는 소리처럼 들려온다. 낮은 생물의 세계요, 밤은 무생물의 세계다. (…) 우리를 둘러싸고 있는 별들은 마치 커다란 양떼처럼 순하고 조용한 행군을 계속하고 있었다. 그리고 나는 이 별들 중의 하나가, 가장 아름답고 가장 빛나는 별 하나가 길을 잃고 내 어깨 위에 내려앉아 잠들어 있다고 생각해 보는 것이었다."[6] 알퐁스 도데의 전 작품을 통해서 가장 시적인 표현력이 우세한 이 작품에서 작가는 때때로 자신의 시작 영감에 이끌리도록 자신을 내버려둔다. 그리하여 그는 수많은 시작 방식을 통해 자연의 모든 아름다움과 매력, 고독과 침묵에 찬 거대한 공간을 묘사하는 데 탁월한 능력을 보여 주고 있다. 시인이 되기 위해서 반드시 시구로 된 글을 쓸 필요는 없다. 따라서 이 작품은 산문으로 된 진정한 시라 할 수 있다. 그리고 "낮은 생물의 세계요, 밤은 무생물의 세계다"라는 구절을 통해 그는 동적인 낮의 활기와 정적인 밤의 고요함을 대립시킴으로써 알퐁스 도데 특유의 사물에 대한 이중적 구조와 그 사이의 균형 감각의 추구를 깨달을 수 있다.

---

6) DAUDET Alphonse, 《Lettres de mon moulin: Les Etoiles》, Paris, Flammarion, 1972, pp.80-83.

그가 묘사하는 뤼브롱은 낮보다도 오히려 밤에 아름다움을 획득한다. 모든 것이 잠들어 있을 때, 산의 찬란하고도 섬세한 낮의 아름다움을 지워 버리고 물질을 정신화시키는 어둠과 깊은 침묵 속에서 별들은 새로운 우주를 형성한다. 하늘에서 빛나는 별들이 섬세한 미광으로 어둠을 꿰뚫고 우주의 신비를 드러내 준다. 뤼브롱의 목동은 완전히 별로 가득 찬 밤을 통해 우주의 숨소리를 듣는다. 자연과의 깊은 교감을 통해 목동은 별들에 환상적 해석을 부여한다. 별들은 목동에게 밤의 어느 순간에 와 있는지를 알려 주는 성좌를 형성한다. 별은 또한 문학적으로 시의 근원이 되기도 한다. 목동은 스테파네트에게 전혀 과학적이지 않지만 기독교에 의해 영감을 받은 전설의 설명으로써 별들의 이름을 알려 준다. 줄곧 목동은 종교적이고 시적인 의미를 별에게 부여한다.

알퐁스 도데가 그려내는 산은 현실적으로 개체들에게 침묵을 강요하는 자연 환경 중의 하나이지만, 그러나 목동에게는 그 침묵과 고독 속에서 자신만의 은밀한 세계를 가꾸어 나가는 공간이기도 하다. 알퐁스 도데의 흥미를 불러일으키는 것은 묘사에 있어서의 리얼리즘보다는 이 존재에 그가 부여하는 시적인 해석이다. 그리스와 라틴 시인들의 전통을 이어받아서 그는 목동을 순수함과, 자연과의 교감의 상징으로 만들어 낸다. 드넓은 공간에 익숙해진 목동은 바르고도 섬세한 정신을 보여 주고 있으며, 자신의 위대함과 아름다움을 맛보는 주위와의 접촉에서 흥분할 줄도 안다. 그리하여 이 작품에서는 목동과 시인이 순수성의 이상에 대한 공동의 추구 속에 함께 어우러져 있다.

유쾌하고 두려운 강

　이 단원에서 우리는 프로방스의 자연을 구성하는 요소들 중에서
물이라는 요소를 다룰 작정이다. 물은 태곳적부터 불과 공기, 대지
와 함께 우주를 구성하고 지배한다는 서구인들의 의식 속에서 커다
란 위치를 차지하고 있다. 이 네 가지 요소들 중 맨 앞에 위치하며
삶의 상징이자 원천으로서의 물은 따라서 모든 개체들의 기원이 된
다. 그리하여 인간의 문명이 물이 극히 중요한 자리를 점유하던 장
소에서 만개했다는 것은 너무나도 당연한 일이다. 물은 자연 속에
서 강이라든가 호수 · 하천 · 바다 등의 다양한 형태로 등장한다. 우
리가 앞서 제시한 바와 같이 오래전부터 인간의 삶과 역사를 좌우
했던 것은 이 여러 형태의 물 중에서 강이었다는 사실은 주지된 것
이다. 산에서 발원하여 계곡을 거쳐 흘러온 물은 하나의 강을 형성
하고, 그 강은 자신의 가슴으로 모든 피조물에게 양분을 공급하며,
그 강의 주위에서 인간과 개체들은 자신들의 거주지를 건설하는 것
이다. 따라서 강이 갖는 상징성은 인간의 실존과 밀접한 관계를 형
성한다.

　우리가 프로방스를 생각할 때 가장 먼저 떠오르는 강은 론이라고
불리는 길다란 강이다. 격렬하고 활기차게 움직이는 론 강은 프로
방스의 자연적 구성 요소 중에서 가장 대표적인 물의 요소로 간주
될 수 있다. 프로방스는 산악 지역과 바다 사이에서 지리적으로 이
탈리아와 스페인을 연결해 주는 지역이며, 지중해 세계와 남서 유
럽 사이의 통행을 보장하는 하천의 한 축이기도 하다. 이집트의 나

일 강처럼 이 지방의 가장 상징적인 마스코트로서 미슐레에 의해 규정된[1] 이 강은 프랑스의 강들 중에서 가장 강력하며 지중해와 합류하는 유럽의 강들 중에서 가장 중요한 위치를 점유하고 있다. 론 강은 그 기세와 맹렬성, 장중함, 그리고 역사를 지니고 있기에 독일의 라인 강처럼 사람들은 프랑스의 강들 중 왕으로 손꼽는 데 주저하지 않는다. 번갈아 가며 격렬하게 때로는 고요하게, 거만한 흐름 속에서 억눌린 듯 때로는 활짝 만개하기도 하지만 하구의 넓은 대지 속에서는 멜랑콜릭한 모습을 지니고 있기도 하다.

론 강은 프로방스의 역사와 전설, 에피소드 나아가 알퐁스 도데의 개인적 경험이 가득히 어우러져 흘러가는 강이다. 역사적으로도 론 강을 따라서 수많은 전투와 연합, 충돌이 있었다. 로마로 가는 길에서 한니발은 론 강을 넘었다. 킴브리족과 튜튼족은 오랑주 부근에서 강력한 로마군에 패퇴했다. 동방에서 온 상인들과 전도사들은, 아랍인들이 끔찍하게 박해를 가하던 그 계곡에 기독교를 전파했다. 십자군들은 론 강을 타고서 에게-모르트에 도착했고, 반면에 순례자들은 아비뇽이나 생-에스프리의 다리를 통해 론 강을 건넜다. 아비뇽의 교황청 시절에 교황들은 이탈리아의 교황청에 버금가는 배경 속에서 강기슭에 정착했다. 그들을 수행한 페트라르크는 로르에 바치는 14행시 속에서 론 강을 이렇게 찬미하고 있다.

알프스에서 시작되어 그대의 주위를 침식해 가는 빠른 강이여!
낮이고 밤이고 나의 욕망으로 자연은 그대를 데려가고

---

1) MICHELET Jules, 《Tableau de la France》, Paris, Les Belles Lettres, 1947, p.47.

내 사랑을 데려간다.

앞서 나가라. 피곤해하지도,

졸리워하지도 않는 그 흐름은

그대를 멈추게 하지는 않으리.

그러나 그대가 바다에 조세를 바치기 전에

더욱 푸르러지는 잔디와

더욱 청명한 대기가 나타나는 곳에서 멈추어라.

그곳에는 우리의 생기로 가득 찬 부드러운 태양이 있나니,

그 태양은 왼쪽 강안을 장식하고 꽃피우며,

아마도 그 강안은 나의 늦음을 원망하리.

그의 발끝에, 그의 아름답고 흰 손에 입맞추어 보라.

그에게 말해 보라. 그대의 키스는 말을 대신한다고.

정신은 순간적이나 육체는 거기서 기억되노라.[2]

　이 시기를 배경으로 한 《교황의 염소》와 같은 즐거운 이야기 속에서 론 강을 따라 오가던 종교 행렬이 다음과 같이 묘사되고 있다. "교황이 있었던 아비뇽을 보지 못한 사람은 아무것도 보지 못한 셈이다. 쾌락·생명력·흥분·소란한 축제를, 말하자면 이 도시를 따라갈 곳이 없었다. 아침부터 저녁까지 기도 행렬과 순례 행렬이 이어지고 있었다."[3]

2) BRISSET Ferdinand, 《Pétrarque à Laure: Les Sonnets, paris》, J.- A. Quereuil, 1933, p.154.

3) DAUDET Alphonse, 《Lettres de mon moulin: La mule du pape》, Paris, Flammarion, 1972, p.96.

론 강은 분명 지리적으로 프로방스의 한복판에 위치해 있지는 않다. 론 강의 프로방스의 서쪽 경계를 형성하며, 그 서쪽 경계를 넘어서면 랑그독이 펼쳐진다. 수 세기를 통해서 론 강은 경계로서의 역할을 확인했다. 오늘날까지도 사공들은 왼쪽 강안이 생-탕피르의 영토였다는 사실을 상기시키면서 그 강의 양안을 '왕국(ro-yaume)'과 '제국(empire)'이라는 이름으로 부르고 있다. "이따금 배는 좌안으로 혹은 우안으로, 중세기 아를 왕국의 말을 빌자면 제국 또는 왕국의 배다리 곁에서 멈추었다. 지금도 론 강의 늙은 뱃사공들은 그렇게 믿고 있다."[4] 프로방스의 예찬론자인 프레데릭 미스트랄은 론 강을 다음과 같이 찬미하고 있다.

눈부신 론 강이 은빛 테두리로 경계를 짓고 있는
태양의 제국이여 안녕!
즐거움과 환희의 제국이여!
프로방스의 환상적 제국이여
그대의 이름만이 이 세상의 매력이노라.[5]

그러나 론 강이 프로방스의 서쪽 경계 지점에 위치한다 하더라도 론 강을 프로방스와 분리할 수는 없다. 그들은 서로에게 영향을 미치는 공모자들이다. 론 강은 성급함을 지니고 있는 듯하다. 지중해적인 프랑스 남부 지방과 합쳐지고, 로마 시대의 폐허와, 붉은 기와로 뒤덮인 평평한 지붕들, 그리고 올리브나무와 뽕나무에 흔적이 새

---

4) Ibid., 〈En Camargue〉, p.218.
5) MISTRAL Frédéric, 《Le Poème du Rhône》, Paris, Alphonse Lemerre, 1897, p.47.

겨져 있는 빛과 투명한 경치로써 그의 혼례를 축하하려는 듯 서두른다.

 알퐁스 도데의 경우와 마찬가지로 프랑스의 대문호들도 론 강에 자신들의 페이지를 할애했음을 제시할 수 있다. 우선 문학의 장을 전세계로 확장한 샤토브리앙은 《아탈라》와 《르네》에서 아메리카의 대강(大江)들을 상기하면서 그 이미지에 론 강의 이미지를 결합시킨 바 있다. 그가 미국의 체류에서 발견했던 자연의 모습은 바로 망막함과 원시성, 때로는 두려움이라는 형용사였으며, 그 이미지는 바로 론 강의 이미지와 일치하는 것이었다. 빅토르 위고는 《여행기》에서 론 강에 대해 다음과 같이 언급했다. "살아서 뛰는 것이 바로 이것이다. 살아서 거품을 만들고 포효하며 계류와 강물을 탐식하고 바위를 깨트리고 다리를 씻어내며 도시의 젖줄이 되기도 하고, 레만 호의 거칠고도 협소한 부분인 그 강은 거대하고 교묘하게 지중해에 도달해서 그곳에 몸을 숨긴다. 눈부신 태양 아래에서 그 강은 경계 없는 지평선을 통해 주네브 호수의 고요하고도 눈부신, 깊고 푸른 창공을 만난다. 무덤은 요람과 비슷해 보이고 다만 그 무덤은 더욱더 커져 보일 뿐이다."[6] 레만 호에서 발원하는 론 강의 기원을 상기하면서 위고는, 샤토브리앙이 론 강에 부여했던 이미지 외에 젖줄이라는 용어를 사용함으로써 활기와 생명력과 모성애의 이미지를 론 강에 부여하고 있다.

---

6) HUGO Victor, 《Notes de Voyages》, Œuvres complètes, tome VI, IIe livre, Le Club Français du Livre, 1968, p.771.

론 강은 자신의 촉수를 남으로 뻗어 내리면서 자신의 주위에 수많은 인간의 서식지를 형성하였다. 오랑주, 아비뇽, 타라스콩, 아를 등이 바로 그것이다. 강의 양안에 론 강을 모태로 하여 세워진 이 서식지들은 알퐁스 도데에게 중요한 문학적 제재를 제공함으로써 론 강은 그의 문학 전체에서 대단히 중요한 모티프가 되고 있다. 수 세기 동안 프로방스인들의 내왕으로 길들여진 이 강은 알퐁스 도데의 작품에서 현실이 환상 속으로, 환상이 현실 속으로 서로 오가며 교감하고 어우러지는 하나의 통로였다. 때로 론 강은 《교황의 노새》와 《고세 신부의 영약》 등의 작품이 프로방스의 속담과 전설에 토대를 두고 있는 작품 속에서 환상적 분위기를 창조하는 중요한 배경이 되는가 하면, 때로 《교황이 돌아가셨다》와 《카마르그에서》에서는 명백한 현실적 재료로 등장하고 있다.

알퐁스 도데가 론 강에 가장 빈번하게 부여한 이미지는 유쾌함과 청명함, 그리고 활기이다. 우리는 활기차고 폐부를 찌를 듯한, 거의 항상 커다란 붓으로 그려진 것 같은 스케치를 발견하게 된다. 강의 활기찬 대기에 주목해 보자. "우리네 인간 세상에서는 사람들이 만족했을 때 춤을 추지 않으면 안 된다. 그리고 그때만 해도 시가의 길들이 매우 협소하여 파랑돌춤을 출 수가 없었기 때문에 피리라든가 묵은 론 강의 상쾌한 바람을 받아가며 아비뇽 다리 위에 자리잡았으며, 거기에서 춤을 추고 또 추었다."[7]

---

7) DAUDET Alphonse, 《Lettres de mon moulin: La mule du pape》, Paris, Flammarion, 1972, p.96.

아비뇽 다리는 론 강의 흐름 위에 아직도 생생한 자신의 아치를 올려놓고 그 흐름에 인간의 친밀성을 부여한다. 론 강은 자신의 육체 위를 지나가는 배들을 통하여 그리고 자신이 지탱하는 다리를 통하여 인간과 인간 사이의 결합을 강조한다. 인간들 간의 만남은 태양과 바람과 음악의 효과를 통해 더욱 조장되어 축제와 향연의 분위기를 자아낸다. 이러한 흥겨운 만남의 대표적인 예는 론 강의 수송 능력 덕분으로 세워진 보케르의 대(大)시장이었으며, 이것은 새로운 운송의 흐름이 창조되기 전까지는 수 세기 동안 평판이 자자했고, 풍요로움으로 유명해졌다. 스탕달은 1837년에 그곳을 방문한 적이 있는데, 그 당시까지도 시장은 번영을 구가하고 있었다. "모든 거리에서, 목초지에서, 론 강의 양안에서, 군중은 엄청난 수효를 이루고 있었고, 매순간마다 앞으로 나아가기 위해서는 자신의 팔꿈치로 누군가를 밀치고 헤쳐 나가야 한다. 사람들은 서두르고 흥분한다. 자신의 일로 각자 뛰어다닌다. 이런 행위는 처음에 가보면 방해가 되기도 하고 무례하기도 하지만, 또 재미있기도 하다. 음악가들은 자신이 지니고 있는 콘트라베이스와 뿔피리 앞에서 고함을 치면서 쉴새없이 움직인다. (…) 머리 위에 이고 가는 커다란 짐의 무게에 짓눌려 비틀거리는 인부들이 당신들을 앞질러 가면서 물러나라고 소리친다. 행상인들은 스페인에서 도착하는 전보의 암호를 읽어대느라 목이 쉰다. 이러한 군중들의 혼잡은 파리에서는 상상조차 할 수 없는 것이다."[8]

---

8) STENDHAL Henri-Beyle, 《Mémoires d'un touriste》, tome II, Paris, François Maspero, coll. 《La découverte》, 1981, pp.88-89.

알퐁스 도데가 묘사하는 론 강은 그것이 바람과 태양과 함께 서술될 때 가장 명석한 아름다움의 차원에 도달한다. 바람과 태양은 그것들 각자가 프로방스의 대기를 형성해 주는 독립적 요소들이면서 동시에 론 강의 독특한 분위기를 배가시키는 보충적 요소의 역할을 하고 있다. "아름다운 태양, 축제일의 태양을 상상해 보라. 지평선에는 널따란 론 강이 바다처럼 넘실대고 바람을 받아 되돌아온다."[9]

알퐁스 도데의 작품에 등장하는 유쾌하고 아름다운 강은 론 강을 넘어서서 사온느 강에 도달한다. 어린 시절의 은밀한 모험담이 그려져 있는《교황이 돌아가셨다》는 작가에게 치기어린 장난의 장소를 제공해 준 사온 강의 다양한 양상을 보여 주고 있다. "이 도시는 배가 많이 지나가는 소란스런 강이 한복판을 가로질렀으므로 나는 어려서부터 수상 생활을 동경하고 있었다. 특히 생-뱅상이라는 작은 다리 근처의 강나루는 지금도 생각하면 감개가 무량하다. (…) 작은 배, 뗏목, 일렬로 흐르는 목재 증기선이 스쳐 가는 거품의 한 줄기로 겨우 떨어져 서로 비켜간다. 그 대혼잡 속에 나도 한몫 낀다는 것은 얼마나 자랑스런 일이냐! (…) 마침내 노력한 보람이 있어 더위에 땀을 흘리고 몸을 붉게 태우고 도시에서 벗어날 수 있었다. (…) 그래서 지쳐 떨어진 나는 붕붕벌레의 날개 소리가 들리는 갈대 사이로 배를 댄다. 그리고 거기서 피로와 태양과 노란 꽃잎이 흩어진 수면에서 올라오는 그 무거운 더위에 녹아 이 노련한 수부는 몇 시간이고 코피를 흘리는 것이었다."[10]

---

9) DAUDET Alphonse, 《Port Tarascon》, Paris, Ernest Flammarion, 1948, p.28.

위에서 살펴본 바와 같이 사온 강은 알퐁스 도데에게 어린 시절의 향수를 불러일으키는 추억의 근원지이다. 유쾌했던 카누 여행, 섬에서의 달콤한 낮잠, 그 쾌락과 부모에 대한 거짓말의 보상으로 일어나는 회한과 두려움, 이 모든 감정들이 복합적으로 이루어진 추억이 강에 의해 되살아난다. 강은 또한 미지의 세계에 대한 동경과 모험심을 유발하는 대상이 된다. 도시의 권태와 피곤에서 벗어나서 은둔하고자 하던 작가에게 끊임없는 탈출의 욕망을 안겨 주는 유혹의 근원지이자 동시에 미지를 향한 출구가 되는 것이다. 그리고 강은 이별과 재회, 떠남과 만남의 통로로서 어린 시절의 작가에게는 쓰라림과 고통, 기쁨과 반가움이라는 이율배반적 감정의 대상이 되기도 한다. 사온 강에서의 유쾌한 나들이 이후, 어린 시절의 강에 대한 작가의 아련한 향수는 역설적으로 그의 아버지의 파산으로 거슬러 올라간다. 님을 떠나지 않으면 안 되었던 알퐁스 도데의 가족들은 이별과 재회의 통로인 론 강을 운행하는 증기선에 오른다. 그의 가슴속에 떠난다는 슬픔과 새로운 세계로 들어선다는 기쁨, 설레임의 감정이 뒤섞인다. "아름다웠던 나의 어린 시절이여! 이제는 돌아갈 수 없는 그 시절의 기억이 내 마음속 깊이 자리잡아 결코 사라지지 않으리라. 론 강의 아름다움에 넋을 잃고 여행하던 그 사촌이 바로 어제 일처럼 떠오른다. (…) 사흘 동안 계속 론 강을 항해하면서 나는 먹고 잘 때를 제외하고는 늘 갑판 위에서 시간을 보냈다. 그곳에는 커다란 닻과 입항할 때 울리는 큼지막한 경적이 달려 있었으며, 복잡하게 얽히고 설킨 밧줄 더미가 널려 있었다. 나는 내내

---

10) DAUDET Alphonse, 《Contes du lundi: Le pape est mort》, Paris, Librairie Générale Française, coll. 《Livre de Poche》, 1985, pp.229-230.

앵무새와 함께 그 밧줄 더미 위에 걸터앉아 흘러가는 강물을 물끄러미 바라보다가 어느 순간 론 강의 아름다움에 넋을 빼앗기곤 했다."[11]

알퐁스 도데는 예의 균형 감각에 따라 강의 유쾌함과 청명함, 그리고 활기 속에서 항상 머무르지는 않았다. 따라서 그는 강의 격렬한 흐름과 그것이 가져다 주는 공포함을 부여하는데, 도처에서 그 흔적을 찾아볼 수 있다. 대표적인 구절을 인용해 보자. "아비뇽이나 아를에서 종과 매미들의 합창에 뒤섞이는 대단히 활기에 찬 유쾌한 론 강은, 리옹의 안개와 무겁게 비로 그어진 하늘에서 격렬함을 조금도 상실하지 않은 채 흐릿한 색채를 빌려와서 이 차가운 종족을 의지와 멜랑콜릭한 열광에 투영시킨다"[12] 이 격렬한 흐름에 대해 스탕달은 론 강을 내려가면서 다음과 같이 전율한다. "이곳에서 론 강은 대단히 빠르게 움직인다. 배의 움직임은 빠르고 만일 배가 모래밭이나 교각에 부딪친다면 불가피한 죽음을 분명히 보게 될 것이다."[13] 프레데릭 미스트랄과[14] 폴 클로델도 격렬하게 흐르는 론 강을 황소의 사나움에 비유하고 있으며,[15] 앙리 보스코는 작품《말리크루아》속에서 론 강의 거칠고도 격렬한 흐름, 그것이 야기하는 두려움

11) Ibid., pp.25-26.

12) DAUDET Alphonse, 《L'Evangeliste》, Œuvres complètes illustrées, tome XIII, Paris, Librairie de France, 1929, p.48.

13) STENDHAL Henri-Beyle, 《Mémoires d'un touriste》, tome I, Paris, François Maspero, coll. 《La Découverte》, 1981, pp.227-228.

14) MISTRAL Frédéric, 《Le poème du Rhône》, Paris, Alphonse Lemerre, 1897, p.324.

15) Cité par LORANQUIN Albert, 《Claudel et la terre: Cantique du Rhône》, Paris, Sang de la terre, 1987, p.189.

을 섬세하게 묘사하고 있다. "그 강 전체가 보였다. (…) 그 강은 낮은 지평선으로부터 격렬한 커브를 그리면서 나타나고 있었다. 빠른 흐름은 격노하는 유동체의 넓이를 한 덩어리로 해 진로를 바꾸게 하고, 거대하게 물로 채워진 강의 상류는 그것을 황폐케 하려고 검푸른 청록색 회오리를 파내어 가면서 강안을 흘러내리고 있었다. 서쪽 하늘도 폭풍의 벽을 만들면서 일어서고 있었다."[16]

알퐁스 도데가 우리에게 보여 주고자 했던 것 중에서 가장 중요한 것은 바다의 이미지에 연결된 론 강의 얼굴이다. "격렬하며 자유롭게 흘러가는 론 강은 바다에 이 고귀한 축제의 움직이는 그림을 가져간다."[17] 작가는 론 강을 바다의 거대한 이미지와 연결시키면서 론 강의 장엄한 모습을 강조하고자 했다. 모든 것은 론 강으로 합류된다. 광막한 론 강은 바다처럼 모든 것을 포용한다. 강은 바다처럼 그리고 어머니의 팔처럼 인간을 끌어당긴다. 따라서 '거대한'이라는 형용사 위에 '모성애적인'이라는 형용사를 론 강에 부여해야 한다. 모성애적인 론 강은 자신의 지류와 자신이 이룩해 놓았던 인간의 서식지들의 모든 영양의 공급원이다. 앞서 언급했던 빅토르 위고의 《여행기》 속에서도 론 강의 젖줄로서의 역할이 표현되어 있으며,[18] 앙리 보스코는 자신의 고향을 흐르고 있던 강에 대한 회상 속에서 알퐁스 도데처럼 론 강을 젖줄로서의 선의 개념과 그 땅을 부패시

---

16) BOSCO Henri, 《Malicroix》, Paris, Gallimard, 1948, p.39.
17) DAUDET Alphonse, 《Le Petit Chose: Les Baharottes》, Paris, Librairie Générale Française, coll. 《Livre de Poche》, 1985, pp.25-26.
18) HUGO Victor, 《Notes de Voyages》, Oeuvres complètes, tome VI, IIe livre, Le Club Français du Livre, 1968, p.83.

키는 악의 이중적 개념으로써 파악하고 있다. "우리 집 주위에는 시프레나무와 2,3개의 외떨어진 작은 경작지들의 생울타리와 들판밖에 보이지 않는데, 이 단조로운 경치가 나를 슬프게 했다. 그러나 그곳을 넘어서면 강이 흐르고 있었다. (…) 그 강은 우리의 경작에 가져다 주는 선과 악으로 인해서 가정에서 커다란 역할을 하고 있었다. 때로 그 강은 땅을 비옥하게도 하고 때로 땅을 망가트리기도 한다."19) 마지막으로 바다의 이미지에 연결된 론 강의 양상에 대한 묘사를 삽입하면서 우리는 론 강을 떠난다. "아름다운 태양을 생각해 보라. (…) 수평선에서 드넓은 론 강은 바다처럼 파도가 일렁이면서 태양 아래 찬란한 빛을 발하고 있었다."20)

---

19) BOSCO Henri, 《L'enfant et la rivière》, Paris, Gallimard, 1953, p.14.
20) DAUDET Alphonse, 《Port Tarascon》, Paris, Ernest Flammarion, 1948, p.28.

프로방스의 문화와 전통

2

전통적인 삶과 군상들

　우리는 여기에서 알퐁스 도데가 음미했던 프로방스의 문화와 전
통에 관해 언급하고자 한다. 문화와 전통이란 어느 한 시대, 어느
공동체를 상징하는 물질적 · 정신적 유산들 중의 하나로서 그것을
통해서 우리는 그 시대와 사회 집단의 삶의 양식과 사회적 의식의
정도를 가늠해 볼 수 있다. 왜냐하면 직업이나 거주지 혹은 지역과
같이 어떤 공통적 특징을 공유하는 사회 그룹 전체에 의해 다듬어
진 물질적 · 비물질적 총체로서의 문화——과학 · 문학 · 철학 · 건
축 · 제식 · 전설 · 축제 등——는 수많은 세월이 흐르는 동안 한 세
대에서 다음 세대로 전승되면서 정제되어 이루어진 지적인 요소들
——사상과 정보——의 총체[1]이기 때문에 한 집단의 삶과 사회적
양상을 엿볼 수 있는 가장 정확한 지름길이 될 수 있다. 따라서 문
화와 전통은 현재를 과거로 이어 주고 우리 세대를 선조들의 세대

---

　1) 《Petit Robert》에서 문화란 여러 가지 의미로 해석되고 있는데, 우리의 연구에
해당하는 의미로서의 문화를 살펴보면, "한 문명의 지적인 요소들의 총체, 그리고
인간 사회에서의 행위로부터 획득된 형태들의 총체"로 기록되어 있다. 《Petit
Robert》, tome I, p.436.

로 이어 주는 중요한 끈이 되는 것이다. 이런 의미에서 우리는 알퐁스 도데가 자신의 단편들 속에서 때때로 언급했던 프로방스적인 전통을 통해서 동시대의 프로방스인들의 총체적인 삶의 양상, 즉 일상적 생활상과 사회적 의식의 정도를 반영하는 그들의 정신 상태를 파악할 수 있을 것이다.

프랑스의 모든 지역들 중에서 자신의 역사적 다양성의 덕택으로 가장 풍부한 고대의 문화와 민속적 전통들——전설과 신화, 춤과 축제, 의복과 관습 등——을 지닐 수 있었던 프로방스는 또한 자신의 문화적 자산들을 가장 충실하게 유지·보존한 지역으로 간주된다. 모든 문명들이 침투해 왔고, 그 문명들이 유럽의 심장부까지 영향을 끼쳤던 프로방스는 다양한 역사적 성격을 지니고 있다. 선사 시대부터 이 지역 위에서는 다양한 종족들이 존속했고, 그 오랜 바탕 위에서 셀트와 그리스, 라틴의 재산이 결탁되었고, 위고스와 사라센의 산발전인 침투로 인한 영향이 남아 있었으며, 근대에 들어서서 앙주 왕조와 함께 나폴리인들과 이탈리아인들, 스페인인들, 그리스인들, 그리고 아랍인들이 몰려들어 프로방스의 민속과 혼합되었다. 따라서 인류학적으로 완전히 순수한 하나의 프로방스적인 민속을 설정한다는 것이 무리한 것일지도 모른다. 그러나 이 지방의 문화는 여러 이질적 성격의 문화를 흡수하면서 하나의 민속을 형성하게 되었으며, 나아가 그것은 전 유럽적인 성격을 지니게 되었다. 미슐레는 몇몇 구절 속에서 프로방스의 이런 문화와 전통적 특징을 가장 잘 압축해 놓았다. "프로방스는 모든 종족을 받아들였고, 모두는 그들의 노래를 부르고 춤을 추었다. 아를의 창백하고 아름다운 여인들과 아비뇽의 활기찬 소녀들은 그리스와 스페인과 이탈리아인들의 손을 잡았으며, 그들은 싫건 좋건 간에 파랑돌을 만들어 내었다. 그들은 프로방스에서 그리스와 무어와 이탈리아의 도시를 만들어 냈다…… 모든 종족이 거쳐간 이 지방은 그보다 더 많이 잃어버렸을 수도 있다. 그러나 이 지방은 자신의 추억에 집착한다. 수많은 관계를 통해 그것은 이탈리아와 고대에 속해 있다."[2]

   프로방스는 자신의 지리적인 문화의 영역으로써 론 강 하구와 세벤 남부, 알프스 뒤 도펭의 밑에서 바르 하구 사이의 드넓은 바둑판 무늬 위에서 다양한 자산을 지니고서 수많은 세월의 변화에도 불구하고 집요한 지중해 문화를 형성, 유지시켜 왔다. 이 문화의 첫번째 기적은 따라서 내적인 생명력과 근본적인 영속성을 나타내 주고 있는데, 미스트랄은 《칼랑도》의 서두에서 그것을 훌륭하게 표현했다.

   "그것은 수많은 세월의 파도들 그리고 그 세월의 폭풍우와 공포가 헛되게도 사람들을 뒤섞어 놓고 경계를 지워 버리는구나. 어머니의 땅 자연은 항상 똑같은 우유로 자식을 키우고, 그의 억센 유방은 항상 올리브나무에 진짜 기름을 부어 준다."[3]

   여러 세대에 걸친 타종족들의 유입과 이질적 문명의 혼합은 그러나 이 지방의 해체를 가져온 것이 아니라 외래의 몸체를 동화시켜 가면서 자신의 고유한 문화적 전통을 확립할 수 있는 기회를 제공했다.[4] 따라서 프로방스의 다양한 지역들 사이에서 관찰할 수 있는

---

2) MICHELET Jules, 《Tableau de France》, Paris, Les Belles Lettres, 1947, p.46.
3) MISTRAL Frédéric, 《Calendau》, Paris, Alphonse Lemerre, 1895, p.49.

프로방스라는 용어에 우리가 적용할 수 있다고 믿었던, 그리고 역사상의 초기에서부터 쉽게 받아들였던 논리적인 확장을 부여할 수 있다. 조직적 통일성을 지닌 프로방스는 하나의 종족으로 남아 있기 때문이다.

매력적이고 문화적인 과거를 상속한 이 지방은 1840년경부터 사회적 · 경제적 혼란을 초래한 산업혁명을 겪게 된다. 그때부터 프로방스의 대다수 인구 지역은 경제적 삶과 사회적 범주, 관습들과 심지어는 언어에 이르기까지 전 시대와는 비교할 수 없을 정도로 빠르게 변화한다. 이 지방의 모든 특색들이 모든 것을 획일화시키는 발전이라는 이름하에 여지 없이 무너져 내려갔고, 이러한 발전 속에서 태어난 중앙 권력은 자신의 권위 보강으로 발전에 더 한층 매진한다. 알퐁스 도데가 1857년부터 여러 번에 걸친 프로방스 지방으로의 여행에서 재발견한 것은 두 가지 모습의 프로방스였다. 급격한 경제적 · 사회적 변화 속에서 현대적인 삶의 방식에 침식당하고 발전에 의해 위협받고 죽어가는 프로방스[5]와 과거의 영광스런 문화에 향수를 지니고서 그 독창성을 보존하려 애쓰던 프로방스,[6]

---

4) 프로방스에서의 전통의 가치에 대한 중요성을 우리는 다음 구절 속에서 찾아볼 수 있다. "거기에서 전통들은 생생하게 살아남아 있으며, 부계 혈족의 관계에 의해서와 마찬가지로 양자의 관계에 의해서 여러 세대에 걸쳐 전승되어 왔다. 이 지방에 살고 있는 사람들에게 이곳은 수많은 접촉을 통해 수 세기 동안 축적된 먼 과거의 유산을 증여해 줄 줄 알았다. 따라서 프로방스의 영혼은 꺼질 줄 몰랐다." BARATIER Edouard, 《Histoire de Provence》, Toulouse, Privat, 1987, p.9.
   5) 작가는 《풍차간의 편지》에서 폐허가 된 풍차를 쓰러져 가는 프로방스의 상징으로 만들었다.
   6) 프로방스의 문화의 향수에 대한 중요한 상징으로 작가는 프로방스어의 재건 운동과 그것을 이끌고 있던 미스트랄에게 최대의 경의를 《풍차간의 편지》를 통해서 표하고 있다.

바로 그것이었다.

알퐁스 도데는 이 두 가지 모습의 프로방스를 작품 속에 충실히 옮겨 놓음으로써 고향에 대한 애착과 사랑을 우리에게 보여 주었다. 그의 작품들은 그 자신이 직접 들었거나 자신의 노트에 기록해 놓았거나 혹은 펠리브리주 회원들, 특히 예술가들이 경애심을 갖고 그 지역 주민들을 위해서 프로방스의 풍부한 민속을 수집해 놓은 《프로방스 연보집》에서 끄집어 낸, 프로방스와 옛날 전설들과 오래된 믿음의 노래들로 가득 차 있다. 그는 과거의 시간과 그때의 축제들과 전통들에 대해 상당한 향수를 지니고 있었으며, 그것들을 감동적으로 상기시켜 주고 있다. 미스트랄의 《칼랑도》에 대해 존경심을 표한 구절이 그것을 증명한다. 여기에서 날카롭고도 예리한 관찰가로서 알퐁스 도데는 동향인들의 삶의 특성들, 특히 그들의 삶 속에 배어 있는 집단 의식의 발로로서의 전통들과 관습들에 대한 그림을 우리에게 제시했다. 일반적으로 상당히 광범위하고 완벽하며 생생한 모습을 보이고 있는 그의 그림들은 직접 보고 참여한 동향인들의 일상적 삶 속에서 대단히 생생한 감동을 지닌다. 그러나 상당수는 때로는 간략하고도 지나치는 듯한 암시만을 내포하고 있을 뿐이다. 이것은 그가 자신이 알고 있는 지역만을 작품 속에 삽입했다고 피에르 롤레가 비난한 바 있듯이, 그 자신이 직접 목격하고 참여한 동향인들의 삶의 양상만을 언급했다는 것을 입증하고 있다. 그러나 그의 이러한 결점에도 불구하고 그가 제시한 그림들은 대부분 동향인들의 삶 속에서 개성적이고 그림같이 생생하게, 그리고 특수한 모든 것으로부터 나온다. 그리고 작가가 프로방스 전체와 모든 전통을 묘사했던 아니든 그것은 본 연구에서 중요한 의미를 차지하지 않는다. 왜냐하면 문화의 한 특성을 이해하기 위해서 그 문화의 모든 양상을 언급할 필요는 없다. 몇몇 특징적 양상들만을 추출해서 천착해 보는 것만으로도 충분하기 때문이다.

우리는 여기에서 알퐁스 도데가 묘사한 프로방스의 전통들 중에서 먼저 주민들의 전통적 거주 형태에 관심을 집중시킬 것이다. 왜냐하면 기후와 토양에 결정적으로 영향을 받는 거주 형태는 한 지역의 가장 독특한 건축 문화를 형성하며, 이것은 그 지역 주민들의 일차적 생활상을 결정해 주기 때문이다. 따라서 우리는 작가가 그 거주 형태들에 관해 어떤 생각을 지니고 있으며, 그 건축물들과 작가의 관계가 무엇인가를 규명할 것이다. 이어서 민속적인 전통이 추가될 것이다. 민속이란 주민들의 삶을 연대감으로 묶어 주는 하나의 사회적 산물이자 그 집단의 정신적 지주이기에, 우리는 그 민속에서 나타나는 여러 요소들——의식이나 제식·춤·의복 등——을 통해서 동시대 사람들의 삶의 양상과 집단의식, 그리고 사회에 대한 그들의 관계와 역할 등을 가장 확실하게 엿볼 수 있을 것이다.

알퐁스 도데의 작품 속에서 유쾌하고 즐겁게 묘사되는 주민들의 사회적 삶은 이 지방의 눈부신 과거로부터 이어진, 그 종족의 모든 재능과 독창성을 펼쳐내는 일련의 민속들에 의해 지탱된다. 그 민속들은 제식처럼 전통적으로 보존되고, 종과 기원의 흔적을 분명하게 지니고 있는 대중적인 축제를 동반한다. 작가는 이 지방의 민속들 중에서 가장 대중적이며 일반적인 것으로 자신의 단편들 속에서 축제들——파랑돌과, 인간들과 짐승들이 한데 어울려 벌이는 마나도 경기 등——을 제시하고 있다. 우리는 알퐁스 도데와 미스트랄

사이의 대화를 통해서 이 지방의 다양한 민속적 전통들을 예감할 수 있다. "행렬이 끝나고 성상이 성당 안에 안치되자 우리들은 투우를 보러 갔다. 다음에는 마당놀이, 씨름, 삼각점프, 고양이 달아매기, 가죽 부대놀이, 그밖에 프로방스의 재미있는 여러 가지 축제 행사를 보았다……. 우리들이 마얀으로 돌아왔을 때는 이미 해가 저문 뒤였다. 미스트랄이 저녁에 친구 지도르와 어울리기로 한 자그마한 카페 앞의 광장에서는 경축의 모닥불이 타고 있었다……. 파랑돌춤이 시작되는 참이었다."[7]

　따라서 우리의 여정은 문화가 포함하고 있는 여러 분야들 중에서 알퐁스 도데가 자신의 작품에서 충실하게 재현한 프로방스의 대표적 거주 형태와, 보편적이며 대중적이고 독특한 민속들, 예를 들면 축제나 민속놀이에 관해 언급하면서 그것들에 경의를 표하고자 하는 데 있다.

풍차간

　알퐁스 도데는 프로방스의 여행과 결부된 이야기 속에서, 이 지방의 경치가 보여 주는 눈부신 빛에 대한 서정적 찬미의 차원을 넘어서서 사실주의와 자연주의의 대표적인 문인으로서, 산업화에 의해 고유한 특성과 전통을 상실하고 있었던 프로방스에 관한 거의 사회

---

7) DAUDET Alphonse, 《Lettres de mon moulin: Le Poète Mistral》, Paris, Flammarion, 1972, p.187.

학적인 현상에 주목하고 있다. 1863년 여름에 알퐁스 도데는 몽토 방에 있는 앙브로와 가문의 저택에서 체류하게 되는데, 이때 그 지방의 대기와 경치, 그리고 인간의 거주지들과의 친숙한 접촉을 유지하고 있었다. 바로 거기에서, 즉 몽토방에서 멀지 않은 곳에서 그는 우연히 평야의 한가운데에 방치되어 있는 몇몇 풍차간을 발견하게 되었고, 그때부터 풍차간들이 빈번한 산책의 장소가 되었다. 그 버림받은 풍차간들의 모습이 알퐁스 도데에게는 발전에 의해 위협받고 죽어가는 프로방스의 상징처럼 보여졌다.

매력적이고 문화적인 과거를 계승하고 있는 이 오래된 프로방스는 1840년대부터 본격적으로 산업혁명의 영향을 받았다. 이 산업혁명은 심오한 사회적·경제적 변동을 초래했다. 그때부터 경제적 삶과 사회적 계층, 도덕과 관습, 심지어 언어에 있어서조차 프로방스 주민들은 그 이전의 어느 시대보다도 엄청난 혼동을 겪게 되었다. 그래서 그 지방의 매력을 형성하던 모든 특성들이 모든 것을 획일화시키는 발전이라는 이름하에 여지없이 무너져 내려갔다. 그리고 제2제정의 중앙정부는 자신의 권위에 자신을 갖게 되자 서서히 행정을 지방으로 이양하기 시작했다. 중앙집권적 행정 체제가 이렇듯 지방분권화로 이어지면서 아울러 지방의 경제가 철도의 부설로 생생한 추진력을 얻게 되었다. 말하자면 파리-리옹 선과 님-보케르 선 등이 완성되고 알레스 광산이 본격적으로 개발되면서 프로방스는 생생한 산업혁명의 와중에 놓여 있었던 것이다. 바로 이즈음에, 즉 1857년부터 여러 번에 걸쳐 행해진 이 지방에서의 여행으로부터 알퐁스 도데는 두 가지의 대립적인 프로방스의 모습을 발견했다. 말하자면, 자신의 과거를 잃어버리고 현대적인 삶을 추구하는 프로방스와, 반면에 끝까지 자신의 독창성을 유지하는 데 골몰하면서 찬란한 과거의 문화 유산에 대한 향수를 간직하고 있는 프로방스가 그것이다.

당시에는 모든 분야에서 대자본을 토대로 형성되어 있던 대기업들이 더욱 현대적인 기술을 통하여 대량 생산을 하면서 소규모 공장들과 가내공장들을 파멸시켜 가고 있었다. 동시에 이들 대기업은 비참한 임금으로 노동자 계급을 착취하고 있었다. 말하자면 산업혁명은 부르주아 계층의 부를 확대시키면서 일용노동자들을 파멸의 상황으로 몰아넣고 있었는데 당시의 수많은 소설들이 이렇게 몰락해 가는 장인들과 노동자들의 비참한 상황을 그려내는 데 몰두했다. 예를 들면 에밀 졸라는 《제르미날》에서 광부들의 힘든 실존을 그려냈고, 《부인들의 행복》에서는 백화점의 비약적 발전으로 인해 쇠락해 가고 있던 소규모 상인들의 비참한 최후를 얘기했다.

알퐁스 도데는 산업화 이전에 프로방스의 거주지의 형태들 중에서 가장 독특한 경치를 형성하는 요소로 풍차를 들었다. 풍차는 동력원으로 바람을 요구할 뿐만 아니라 자신의 작업을 위해서는 햇빛에 영근 곡물을 요구한다. 따라서 풍요로운 농산물과 바람이 풍부한 이 지역에 풍차들이 존재했다는 사실은 어쩌면 지극히 당연한 것이었는지도 모른다. 풍차간은 현실적으로 사람들이 곡물을 빻는 장소로서 사회적·경제적인 만남의 장소를 제공한다. 그리고 풍차는 자신의 날개를 하늘을 향해 높이 세우고서 바람을 맞아들인다. 따라서 풍차간은 대지와 하늘을 연결시킨다. 그리고 한 세대에서 다음 세대로 곡물을 빻는 기술과 이에 얽힌 여러 가지 관습을 전승한

다. 따라서 풍차간은 과거와 현재, 미래를 이어주는 매개자로서의
성격을 지닌다.

자신의 형태와 성격을 통해서 풍차는 추상적인 어떤 것, 어떤 사
상, 즉 과거와 노동, 전통 등을 회상시켜 준다. 따라서 풍차는 삶의
다양한 양상을 상징한다. 풍차가 지니는 상징성은 따라서 매우 풍
부하다. 알퐁스 도데는 《코르니유 영감의 비밀》에서 풍차로 특징지
어지는 이 지방의 경치를 다음과 같이 묘사하고 있다. "마을 주변으
로는 온통, 언덕들이 풍차로 뒤덮여 있었다. 길을 따라 자루를 실은
작은 당나귀떼들이 오가고 있었고, 왼쪽에도 오른쪽에도 소나무 숲
위로 미스트랄을 받아 돌아가는 날개들만이 보였다."[1] 당시에 활발
하게 돌아가던 풍차의 모습이 프로방스의 전형적이고 대표적인 경
치를 형성하고 있다는 사실을 알퐁스 도데는 강조하고 있다. 이 당
시의 풍차의 활력은 야생트 벨롱의 작품에서도 잘 표현되어 있다.
"풍차들은 곡물을 빻기 위해서 밤이나 낮이나 끊임없이 돌아가고
있었다. 퐁비에유의 농부들은 그 곡물을 자신들의 수레로 실어 나
르고 있었다."[2] 증기제분소의 출현 이전까지 위세를 떨치고 있는
풍차간들은 이 지역에서 본연의 임무인 제분업 이상의 경제적·사
회적 의미를 지니고 있었다. 풍차간은 인간을 위한 곡물의 분쇄라
는 일차적 목표를 지닌 장소이자 동시에 물물교환의 중심적 장소로
서 촌락의 경제적 구심체의 역할, 즉 일종의 시장의 역할을 담당하

---

1) DAUDET Alphonse, 《Lettres de mon moulin: Le secret de Maître Cornille》,
Paris, Flammarion, 1972, p.57.
2) Cité par Claude Rivals, in: 《Moulin à vent en Provence》, 〈Le monde alphin et
rhodanien, Grenoble〉, C. Joisten, 1976, 3ème trimestre, p.14.

고 있었다. 이러한 의미 외에도, 풍차는 곡물의 운송과 제분 과정을 통해 인간들의 빈번한 접촉을 조장하고 그들에게 만남의 장소를 제공했다. 따라서 풍차간은 서로를 연결시켜 주는 가장 인간적인 장소이기도 했다. 알퐁스 도데의 작품 속에서 사람들은 풍차간에서 떠들어대고 노래하고 춤추고 있다. "나는 풍차간으로 피리를 가져갔고, 밤이 이슥할 때까지 사람들은 파랑돌 춤을 추곤 했다."[3] 그리하여 풍차는 향연이나 축제를 연출하는 장소이자 '인간성을 지닌 부드러움의 장소'[4]로 존재하고 있었다.

현대적인 기술로 위협받고 있던 생산 수단들 사이에서 풍차도 예외적일 수는 없었다. 알퐁스 도데의 시대에도 풍차는 밤이건 낮이건 돌아가고 있었지만, 때는 더 이상 풍차의 황금시대가 아닌 바로 기술 혁신의 시대였다. 물과 불로 혼합되어 제어되는 풍차는 론 강의 계곡에서 현대적인 증기제분소의 출현을 초래하고 있었다. 프로방스 지역에 하나둘 들어서던 증기제분소는 서서히 풍차간의 손님들을 끌어가기 시작했다. 이것은 프로방스의 전통적이고 경제적인 일상적 삶과의 단절을 의미하는 것이었다. "불행히도 파리의 프랑스인들이 타라스콩 가도에 증기제분소를 설치하고자 생각했다. 새로운 것이라면 무엇이든 좋다! 사람들은 자신의 밀을 증기제분소로 가져가고 있었고, 그래서 가련한 풍차는 일거리가 없어지게 되었다. 풍차는 얼마 동안 버텨 보았지만, 증기제분소를 당해낼 수는 없

---

3) DAUDET Alphonse, 《Lettres de mon moulin: Le secret de Maître Cornille》, Paris, Flammarion, 1972, p.56.

4) Cité par Claude Rivals, in: 《Moulin à vent en Provence》, 〈Le monde alphin et rhodanien〉, Grenoble, C. Joisten, 1976, 3ème trimestre, p.22.

었다. 가엾게도 풍차간은 하나둘 문을 닫지 않을 수 없었다."5) 현대
적 생산 수단이 가져다 주는 생산의 효율성에 사람들은 관심을 두
고 있었고, 급기야 파리의 자본가들이 이 지역에 증기제분소를 세
웠던 것이다. 전통적인 농업을 애호하는 이 지방의 농부들에게 파
리의 자본가들은 분명 자신들과는 다른, 이른바 악을 가져다 주는
사람들로 비쳐지고 있었다. 바로 위의 구절에서 알퐁스 도데는 전
통적인 농업 방식을 고수하려는 선한 프로방스인들에 파리의 프랑
스인들이라는 대립적 개념을 도입함으로써 근대적인 물질 문명을
비판하고 사라져 가는 풍차라는 프로방스의 상징에 대해 아쉬움을
표현하고 있다.

　오늘날에도 방문객의 발길이 끊이지 않는 퐁비에유에는 알퐁스
도데의 풍차간을 비롯해 4개의 오래된 풍차가 세워져 있다. 그것들
은 어느 수공업자의 직업을 연상시킨다. 제분업자라는 직업은 힘들
고도 수입은 적었을 것이다. 그것은 힘과 능란함을 요구했을 것이
며 따라서 아버지에게서 아들로 전수되었을 것이다. 그러나 1860
년 무렵부터 프랑스 남부 지방의 산업화와 함께 풍차는 변하지 않
으면 안 되었다. 증기제분소가 들어서면서 풍차간을 파산으로 몰고
갔다. 풍차간은 하나둘 문을 닫았다. 퐁비에유의 주변의 라메 풍차
간은 1900년까지, 티소 풍차간은 1905년까지, 그리고 생-피에르
풍차간은 1915년까지 경우 명맥을 유지하고 있었다.

---

　5) DAUDET Alphonse, 《Lettres de mon moulin: Le secret de Maître Cornille》,
Paris, Flammarion, 1972, p.58.

7세기에 페르시아에서 발명되어 유럽에서 일반적으로 12,13세기부터 실용화되었다고 알려진 풍차는 그 오랜 역사에도 불구하고 단시일 내에 종말을 고하게 된다. 알퐁스 도데는 산업화가 승리를 거두고 있던 이 시대에 있어서 소위 '발전'이라는 이 세계의 변화에 대한 인간의 적응의 문제에 관해 종종 숙고하고 있었다. 전통적인 제가치에 집착하는 사람들, 그리고 삶의 획일화가 가져다 주는 위험성이 증대하고 있다고 생각하는 사람들, 특히 프로방스인들에게 있어서 소위 '발전'이 초래하는 사회적 문제는 심각한 것이었다. 따라서 프로방스의 일상적 삶이 현대적 기계의 문명화로 뒤틀려 가는 것을 바라보면서 알퐁스 도데는 '진보'라는 단어에 대해 일종의 혐오감을 드러낸다. 그와 마찬가지로 미스트랄 역시 '진보'에 관한 혐오감을 드러내고 있다. "발전이란 끔찍할 정도로 치명적인 쇠고랑이다. 그것에 대해서는 아무것도 할 수 없고 아무것도 말할 수 없다. 그것은 과학의 쓰디쓴 산물이다."[6] 기계에 복종하고, 그리하여 증기제분소를 타라스콩 가도에 설치하면서 프로방스인들을 경멸하는 차가운 파리인들과는 대조적으로, 알퐁스 도데는 프로방스의 농부들을 자연과의 완전한 조화를 이루면서 살아가는, 그리하여 전통을 지켜나가고자 하는 프로방스의 진정한 수호자로 여긴다. 미스트랄도 사라져 가는 풍차에 대한 자신의 회한의 감정을 알퐁스 도데에게 다음과 같이 피력한다. "예술가든, 시인이든, 혹은 정직한 사람이든, 이 아름다운 시절에 증기제분소에 의해 조금이라도 마음의 상처를 받지 않은 사람이 어디 있겠는가!"[7] 그런데 풍차의 이러한

---

6) MISTRAL Frédéric, 《Mémoires et récits》, Paris, Plon, 1969, pp.330-331.

7) Cité par PLUCHART-SIMON Bernard, in: 《Commentaires et notes aux Lettres de mon moulin》, Paris, Larousse, 1985, p.96.

몰락은 프로방스만의 특이한 상황은 아니었다. 산업혁명의 영향은
전 유럽에 불어닥쳤다. 벨기에의 시인 에밀 베르하렌은 어린 시절
에 플랑망드 지방의 풍차를 관찰한 바 있다. 산업화가 일상 생활에
서 야기하고 있는 급격한 변화에 충격을 받은 시인은 자신의 시 《저
녁》에서 근대화의 희생물로써 죽어가고 있던 풍차를 묘사했다.

풍차는 슬프고도 멜랑콜릭한 하늘에서
저녁이 이슥하도록 돌아간다.
풍차는 돌고 또 돈다.
풍차의 날개에 남아 있는 색채는 끝없이 슬프고도 흐릿하며,
무겁고도 피곤에 지쳐 있다.
(…)
거대한 평원의 잠자는 듯한 물결이 이는 기슭에서
낮은 하늘 아래 무기력한 집들이
혼란스런 창유리의 찢어진 눈으로
돌아가는 풍차를 바라본다.
풍차는 지쳐서 돌다가 동작을 멈춘다.[8]

그러나 알퐁스 도데는 언제나 현대 문명에 대한 자신의 분노와 혐
오감을 우리에게 전달해 주지는 않는다. 그가 프로방스의 과거가 지
니고 있는 찬란한 전통에 집착하고 있었던 것은 사실이지만, 그렇
다고 해서 자연과의 교감을 통해 목가적으로 이루어지던 과거의 농

---

8) VERHAEREN Emile, 《Poèmes: Les Soirs》, Paris, Mercure de France, 1920,
pp.47-48.

촌적인 생활 방식 혹은 전통적인 생활 방식으로의 복귀를 요구하지는 않았다. 기계에 대해 그가 취할 수 있던 최선의 태도는 기계문명에 대한 완강한 저항이 아니라, 바로 새로운 것에 대항하는 거의 본능적인 최소한의 저항 내지는 사라져 가는 것에 대한 체념과 회한이었다. 이것은 바로 투사로서의 정신을 갖지 못한, 그리고 너무나 도시적인 그의 성격에서 비롯된 것이다.[9] 반면에 미스트랄은 기계문명의 비약적 발전에 대해 "끔찍한 거미류, 거대한 게, 증기로 된 유령"[10]으로 표현하면서 격렬하게 항의한다. 그리하여 알퐁스 도데가 《코르니유 영감의 비밀》에서 우리에게 제시하고 있는 것은 버려진 풍차들에 대한 체념으로 가득 찬 어떤 노스탤지어다. "(…) 그리고 일주일 내내 언덕 위에서 들려오는 채찍 소리와 풍차간 조수들의 '이랴, 쯧쯧' 하는 소리를 듣는다는 것은 정말로 유쾌한 일이었다……. 일요일이면 우리는 무리를 지어 풍차간으로 가곤 했다. 그러면 풍차간 주인들은 포도주를 대접했다. 술 달린 목도리를 하고 황금십자가를 단 안주인들은 여왕처럼 아름다웠다. 나는 피리를 가지고 갔다. 밤이 이슥하도록 사람들은 파랑돌 춤을 추었다. 알다시피 이 지방은 풍차 때문에 즐겁고 부유한 곳이 되었다."[11] 풍차의 유쾌한 시절에 대한 이러한 회상은 그 시대에 풍차가 지니고 있던 사회적 의미를 보여 준다. 말하자면 풍차는 만남과 상호 교감의 장소이자 축제나 향연의 장소를 의미한다. 이 구절에서 알퐁스 도데는

9) Cité par BECKER Colette, in: Préface aux 《Lettres de mon moulin》, Paris, Flammarion, 1972, p.24.

10) MISTRAL Frédéric, 《Mémoires et récits》, Paris, Plon, 1969, p.329.

11) DAUDET Alphonse, 《Lettres de mon moulin: Le secret de Maître Cornille》, Paris, Flammarion, 1972, pp.57-58.

과거에 번성했던 흥겹고도 즐거운 풍차간의 분위기를 그려내고 있으며, 나아가 과거에 대한 아련한 향수를 우리에게 전달하고 있다. 이러한 향수는 교황시절 아비뇽의 유쾌하며 축제적인 분위기로 이어진다. "왜냐하면 우리네 인간이란 기분이 좋을 때면 언제나 춤을 추어야 한다. 그리고 그 시절만 해도 거리는 파랑돌 춤을 추기에는 너무나 협소했으므로, 피리와 작은 북들은 아비뇽의 다리 위에 자리잡고 있었고, 신선한 론 강의 바람을 받으면서 사람들은 춤을 추고 또 추곤 했다. 아! 행복했던 시절이여! 행복했던 도시여!"[12] 그리고 과거에 대한 이렇듯 강한 향수는 《뉘마 루메스탕》의 한 구절에서 또다시 되풀이되고 있다. "아! 프로방스의 중세기여! 음유시인과 사랑이 흐르던 아름다운 시절이여!"[13]

그런데 《코르니유 영감의 비밀》에서 과거에 대한 향수는 완전히 비극적인 성격만을 지니고 있지는 않다. 이 이야기의 끝은 알퐁스 도데가 결코 부인하지 않는 어떤 체념과 나아가 새로움에 대한 순응의 흔적이 남아 있다. "(…) 이 세상의 모든 것에는 끝이 있는 법이다. 그리고 론 강의 나룻배나 대법원, 커다란 꽃무늬 재킷의 시대처럼 풍차의 시대도 이미 지나가 버렸다는 것을 인정해야 한다."[14] '날개가 멈춰선 폐허'는 대단히 생생하면서도 특히 심오하게 인간적이어서 침입해 오는 기계에 대항할 능력이 없는 전설적이고 비극

---

12) Ibid., 〈La mule du pape〉, p.96.

13) DAUDET Alphonse, 《Numa Roumestan: Valmajour》, Paris, G. Charpentier, 1881, p.76.

14) DAUDET Alphonse, 《Lettres de mon moulin: Le secret de Maître Cornille》, Paris, Flammarion, 1972, p.63.

적인 상징처럼 서 있는 듯하다. 모든 사물에게 인간의 영혼을 빌려 줄 줄 알았던 알퐁스 도데는 코르니유 영감의 독백을 통해 풍차간을 인간화시켰다. "'가엾은 녀석!' 영감은 말했다. '이 지경이 된 지금 살아서 무엇하랴……. 이제 풍차는 더럽혀졌어!' 그러고는 정말 사람에게 말하듯이 풍차에게 말을 걸면서 그는 가슴이 미어지게 우는 것이었다."[15] 풍차간은 코르니유 영감에게 있어서 자신의 분신이자 곧 자기 자신이었기 때문이다. 따라서 위에서 "제분업자의 명예와 풍차간의 명예는 똑같은 것이다. 풍차간은 곧 하나의 인간이다"라고 클로드 리발이 주장했듯이, 풍차간의 몰락은 그 영감의 몰락을 의미하는 동시에 나아가 진정한 프로방스, 다시 말해 매력적인 특성과 영광스런 과거의 전통, 심지어는 노래하는 듯한 악상 때문에 다른 지방과는 아주 대조적인 언어, 즉 프로방스 전체의 몰락을 의미하는 것이었다.

역사적으로 인간은 진보라는 과정을 결코 중단하지 않는다. 그러나 우리는 이 작품 속에서 이러한 체념 섞인 향수 외에도, 어느 남프랑스인의 명예감에 대한 굳건한 믿음을 발견할 수 있다. 코르니유 영감이라는 등장인물이 바로 그러한 명예감의 상징으로 나타난다고 할 수 있다. 그것은 바로 현재의 시간을 악착같이 부정하고 고집스럽게 풍차를 돌리려는 코르니유 영감의 정열이자 완고함이다. 궁극적으로 알퐁스 도데가 이 작품에서 영속화시키고자 했던 것은 발전에 위협받고 죽어가는 연약한 프로방스였으며, 코르니유 영감이라는 등장인물에게 프로방스의 당시 모습을 투사하고 있다. 전통

---

15) Ibid.

적인 삶에 집착하는 코르니유 영감은 따라서 과거의 화려한 전통을 간직하고 있는 프로방스의 화신이라 하겠다.

이제 문학적인 공간으로서의 풍차, 말하자면 알퐁스 도데가 픽션의 형태하에서 그려낸 코르니유 영감의 가공적인 풍차간보다는 작가의 상상력 속에서 존재한 공간으로서의 풍차간으로 들어가 보자. 설사 그가 자신의 풍차를 구입하지 못했다 하더라도 적어도 그의 풍차는 실제로 존재하고 있었다.《정착》에서 그가 풍차에 대해 보여 준 의심할 바 없는 사랑을 다시 읽어보자. "그런데 이제 와서 내가 그 시끄럽고 음침한 여러분의 파리를 어떻게 그리워하겠는가? 나는 내 풍차간이 너무나 좋다. 이곳이 바로 내가 찾던 바로 그 구석이다. 그곳은 신문과 삯마차와 안개로부터 수천리 떨어져 있는, 향기로 가득 차 있는 따뜻한 구석이다."[16] 알퐁스 도데는 자신이 어린 시절부터 그토록 찾아 헤매던 하나의 안식처를 자신의 풍차간에서 발견한다. 그것은 바로 혼자서 명상하기에 알맞은 로빈슨 크루소의 오두막과도 같다. 이《편지》가 구상된 풍차간은 실제로 당시 퐁비에유에 존재하고 있던 4개의 풍차간 중 하나였다. 4개의 풍차란 가장 오래된 수르동 풍차와, 티소 풍차, 라메 풍차, 그리고 생-피에르 풍차였다. 이 4개의 풍차들 중에서 실제로 어떤 것이 이 작품의 출발점이었을까? 어쩌면 4개의 풍차 중에서 가장 볼품없고 가엾어 보이는 티소 풍차가 아니었을까? 그는《내 책의 이야기》에서 그 볼품없는 풍차에 대한 어쩔 수 없는 그의 애정을 다음과 같이 피력하고 있다. "우리들의 일에는 이상한 관계들이 존재한다. 첫날부

---

16) Ibid., 〈L'Installation〉, p.44.

터 나는 이 낙오자가 마음에 들었다. 나는 그 풍차의 비참한 모습과 풀밭 아래의 끊어진 길이 마음에 들었다."[17] 1866년 《풍차간의 편지》가 독자들에게 널리 읽혀지기 시작했을 때, 알퐁스 도데는 자신의 친구 티몰레옹에게 다음과 같은 편지를 썼다. "티소 영감의 풍차를 살 수 있는 기회가 될지도 모른다. 나는 그곳에 가게 되면, 그 영감에게 풍차에 대해 이야기할 것이다. 명예감 때문에 어쩔 수 없이 그 풍차를 사야 한다."[18] 그러나 이러한 결정은 결코 실현되지 않았고, 따라서 알퐁스 도데는 풍차를 소유하지 못했다. 결국 작가가 죽은 후, 사실상 4개의 풍차 중에서 가장 보존 상태가 양호한 생-피에르 풍차간에 그의 동료들이 기념관을 개설했다. 이 풍차간은 당시의 풍차가 어떻게 움직였는지를 잘 보여 주도록 꾸며져 있다. 건초 더미와 주축이 놓여 있는 위층에는 알퐁스 도데가 묘사했던 손상된 분위기는 더 이상 없으며, 아래층의 거실 혹은 체질하는 장소에는 현재 알퐁스 도데의 기념관이 자리잡고 있다.

알퐁스 도데의 풍차가 실존했는지의 여부는 그의 작품에서 거의 중요성을 차지하지 않는다. 사실상 그의 풍차는 그 자신의 꿈속에서만 존재하고 있었기 때문이다. 풍차는 단지 자신의 상상력 속에서 현실을 비추어 주고, 그 현실 속에서 상상력을 비추어 주는 이중적 투사에 불과할 뿐이다. 설사 알퐁스 도데가 풍차간의 소유주가 되지 못했다 하더라도, 적어도 그는 이 향기로 가득 찬 따뜻한 구석에서 수많은 문학적 영감을 얻었을 것이다. 이것을 보여 주는 한 구

---

17) DAUDET Alphonse, 《Trente ans de Paris: Histoire de mes livres》, Paris, C. Marpon et E. Flammarion, 1889, p.163.

18) DAUDET Alphonse, 《Lettres Familiales》, Paris, Plon, 1944, p.23.

절을 들어 보자. "이 서정적인 나들이 이후에 풍차로 돌아와서 평평한 잔디밭에 누워 훗날 이 모든 것을 적게 될 책을 생각한다."[19]

우리의 작가는 감동적인 시와 유쾌한 아이러니의 혼합 속에서 퐁비에유의 낡은 풍차간이 의미하는 바를 표현하고자 시도했다. 우리는 그에게서 그의 풍차간이 의미하는 바를 대략 두 가지 측면에서 정의할 수 있다. 첫째로 사회적 측면이 그것이다. 알퐁스 도데의 풍차간의 몰락은 산업화에 의해 자신의 몸체——오랜 전통과 관습과 생활양식——를 훼손당하고 방황하는 프로방스의 몰락에 투사된다. 낡은 풍차간에 대한 그의 연민은 사라져 가는 프로방스적인 모든 것에 대한 애정과 집착을 불러일으킨다. 따라서 풍차간은 그에게 있어 프로방스를 나타내는 하나의 상징이자 이 지방에 대한 애정을 불러일으키는 가장 기본적인 고취자이다. 퐁비에유에서 보낸 대부분의 익명의 시간들은 《풍차간의 편지》 중 첫 편지인 〈정착〉에서부터 서술되어 마지막 작품인 〈병영의 향수〉로 끝난다. 따라서 그에게 있어 풍차간은 프로방스적인 모든 편지의 영감의 출발점이자 종착역이며, 하나의 구실이자 수렴의 장소라 할 수 있다.

농 가

프로방스의 인간의 거주지들 중에서 풍차와 함께 이 지역의 독특

---

19) DAUDET Alphonse, 《Trente ans de Paris: Histoire de mes livres》, Paris, C. Marpon et E. Flammarion, 1889, pp.175-176.

성을 완전히 드러내 주는 또 하나의 요소가 있다. 바로 다른 지역에서의 'ferme'에 해당하는 'mas'가 그것이다. 사실상, '농가(mas)'라는 용어는 전통적으로 프로방스와 그 인근 지역의 농가에만 적용된다. 더욱 엄밀히 말하자면 프로방스 지역에서의 농가의 형태에는 두 가지가 있다. 하나는 아를 지역을 중심으로 사용되는 'mas'이고, 또 다른 하나는 엑스와 마르세유 지역에서 사용되는 'bastide'라는 용어이다.[1] 'mas'는 어원학적 그리고 민속학적인 의미에서 고대의 'masio romaine,' 즉 동물을 위한 보호처이자 여정의 장소이고 동시에 인간의 거주지를 의미한다. 이 지방의 농촌을 차지하는 가장 오래된 전통적인 거주지의 단위 'mas'는 곡물과 포도주를 생산하고 가축을 사육·공급하는, 농촌의 경제적 삶에 있어서 가장 중요한 공간이었다. 우리는 알퐁스 도데의 작품 속에서 스토리가 이 농가를 배경으로 전개되는 몇몇 구절을 발견할 수 있다. 알퐁스 도데의 작품은 때로는 풍요로움이 지배하는 아를의 농가를 보여 주기도 하고, 또 때로는 카마르그 지역의 빈곤한 농가를 보여 주기도 한다. 따라서 작가에게 있어서 농가는 한편으로 정확하고 상세하게 묘사되는 작품의 주요 배경의 역할을 하기도 하고, 또 다른 한편으로는 단순하고도 대략적인 방식으로 묘사되면서 작품의 부차적인 배경에 머무르기도 한다.

사실상 파리에 거주하고 있던 알퐁스 도데가 프로방스의 농가와 최초로 직접적인 관계를 맺었던 것은 바로 종키에르에 있는 생-로

---

1) MASSOT Jean-Luc, 《Maisons rurales et vie paysanne en Provence》, Paris, Serg, 1975, p.93.

랑의 농가였다. 그 대농가는 대단히 풍요로운 일종의 '영지'로서, 주인의 저택과 항구적으로 그곳에 거주하는 수십여 명의 하인들을 포함하고 있었다. 1866년 초에, 자신을 끊임없이 짓누르고 있던 물질적·정신적 고통으로 인해 알퐁스 도데는 하나의 탈출을 시도한다. 그는 파리를 떠나 남부 지방으로 향한다. 그 대농가에서 이루어지게 될 이러한 종류의 은거는 그의 사촌들 중의 한 사람인 루이 도데에 의해 마련된 것이었다. 이 거대한 농가의 평화로움 속에서 작가는 고요한 삶, 그 자신의 고백에 따르면 '수도사적인 삶'[2]을 영위하고 있었다. 바로 이 시기에 그는 한 연극 작품의 결말을 완성하는 데 골머리를 앓고 있었고, 자신의 자전적 작품인 《꼬마 철학자》의 집필을 시작한다. 그는 지친 자신의 정신을 회복하기 시작했고, 그의 건강 상태도 다시 양호해졌으며, 이때의 추억들이 그의 머릿속에 각인되기 시작한다. 여기에서 알퐁스 도데는 과거의 어떤 향기만을 맡는 것에 만족해하지 않았다. 다시 각성된 그의 정신은 현실의 단편들을 포착하기 시작했고, 이 현실의 단편들은 훗날 작가의 상상력을 통해 약간 변형되기도 하면서 그의 콩트의 출발점이 된다. 따라서 농가는 풍차와 함께 그의 프로방스적 연대기의 동력원을 형성하는 요소라고 간주할 수 있다.

프로방스의 농가는 알퐁스 도데의 몇몇 작품 속에서 주요한 배경을 형성하고 있으며, 특히 《아를의 여인》에서 강도 높게 표현되고 있다. 이 작품에서 묘사되는 농가는 사람들이 인습적으로 규정하는

---

2) DAUDET Alphonse, 《Trente ans de Paris: Histoire de mes livres》, Paris, C. Marpon et E. Flammarion, 1889, p. 68.

프로방스의 농가를 완벽하게 보여 준다. 즉 농가는 종종 인간 거주지의 주요한 공간들, 말하자면 주인과 그의 가족, 그리고 하인들이나 일용노동자들과 가축들이 어우러져 살아가면서 일상적 삶이 전개되는 공간으로 나타나기도 하고, 때로는 직업과 노동의 장소로 등장하기도 한다.

알퐁스 도데는《아를의 여인》에서 주인공 장과 그의 가족이 살고 있는 배경을 19세기 프로방스의 전형적이고 전통적인 부르주아의 농가로 묘사했다. "방앗간에서 내려와 마을로 가려면 넓은 안마당에 팽나무가 심어져 있는, 길 옆의 한 농가 앞을 지나가야 한다. 그것은 프로방스 지방의 전형적인 주택으로, 지붕은 붉은 기와로 덮여 있고, 널따란 갈색 건물의 전면은 창문들이 일정치 않게 나 있고, 맨 꼭대기에는 다락방의 바람개비와 건초 더미를 끌어올리는 도르래, 그리고 불쑥 솟아나온 건초가 몇 단 눈에 띈다……."[3] 이 구절에서 나타나듯이 농가의 전형적이고 전통적인 구조는 2층으로 되어 있다. 일단 정문을 통과하면 곧바로 거주지로 도달하게 된다. 거주지의 모습은 단순하면서도 아름답다. 붉은 기와가 얹혀져 있고 정면은 갈색으로 채색되어 있으며, 바람을 맞아 돌아가는 바람개비가 있다. 널따란 안마당을 가로질러 무거운 문을 열고 들어가면 거주지의 내부에 도달한다. 내부의 1층에는 가족들의 공동 거주 공간이 마련되어 있다. 중앙에 나무로 만든 테이블이 위치해 있고, 식사 시간이 되면 주인과 그의 가족들이 이 테이블 주위로 모여든다. 그곳

---

3) DAUDET Alphonse, 《Lettres de mon moulin: L'Arlésienne》, Paris, Flammarion, 1972, p.87.

에는 또한 때때로 수확인들과 경작인들, 혹은 가축떼와 함께 산에
서 내려온 목동들이 식사를 하기도 한다. 따라서 그곳은 집의 심장
부가 된다. 이러한 공동 거주 공간 외에도 1층에는 식량이 비축되어
있는 방과 마구간, 농기구를 놓아두는 창고 등이 설치되어 있다. 바
로 이러한 구조가 알퐁스 도데가 《아를의 여인》에서 묘사한 전형적
인 프로방스 농가의 형태이다. 마리 모롱은 자신이 어린 시절을 보
냈던 농가에 대한 묘사를 전통적인 형태로 다음과 같이 묘사하고 있
다. "아래층에는 사람들의 대식당과 가축들의 외양간, 그리고 커다
란 방이 있다. 그곳에서 사람들은 겨울이면 시장에 내다팔려고 시금
치와 파·상추를 고르고 정리했다. 2층에는 방과 곡물과 건초를 저
장하는 다락방이 있었다. 하나는 가축의 굶주림을 위한 것이었고,
또 다른 하나는 우리의 배고픔을 채우기 위한 것이었다……."[4]

  이제는 농가에서 전개되고 있던 한 젊은이의 비극적인 사랑의 종
말에 관심을 두어보자. 실제로 알퐁스 도데는 프로방스에 체류하면
서 그 지방 젊은이들의 열정적인 사랑을 주의 깊게 관찰한 바 있다.
"프로방스는 여성들이 특히나 아름다운 고장이다. 젊은이들은 사랑
을 하지 않고는 배겨날 수 없다."[5] 이 구절은 일상적 사건들에 대한
그의 주의 깊은 관찰력에서 기인한다. 조르주 비제의 음악 《아를의
여인》은 사랑에 대한 절망으로 2층의 다락방에서 자살하고 마는 한
프로방스 젊은이의 비극적인 이야기로 사람들의 뇌리에 각인되어
있다. 그러나 그 원작자가 알퐁스 도데였다는 사실을 아는 사람은

---

4) Cité par MASSOT Jean-Luc, in: 《Maisons rurales et vie paysanne en Provence》,
Paris, Serg, 1975, p.93.
  5) DAUDET Léon, 《Quand vivait mon père》, Paris, Grasset, 1940, p.102.

별로 없었다. 그는 소설화된 이 작품을 개작하고 덧붙여서 연극으로 상연했고, 이 연극의 주제 음악을 조르주 비제가 작곡함으로써 불후의 명작으로 지금까지 우리들의 가슴속에 살아남아 있다. 이 이야기는 1862년 여름에 발생했던 어느 실제의 사건으로부터 영감을 얻은 것이다. 그 사건의 희생자는 작가의 친구인 미스트랄의 사촌 동생 프랑수아였다. 그 젊은이의 실연으로 인한 자살, 그의 어머니의 절망과 좌절, 이 모든 상세한 이야기를 미스트랄로부터 듣게 된 알퐁스 도데는 자신의 가슴속에 깊이 간직하게 되었고, 훗날 이 소박한 젊은이의 비극적인 사랑을 작품화시켰는데, 이것이 바로 《아를의 여인》의 기원이 되었던 것이다. 이 작품은 알퐁스 도데가 자신이 직접 체험했거나 주변 사람들로부터 들은 것들을 어떻게 이용하고 작품화했는가를 잘 보여 주고 있다. 이 작품의 서두에서 언급된 농가에 대한 묘사는 언뜻 평범해 보인다. 그러나 이러한 평범함은 어떤 단어로 인해 그 성격이 반전되는 양상을 보인다. 그 구절을 살펴보자. "왜 이 집은 나에게 그토록 충격을 주었을까? 왜 닫혀 있는 이 집의 정문을 보면 내 가슴이 죄여올까? 나는 그 이유를 말할 수 없을 것 같다. 아무튼 그 집은 나를 오싹하게 만든다. 주위는 너무나도 조용했다. (…) 그 앞으로 사람들이 지나갈 때에도 개들은 짖지 않았고, 꿩들은 울지도 않고 달아나 버렸다."[6] 농가에 대한 첫 구절의 평범한 묘사는 이제 두번째 구절에 들어서서 반전되는 분위기를 연출한다. 특히 농가의 붉은 기와라는 색채는 닥쳐올 불길한 징조를 예감케 한다. 마치 폭풍이 몰아치기 전의 고요함이 다가올

---

6) DAUDET Alphonse, 《Lettres de mon moulin: L'Arlésienne》, Paris, Flammarion, 1972, p.87.

대재앙을 암시하듯이 농가의 분위기는 침묵 속에 가라앉아 있다. 작가는 이 작품의 서두에서부터 어떤 비장함 속에 농가를 위치시키면서 우리를 긴장시키는 데 성공하고 있다. 농가의 이러한 분위기를 통해서 끊임없이 어떤 젊은이, 즉 비극적 사랑의 전형인 장의 슬픈 운명을 암시해 주고 있다. 그것은 바로 그 젊은이의 자살 전주곡이다. 그 자살의 이야기를 슬프고도 비장한 톤과 연결시키면서 알퐁스 도데는 사랑 앞에서의 인간의 비극적 운명이라는 테마를 제시하고 있다. "아 우리들 인간의 마음이란 얼마나 가련한 것인가! 하지만 아무리 상대방을 경멸하려 해도 사랑하는 마음을 끝내 꺾어 버릴 수 없음은 정말로 가혹한 일이 아닐 수 없다."[7]

  알퐁스 도데는 늘상 자신이 지니고 있던 사물에 대한 이중적 균형감의 덕분으로, 프로방스의 부르주아적인 농가만을 우리에게 제시하지는 않았다. 풍요로운 농가들에 대한 묘사와 더불어 그는 자신의 시각을 보잘것없는 사람들의 거주지로 옮겨 놓는 선(善)을 지니고 있었다. 따라서 우리는 가난한 사람들의 빈약한 농가에 대한 상세하고도 사실적인 묘사를 한 구절 제시해 보자. "폐허가 된 종루에 기대 서 있는 농부들이 사는 이 거주지는 위풍당당해 보였다. 햇빛을 받아 흔들거리는 갈대 처마 밑으로, 문 윗부분의 석기에는 사냥용 무기들이 얹혀져 있었고, 모기 때문에 정사각형 모양의 커다란 천이 커튼으로 길게 늘어져 있었다. 하얀색 벽에, 천장은 아치형으로 움푹 파여 있고, 오래된 벽난로가 높이 설치되어 있는 사냥꾼들의 방은 초록빛 타일과 입구의 격자천 사이로 겨우 햇빛이 흘러 들

---

7) Ibid., p.91.

어올 뿐이었다."[8] 이 구절은 바로 주택으로서의 농가의 열악성과, 주민들의 거친 삶과 기후에 대한 악조건을 표현하고 있다. 《아를의 여인》에서의 풍요로운 대농가와는 그 성격이 다른, 사냥꾼이나 가난한 농민들의 농가의 분위기로부터 우리는 힘겨운 삶이 그들에게 가져다 주는 일종의 어떤 압력을 분명하게 포착할 수 있다. 이러한 이유에서 우리는 두 가지 종류의 농가, 즉 풍요로운 부르주아적 농가와 가난한 사람들의 농가로부터 하나의 사실을 추출할 수 있다. 즉 장의 자살 사건이 벌어지는 거대한 부르주아적 농가를 작품의 음울한 배경으로 삼으면서 알퐁스 도데가 사랑의 절망에서 비롯된 낭만적인 비장감을 창조했다면, 보잘것없는 사람들의 농가는 또 다른 종류의 비장함, 말하자면 실존의 힘든 상황이 야기하는 삶의 비장함을 연출했다는 것이다.

사실상 《꼬마 철학자》의 출발점으로 간주될 수 있는 종키에르의 대농가는 또한 몇몇 편지들이 스케치되는 장소이기도 했다. 농가를 《풍차간의 편지》의 서두에 삽입시키면서 알퐁스 도데는 풍차와 함께 농가를 프로방스적인 연대기의 문학적 주요 공간으로 삼았다. "프로방스 지방에서는 더위가 찾아오면 가축을 알프스 산으로 보내는 것이 관습이라는 것을 여러분에게 말해야겠다. 짐승과 사람들은 배까지 차오르는 무성한 풀밭에서 노숙하면서 5,6개월을 보내곤 한다. 그리고 이어서 서늘한 가을이 찾아오면, 다시 농가로 내려온다. 그리고 로즈메리 향기가 가득한 회색빛 언덕에서 근엄하게 풀을 뜯

---

8) DAUDET Alphonse, 《Numa Roumestan: Valmajour》, Paris, G. Charpentier, 1881, p.79.

어먹는 것이다."[9] 바로 이 구절에서 우리는 '저 높은 산 속, 어두운 지방'으로부터의 가축의 귀환에 비추어 알퐁스 도데에게 있어 농가라는 단어의 진정한 의미를 추론해 볼 수 있다. 그에게 농가는 추억과 동시에 휴식의 공간을 의미한다. 가스통 바슐라르가 해석한 바와 같이[10] 농가는 우선 알퐁스 도데의 가슴속에서 집의 형태가 근본적으로 지니고 있는 무수한 추억들을 불러일으키는 거주지로 자리잡고 있다. 따라서 베주스와 종키에르의 농가는 자신의 어린 시절과 청년 시절, 그리고 그곳에서 펼쳐졌던 그림과 같이 생생한 삶에 대한 추억을 불러일으키는 공간이다. 농가와 가축떼 사이의 관계는 그 시기의 작가의 전기적 상황에 그대로 적용될 수 있다. 산 속에서의 오랜 생활에 지친 가축들처럼, 매번 파리의 생활에 지쳐 있을 때마다 알퐁스 도데는 프로방스를 향해 떠나서 그곳에서 자신의 휴식처를 발견했다. 따라서 우리는 다음과 같은 결론을 정형화할 수 있다. 즉 농가로 돌아오는 짐승들의 귀환은 자신의 고향으로 돌아오는 파리인, 즉 알퐁스 도데의 귀환과 동일시된다. 결국, 그에게 있어 농가는 어떤 모성애적인 존재 혹은 영원한 휴식처로서, 프로방스의 대지 자체를 의미하고 있다고 할 수 있다.

오두막

우리는 프로방스 농촌의 경치를 완성해 주는 부차적이고 전형적

---

9) DAUDET Alphonse, 《Lettres de mon moulin: L'Installation》, Paris, Flammarion, 1972, p.44.
10) BACHELARD Gaston, 《La Poétique de l'espace》, Paris, P.U.F, 1992, p.27.

인 건축물 속에 오두막을 삽입시켜야 한다. 카마르그 지방의 전통적인 거주지의 형태로 간주되는 오두막은 알퐁스 도데가 자신의 은거지로 삼던 풍차나 농가와 함께 즐겨 찾던 건축물의 한 요소이기 때문이다.

 알퐁스 도데를 힘들고 개방적이고 자유분방한 삶으로부터 구원해 주었던 것은 아나톨 프랑스의 말에 의하면 이러한 '은거의 습관'[1] 이었다. 대다수의 경우 알퐁스 도데가 행했던 수많은 은거와 도피는 프로방스가 그 최종 목적지가 되곤 했다. 그러나 그러한 은거나 도피가 늘상 풍요롭고 아름다운 대평원에서 펼쳐지는 사치스런 것은 아니었다. 그의 은거나 도피는 때로는 코르시카 섬과 같은 고립된 섬들에서 전개되기도 했고, 때로는 야생적이고 거칠은 자연에서 전개되기도 했다. 이렇듯 거칠고 불친절한 은둔지들 중에서 알퐁스 도데의 호기심을 부추기고 있었던 것은 원시적 형태를 간직하고 있던 카마르그 지역이었다. 그는 이 지역에서 밀렵 감시인들과 대화를 나누기도 하고, 어부들의 생활을 주의 깊게 관찰하면서 이 지역의 독특한 분위기를 음미하곤 했다. 알퐁스 도데가 《파리에서의 30년》에서 밝히고 있는 '황량함과 원시성에 대한 취미,'[2] 낯섦과 신비함에 대한 그 자신의 취향과 열렬한 모험 정신을 반영하고 있다. 알퐁스 도데는 프로방스의 농가에서나 풍차간에서처럼 오두막에서 보헤미안의 삶에서 은자의 삶으로 정묘하게 이행하는 수도사처럼 자

 1) FRANCE Anatole, 《Alphonse Daudet》, 《Revue de Paris》, tome I, Paris, 1898, p.7.
 2) DAUDET Alphonse, 《Trente ans de Paris》, Paris, C. Marpon et E. Flammarion, 1889, p.164.

신의 은거를 실행하고 있었다. 그래서 고독에 둘러싸인 채 수많은 숙고를 통해 카마르그의 원시적인 은거지에서 알퐁스 도데는 이 지방에 할당된 몇몇 단편의 귀중한 재료를 얻을 수 있었던 것이다.

대단히 독특한 외관으로 카마르그 농촌의 경치 속에 편입되어 있는 오두막은 17세기 중반부터 시작되었다. 늪지대의 갈대와 같은 섬유질 식물로 세워진 이 초가집은 따라서 극단적으로 부서지기 쉽고 안락하지 않다. 그러나 건축용 석재나 자갈조차 없는 이 지역에서는 짐승들의 우리이자 근본적으로 인간의 항구적인 거주지, 말하자면 목동들과 농부들, 어부들, 밀렵 감시인들의 주요한 거주 공간으로 사용되었다. 우리는 알퐁스 도데의 작품 속에서 이들에게 할당된 오두막을 어렵지 않게 찾아볼 수 있다. 우선 《월요 이야기》에 등장하는 몇몇 구절을 살펴보자. "시칠리아 바닷가 한복판에 있는 테오크리트 섬 어부의 오두막에 있는 듯한 느낌이다. 간단히 말하자면 그것은 프로방스 지방, 카마르그 지역의 섬에 있는 어느 어업 감시인의 집이다. 갈대로 만든 그 오두막은 벽에 그물과 배 젓는 노, 총 등 육지와 물에서의 사냥꾼들의 도구 일체가 걸려 있다."[3] 갈대로 된 오두막의 지붕과 벽의 모습은 그 지역의 대지가 제공하는 재료에 대한 적절한 순응을 의미한다.

피에르 롤레의 말에 의하면 프로방스의 가옥은 근본적으로 미스트랄과 트라몽탄, 뜨거운 태양, 그리고 차가운 얼음으로부터의 보

---

3) DAUDET Alphonse, 《Contes du lundi: Paysages Gastronomiques》, Paris, Librairie Générale Française, coll. 《Livre de poche》, 1984, p.222.

호적인 목적으로 세워지고 있었다.[4] 이러한 의미에서 오두막은 창문이 없는 단 하나의 공간으로 구성된다. 알퐁스 도데의 작품 속에서 대부분의 경우, 벽에 걸려 있는 연장들——총이라든가 장화, 그물 등——은 주민들의 직업과 힘든 생존 상황을 암시해 준다. 작가는 작품 속에서 오두막을 카마르그의 가장 전형적인 인간 거주지로 묘사하고 있다. "갈대로 이루어진 지붕, 누렇게 퇴색한 갈대로 이루어진 벽, 이것이 바로 오두막이다. 마찬가지로 그것은 우리의 사냥을 위한 약속 장소이기도 하다. 카마르그 가옥의 전형으로써 오두막은 높고 넓고 유리창이 없는 단 하나의 공간으로 형성된다. 유리가 끼워진 문으로 빛이 들어오고, 저녁이면 그 문을 덧문으로 완전히 잠그게 된다. 회반죽으로 거칠게 발라진 커다란 벽을 따라서 꼴시렁에는 사냥총과 망태기, 늪지용 장화가 걸려 있다."[5] 《풍차간의 편지》에서의 오두막에 대한 묘사는 《아를라탕의 보물》에서 그대로 재현되고 있다. "앙리 당주는 자신에게 요양소로 사용되고 있는 카마르그 가옥의 전형으로 이 기묘한 사냥용 정자를 요모조모 살펴보고 있었다. 널따랗고 높고 창문도 없는 단 하나의 공간에서 누렇게 퇴색한 지붕과 벽은 갈대로 뒤덮여 있었고, 유리가 끼워진 문을 통해 거대한 평원에서 빛을 받고 있었다. 저녁이면 볼레를 완전히 잠그면서 그 문을 닫고 있었다. 회반죽이 거칠게 발라진 벽을 따라서 총과 망태와 늪지용 장화가 걸려 있었다."[6]

---

4) ROLLET Pierre, 《La vie quotidienne en Provence au temps de mistral》, Paris, Hachette, 1975, p.45.

5) DAUDET Alphonse, 《Lettres de mon moulin: En Camargue》, Paris, Flammarion, 1972, p.260.

6) DAUDET Alphonse, 《Trésor d'Arlatan》, œuvres complétes illustrées, tome XXIV, Paris, Librairie de France, p.9.

오두막은 그 형태의 단순성과 원시성 때문에 인간의 거주지들 중에서 가장 원초적인 형태를 우리에 상기시켜 준다. 풍차와 농가가 보다 진보된 거주지의 형태, 즉 생산과 거주라는 이중적 개념의 공간이라면, 오두막은 휴식과 안정을 가져다 주는 보다 은밀하고 아늑한 공간이다. 오두막은 알퐁스 도데의 작품 속에서 때로는 항구적이고 때로는 은밀한 거주지의 형태를 띠면서 현실의 삶에 지친 인간들을 환영하는 은거지의 역할을 수행하고 있다. 따라서 오두막은 인간들에게 있어서 탈출과 은거, 꿈을 주는 공간이다. 오두막에 대해 자신의 독특한 이론을 전개했던 가스통 바슐라르는 은거지로서의 오두막의 성격을 강조하고 있다. "오두막이 가져다 주는 우리의 대부분의 꿈속에서, 우리는 혼잡한 집을 멀리 벗어나서, 그리고 시민으로서의 걱정거리에서 멀리 벗어나서 살아 보고자 한다. 우리는 진정한 은거지를 찾기 위해 생각 속으로 달아난다."[7] 진정한 은거지가 되기 위해서는, 가스통 바슐라르의 말에 따르면 오두막은 세계의 모든 부에서 벗어나야 한다. 말하자면 가난하고 소박한 모습만이 오두막의 진정한 이미지를 형성한다고 할 수 있는 것이다. "오두막은 이 세상의 어떠한 부도 받아들일 수 없다. 오두막은 다행스럽게도 밀도 높은 빈곤함을 지니고 있다. 은둔자의 오두막은 가난함의 영광이다. 처음부터 끝까지 궁핍함으로써 오두막은 은둔의 절대성에 도달하게 한다."[8] 가스통 바슐라르가 오두막에 요구한 가장 중요한 조건들이 알퐁스 도데가 우리에게 남겨 놓은 오두막의 모습과 정확하게 일치하고 있다. 단 가스통 바슐라르가 오두막을 자유

---

7) BACHELARD Gaston, 《La poétique de l'espace》, Paris, P.U.F, 1992, pp.45-46.
8) Ibid., p.46.

로이 꿈을 꿀 수 있는 하나의 작은 우주로 간주하고, 그 꿈에 대해 독특하고도 심오한 해석을 가하고 있다면, 알퐁스 도데는 꿈에 대한 깊은 통찰보다는 고독 속에서의 자연에 대한 명상을 강조하고 있다. "그러나 특히 오두막이 매력적일 때는 바로 오후이다. 프랑스 남부 지방의 아름다운 겨울 햇살을 통해 나는 위성류 몇 다발이 불타오르는 높다란 벽난로 근처에 혼자 있는 것이 좋다. 미스트랄이나 트라몽탄이 불어댈 때면, 문은 춤을 추고, 갈대는 소리 지르고, 이 모든 흔들림은 내 주변에 있는 자연의 거대한 떨림의 극히 부분적인 반향일 뿐이다."[9] 가스통 바슐라르의 꿈을 위한 작은 우주와 달리, 현실에 대한 예리한 분석가로서 알퐁스 도데는 자연 속에 어우러져 있는 오두막과 그 오두막에서 살아가는 주민들의 모습에 더욱 큰 중요성을 부여하고 있다. 따라서 그의 문학적인 기호를 증명해 주는 것이 바로 밀렵 감시인이나 어부의 오두막과 관계된 묘사들이다.

오늘날, 오두막의 대부분은 그 연약한 성질 때문에 사라져 버렸지만, 알퐁스 도데의 작품에 남아 있는 이 시대의 오두막에 대한 묘사 덕분에 우리는 주민들의 삶에 대한 단편들을 엿볼 수 있다. 오두막은 알퐁스 도데에게 있어서 단순한 공간적 요소가 아니라 독특한 어떤 의미를 지니는 요소이다. 오두막은 그에게 있어서 풍차간이나 농가와 같이 은둔의 장소로 사용되었다. 《아를라탕의 보물》의 주인공인 파리인 앙리 당주는 자신의 정부인 어느 여배우로부터 벗어나

---

9) DAUDET Alphonse, 《Lettres de mon moulin: En Camargue》, Paris, Flammarion, 1972, p.260.

기 위해 카마르그의 사냥터에 은둔한다. 이 주인공은 아마도 무질서한 삶의 일상으로부터 벗어나고자 했던 알퐁스 도데 자신이었을 것이다. 삶의 도피처로서의 이러한 현실적 의미 외에도 오두막은 그에게 창작 자료를 제공해 주던 문학적 영감의 장소였다. 실제로 그가 카마르그 지역의 오두막 주위에서 듣고 체험했던 많은 일화들이 그의 작품 속에 들어 있다. 따라서 풍차간과 농가가 알퐁스 도데를 프로방스의 전통적인 농촌과 연결시키는 역할을 하고 있다면, 오두막은 그 작가를 카마르그의 거친 평원과 연결시키는 역할을 하고 있다. 그리고 알퐁스 도데는 카마르그의 오두막 주위에서 힘들게 살아가던 다양한 계층의 주민들과 직접적인 접촉을 유지함으로써 진정으로 그들에 대한 애정과 연민의 감정을 느낄 수 있었다.

농부들

알퐁스 도데가 우리에게 남겨 놓은 프로방스인들의 여러 유형 중에서 우리는 농부를 가장 중요한 요소로 다루어야 한다. 이러한 설정은 흔히 일차산업으로 분류되는 농업이 인류의 탄생 이래 인간의 생존을 위한 식량 생산의 가장 원시적이고도 기본적인 수단으로 인지된다는 역사학적인 입장에서뿐만 아니라 당시 프로방스 사회의 삶의 양상과 전통의 가장 기본적인 골격을 형성, 유지하고 있었다는 사회적 · 경제적 측면의 입장에 근거를 두고 있기 때문이다. 실제로 알퐁스 도데의 프랑스 남부 지방에 관한 대부분의 단편들에서 풍겨 나오는 프로방스적인 향취는 도시가 아닌 농촌 지역의 경치들과 주민들의 활기찬 삶의 모습에서 기인한다.

어원학적으로 '농업(agriculture)'이라는 용어는 '밭의 경작(culture du champs)'을 지칭한다. 넓은 뜻으로 보면 그 말은 부의 생산과 시골지역에서의 생활 조건을 의미한다. 이러한 개념의 농업 속에는 밀과 야채와 과일의 재배, 가축 사육, 유제품의 생산에 종사하는 사람들뿐만 아니라 제분업자와 고기잡이와 사냥 등에 종사하는 부류들도 포함되어 있다. 사실상 진정한 의미에서의 농부를 규정하는 데 있어 그 한계를 어디다 두느냐 하는 것은 경제학자나 사회학자들의 연구의 몫이지만, 우리는 이 지방 주민들의 효율적인 세분화를 위해서 이러한 포괄적 개념으로서의 농업과 농부들을 배제하면서 농업 본래의 순수한 의미 혹은 협의의 의미, 즉 "경작된 대지 위에서 곡물을 생산해 내는 기술의 총체"로서의 농업에 종사하는 농부들──이런 의미에서 'agriculture'라는 용어보다는 'paysan'이라는 용어가 더 잘 어울리는──만을 다루어 보고자 한다. 왜냐하면 알퐁스 도데는 들판에서의 유쾌하고 건강한, 때로는 거칠고 힘든 노동을 통해 대지의 의미를 음미하고 자연과 깊은 교감을 나누는 그 농부들을 대지에 대한 예찬자이자 수호자로, 그리고 프로방스 지방의 수많은 전설과 전통의 진정한 계승자로 그려내고 있기 때문이다.

알퐁스 도데 시대의 프로방스는 산업혁명으로 인한 사회적·경제적 혼돈의 와중에 놓여 있었다. 새로운 동력의 탄생과 운송 수단의 발전은, 동시에 이 지역의 경제적 삶에 부의 증가와 다양성과 생생한 추진력을 부여하게 되었지만, 반면에 모든 것을 획일화시키는 산업의 발달로 이 지방의 매력적인 전통들과 문화적 과거들이 한꺼번에 무너져 내리는 가치관의 혼돈을 겪고 있었다.

이러한 산업 발전의 주요한 희생물 가운데 하나는 바로 전통적인 농촌 사회의 급격한 변화와 그로 인한 농민들의 일상적인 삶의 분열 현상이었다. 영지제도의 변화는 극도로 분열된 경작지를 만들어내었고, 생산력의 증대를 위한 농촌의 기계화[1]는 농부들의 삶의 전통적인 테두리를 변화시키면서 지난 세기 중반의 농촌 경제를 뒤집어엎는 결과를 초래했다. 이러한 발전에 대해서 미스트랄은 자신의 작품 속에서 다음과 같이 하나의 시적인 울림을 부여하고 있다. "기계들이 농업을 침투해 들어가는 오늘날, 대지의 작업은 목가적인 색채와 성스런 예술의 고귀한 태도를 점점 더 잃어가고 있다. 이제는 수확기가 오면 우리는 들판을 가로질러서 자신들의 발톱을 흔들고 커다란 식칼로 이삭을 베어내고 철선으로 다발을 묶어내는 'moissonneuses'라는 거대한 게나 흉칙스런 거미 종류를 볼 수 있다."[2] 미스트랄의 전통적 농업 방식에 대한 향수와 기계화에 대한 혐오감은 그의 미출간된 서간에서도 분명하게 드러나 있다.[3] 철도의 발전은 근본적인 경작들, 즉 전통적인 곡물 생산 위주의 농업에서 야채 재배와 올리브, 편도나무와 무화과 등, 새로운 경작의 다양한 시도를 가져왔다. 이렇듯 새로운 농업 경향은 특히 그라브종과

---

　1) 프로방스 농촌의 기계화에 관해서는 MASSOT Jean-Luc, 《Maisons rurales et vie paysanne en Provence》, Paris, Serg, 1975, p.38을 참조할 것.

　2) MISTRAL Frédéric, 《Mémoires et récits》, Paris, Plon, 1969, p.862.

　3) 미스트랄은 모리스 오귈롱에게 보내는 편지 속에서 기계화가 가져다 주는 '진보'에 관해 설명하고 있다. "소위 발전이라는 변형은 그 어느것도 멈추게 할 수 없는 것이지만, 그것은 의복들과 오랜 관습들과 심지어는 미신들의 상실은 관습들을 더욱 부드럽게, 덜 고통스럽게, 그리고 인간의 삶을 더욱 안락하게 만들어 주지만 나는 거기에 찬성할 수 없다." cité par AGULHON Maurice, Une lettre inédite de Frédéric Mistral, 《Provence historique》, tome XXXIII, Aix-en-Provence, 1973, p.162.

샤토르나르 쪽의 낮은 지역에서 두드러졌는데, 야채 재배가 곡물의 자리를 차지해 나가기 시작했다. 따라서 수많은 변화를 겪으면서 이 지방의 농촌은 그 외관이 변해 가고 있었다. 마을들과 길가에서는 나무들이 느릅나무로 대체되고 있었다. 과거를 경건하게 나타내 주는 것은 들판에서 미스트랄 바람에게 경의를 표하면서 흔들리는 시프레와 올리브나무가 남아 있을 뿐이었다. 그것은 사실상 한 시대의 종말이었다. 알퐁스 도데가 빈번한 여행을 통해 이 지방에서 재발견한 것은 사회적·경제적인 급격한 변화 속에서 현대적인 문화에 침식당하면서도 과거의 프로방스적인 전통에 대한 향수를 지니고서 그것을 보존하려 애쓰던 농부들의 삶의 진실한 모습이었다.

농촌 사회에 대한 관심은 알퐁스 도데 이전과 이후의 유명한 여러 작가들에게서도 찾아볼 수 있다. 그들은 농촌을 경치가 가져다 주는 아름다움을 통해 서정적인 묘사 속에 놓아두기도 하고, 또 어떤 작가들은 농촌의 삶의 현실을 사실적이고도 적나라한 방식으로 묘사함으로써 사회에 대한 충실한 복제에 만족했던 알퐁스 도데의 묘사를 넘어서는, 사회에 대한 적극적이며 능동적인 시각을 보여 주기도 한다. 우리는 프랑스 농촌 사회의 지역적 특성을 무시하면서 19세기 작가들이 동시대의 농촌에 할당했던 몇몇 묘사들을 제시해 보고자 한다. 우선 발자크의 작품에서 우리는 당시 농촌의 가장 두드러진 특징 중 하나인 영지 분할에 대한 구절을 찾아볼 수 있다. "10여 년의 노력 끝에 그 백작부인은 자신이 소유하고 있는 대지의 경작을 변화시켰다. 그녀는 그 대지를 4개로 분할했는데, 이러한 표현은 그 지방에서 새로운 방법의 결과를 설명하기 위해서 사용되고 있었으며, 그 방법에 따라서 경작자들은 대지에서 생산물을 매년 수확하기 위해 4년마다 한번씩 밀을 파종할 뿐이었다. 완강한 농민들의 반대를 물리치기 위해서는 임대를 해약해야 했으며, 그녀의 영지를 4개의 커다란 소작농가로 분할해야 했고, 투렌과 그 부근의 임대 가축의 절반을 가져야 했다. 지주는 의지가 굳은 소작인들에게 거주지와 경작에 필요한 건조물, 그리고 종자씨를 주고, 소작인은 경작 비용과 생산물을 반분하는 것이다."[4]

19세기의 작가들이 농촌 사회에 대한 생생한 묘사 속에서 공통적으로 관심을 집중시켰던 것은 농민들의 궁핍과 열악한 노동 조건, 그들에 대한 낮은 사회적 인식, 가진 자와 없는 자의 사회적 갈등 등이었다. 이러한 시각에서 고려될 수 있는 가장 대표적인 것으로는 발작의 또 다른 작품《농민들》을 들 수 있다. 발자크가 시골에서 애쓰는 의사나 사제들과 함께 당시 사회의 건전한 구성원으로 간주했던 농부들은 이 작품 속에서 견딜 수 없는 자신들이 실존 상황의 타개를 위하여 사회의 제도에 반항하는 계층으로 묘사된다. "절대적으로 청렴하고 도덕적인 인간은 농민들의 계급에서는 예외적인 것이다. 호기심 많은 사람들은 그 이유가 무엇인지 반문한다. 우리가 이러한 상태에서 부여할 수 있는 이유는 바로 다음과 같은 것이다. 그들의 사회적인 기능들의 특성에 의해서 농부들은 자연과의 지속적인 결합을 유도하는 원시 상태에 가까운 순전히 물질적인 삶을 영위하기 때문이다. 그가 육체를 망가트릴 때, 특히 무지한 사람들에게 있어서 노동은 사상에서 그의 정화된 행위를 제거한다. (…) 간사한 사람들의 진짜 둥지인 이 캬바레에서는 활기차고 음험한 그

---

4) BALZAC Honoré,《Le Lys dans la vallée》, Paris, Flammarion, 1968, p.48.

리고 뜨겁고도 흥분된 분위기 속에서 주인과 부자들에 대한 프롤레타리아와 농부의 증오가 끓어오르고 있었다."[5] 19세기의 농촌 사회에 관심을 둔 작가군들에서 조르주 상드를 빼놓을 수는 없다. 자신의 고향 노앙의 단순한 전원의 풍경과 농민의 생활을 주제로 한 그녀의 서정적 작품 《마의 늪》의 한 구절은 그 서정성에도 불구하고 농부들에 대한 힘든 실존을 우울하게 묘사하고 있다. "나는 대단히 우울한 상태로 홀바인의 그 일꾼을 오래도록 응시하고 있었으며, 전원의 삶과 경작자의 운명을 꿈꾸면서 산책하고 있었다. 아마도 하루의 해가 지고 나면 한 조각의 가장 거무스레한 두터운 빵이 그토록 힘든 노동에 결부된 보상으로 주어질 터이지만, 질투심 투성이의 이 땅에 시간과 정력을 쏟아붓는다는 것은 우울한 일인지도 모른다. (…) 일반적으로 여가를 즐기는 자는 초원도, 자연의 장관도, 자신의 소비를 위해 금으로 바꾸어야 하는 가축도 좋아하지 않는다. 그는 시골에 체류하면서 약간의 공기와 건강을 찾으며 이어 노동의 결실을 소비하러 대도시로 간다. 그에 비해 농부는 시골의 아름다움과 전원생활의 매력을 즐기기에는 너무나 짓눌리고 불행하며 너무나도 앞날이 불투명하다."[6] 이 당시의 농부들의 삶의 조건들과 그들의 위치는 시대와 환경의 변화에도 불구하고 오늘날까지 거의 변화되지 않은 사회적 문제들 중의 하나로 남아 있다. 이러한 경향을 가장 잘 표현한 클로드 미슐레의 한 구절은 현대사회에서조차 뛰어넘을 수 없는 농부의 사회에 대한 거리감을 표출하고 있다. "나의 장래의 마누라는 적어도 겨울에는 첫 안개 때문에 기분

---

5) BALZAC Honoré de, 《Les Paysans》, Paris, Flammarion, 1970, p.105.
6) SAND George, 《La Mare au Diable》, Paris, Gallimard, coll. 《Folio》, 1973, pp.35-36.

이 상할 위험성을 각오해야 했다. (…) 그리고 그녀는 어떤 도시인과 결혼함으로써 남편에게 요구할 권리가 있는 안락한 생활을 내가 그녀에게 줄 수 없다는 사실을 깨달아야 했다. 그리고 또 그녀는 예기치 못한 일, 농부라는 직업에서 비롯되는 모든 어려움을 깨닫고 받아들이는 것이 필요했다."[7] 이상에서 살펴본 19세기에서 20세기에 이르는 농촌 사회의 묘사는 어두운 면을 들추어 냄으로써 농촌 사회를 지나치게 주관적으로 서술하고 있다는 느낌을 받는 반면에 알퐁스 도데의 농촌에 대한 묘사는 거의가 유쾌한 모습 그 자체에 할당되고 있음을 알아야 한다.

자연의 가장 중요한 요소로써 대지는 인간을 비롯한 모든 피조물들에게 생존에 필요한 거주 공간과 식량을 제공하는 토대이다. 이러한 거주 개념과 생산 개념으로써의 대지의 본질을 파악하기 훨씬 이전에 알퐁스 도데와 프로방스와의 접촉은 그의 출생 시기로 거슬러 올라간다. 알퐁스 도데가 프로방스의 한 도시 출신이었다 해도 그의 유년 시절의 본질은 베주스의 농촌에 있었다. 실제로 베주스는 그의 농촌생활의 첫 과정이었다. 어머니의 건강 때문에 그리고 허약했던 자신의 건강 때문에 그의 부모는 베주스에 사는 트렝키에 일가에게 아들의 양육을 위탁했다. 일명 장 드 라 마마르라고 불리우던 그의 양부(養父) 장 트렝키에는 어린 도데를 자신의 네번째 아들로 맞아들였다. 그는 이 시기의 삶을 바티스트 보네와의 대담 속에서 감동적으로 회상한 바 있다.[8] 베주스의 주변 농가에서 어린 알

---

7) MICHELET Claude, 《J'ai choisi la terre》, Paris, Robert Laffont, 1975, pp.67-68.

8) BONNET Batisto, revue de l'orginal provençal, cité par BORNECQUE Jacques-Henri, in: 《Les années d'apprentissage d'Alphonse Daudet》, Paris, Nizet, 1951, p.21.

퐁스 도데는 또래들과 무리지어 다니면서 자유를 만끽했다. 그가 그곳에서 발견했던 공간은 바로 'révélation'의 대지였다. 이 농가에서 알퐁스 도데는 농부들과 함께 그들의 힘든 노동을 나누지 않았다 해도, 그리고 그들의 노동의 진정한 의미를 이해하지 못했다 해도, 적어도 그는 이 지방의 수많은 신비한 전설과 이야기를 듣게 된다.[9] 항상 마음속에 자리잡고 있었던 이 지방의 대지에 대한 무의식적인 향수는 바로 유년 시절의 이 농가에서의 양육에서 비롯된 것이다. 유년 시절의 대지에 대한 어렴풋한 추억과 그리움에 청년 시절 이후에 행해졌던 여러 번의 여행이 덧붙여지면서 프로방스의 대지는 그에게 있어서 어떤 구체성을 띤 현실로 나타나게 된다.

프로방스인들과의 접촉에서 가장 중요한 만남은 바로 미스트랄과의 만남이었다. 알퐁스 도데는 1860년 여름에 마얀으로 그를 찾아가서 그곳에서 1개월간 머물렀다. 급속히 친구가 된 두 사람은 부근의 농촌에서 벌어지는 축제와 말놀이, 그리고 파랑돌 춤에 참여하면서, 그리고 미스트랄 소유의 들판과 포도원에서의 농부들의 노동을 목격하면서 그들의 유쾌한 생활을 경험했다. 작가는 그때의 감동을 이렇게 피력하고 있다. "마얀에서의 이러한 삶은 얼마나 이상적인가! 자신의 정원과 포도밭을 가꿀 수 있을 뿐만 아니라 그것들을 찬양하고 영광을 통하여 전설을 늘리고, 선조들과의 관계를 다

---

9) 작가는 이 시기의 체류에 대해 다음과 같이 감동적으로 회상하고 있다. 고요한 저녁, 베주스의 집, 문 앞에 있는 대리석 벤치에서, 그의 곁에 앉아서 나는 그가 자신의 일에 대해 이야기하는 것을 들었다. 그리고 나는 우리가 나누는 언어의 신성한 포도즙에 의해 도취되곤 했었다." Cité par BECKER Colette, Préface aux 《Lettres de mon moulin》, Paris, Flammarion, 1972, p.21.

시 맺을 수도 있는 삶이 아니던가!"[10] 그는 바로 그곳에서 농부들의 삶의 진정한 의미——대지의 신성한 생산자로서 과거의 전통을 현재로 이어 주는 충실한 전승자이자 매개자로서——를 파악하기에 이르렀다. 따라서 그는 이 마얀의 친구와 농부들에게 항상 고마움을 느끼고 있었다. 왜냐하면 그 농부들의 노동과 그 의미를 통해서 자신이 인간으로서 프로방스의 대지에 속해 있다는 의식을 지닐 수 있었기 때문이다. 이것은 바로 《풍차간의 편지》가 드러내 주는 가장 중요한 주제이기도 하다.

유년 시절의 농가에서의 추억과 청년 시절의 농부의 삶의 진실한 체험을 토대로 농부들에 대한 그의 의식은 확립되었다. 그들에 대한 묘사는 바로 다음과 같은 견해를 토대로 설정되었다. "두 가지 모습의 남프랑스가 존재하는데 부르주아의 남프랑스와 농부의 남프랑스가 그것이다. 전자는 우스꽝스럽고 후자는 훌륭하다."[11] 그가 프랑스 남부 지방의 대지를 두 가지 모습으로 구분한 이 구절 속에서 우리는 서로 대립되는 개념으로 인간화된 남프랑스를 발견하게 된다. 이 지방에 존재하고 있는 두 가지 휴머니티, 즉 수치스런 관습들과 이기주의, 그리고 비천함이 존재하는 도시의 경멸스런 휴머니티와, 예리한 재치와 건강함, 정직함 등을 지닌 훌륭한 농촌의 휴머

---

10) Ibid., pp.22-23. 농촌의 삶에 대한 예찬은 미스트랄의 작품에서도 찾아볼 수 있다. "시골 경작자들 사회는 얼마나 유쾌했던가! 각 계절은 일의 종류를 새롭게 해주고 있다. 경작지들, 파종, 양털 깎기, 풀 베기, 누에치기, 수확, 낟알 털기, 포도 수확과 올리브 따기 등이 내 눈앞에서 항상 힘들긴 하지만 영원히 독립적이고 고요한 농업생활의 장엄한 행위를 펼쳐 놓는다." MISTRAL Frédéric, 《Mémoires et récits》, Paris, Plon, 1969, p.862.

11) DAUDET Alphonse, 《La Doulou: Les Cahiers inédits》, Paris, Fasquelle, 1931, p.125.

니티가 그것이다. 그의 《풍차간의 편지》에서 묘사된 농부들의 모습은 바로 후자의 농부적인 남프랑스에 근거를 두고 있다고 하겠다.

　상당히 유쾌하고 경쾌한 기후와 수많은 전통과 역사가 배어 있는 이 거대한 대지는 산업의 근대화 이전에 이 지역을 확실한 농업 지역으로 설정하는 데 전혀 무리가 없는 분위기를 형성해 주었다. 따라서 이 지역의 농부들은 대지의 산 역사이자 하나의 표본들이다. 여러 개의 단편 속에서 알퐁스 도데는 동향인들의 특성인 유쾌한 면을 강조해야 한다는 원칙에 따라서 농민 계층을 충실하게 묘사했다. 그리하여 작가는 〈정착〉의 서두에서부터 농촌 생활의 자유로움과 경쾌함을 묘사하는 동시에 당시의 변해 가고 있던 사회의 분위기를 코르니유 영감의 일화를 통해서 우리에게 보여 주고 있다. 거기에서 농부들은 일감이 없어 폐허가 되어가고 있는 풍차간에 자신들의 밀 자루를 실어 가는 감동적인 선의 대상으로 그려지고 있다. "우리는 즉시 집 안에 있는 좋은 밀을 있는 대로 코르니유 영감의 풍차간으로 가져가기로 했다. 말을 끝내자 마자 곧장 실천에 옮겼다. 마을이 총출동했다. 우리를 실은 말은 바로 진짜 밀을 실은 나귀를 줄줄이 앞세워 언덕 위에 이르렀다. (…) 그리고 우리는, 가엾은 노인네가 자루를 연다, 방아를 보살핀다 하며 좌우로 바삐 뛰어다니는 것을 보고 모두 눈물을 흘렸다. (…) 우리는 진정으로 옳은 일을 했다. 이날부터 우리는 풍차간 영감에게 절대로 일감이 떨어지지 않게 했다."[12] 농부들은 또한 알퐁스 도데의 재능들 중 하나인

---

12) DAUDET Alphonse, 《Lettres de mon moulin: Le secret de Maître Cornille》, Paris, Flammarion, 1972, pp.62-63.

유쾌함의 주요한 대상이 되기도 한다. 순전히 가공적이고 환상적인 이야기 〈퀴퀴냥의 사제〉의 한 구절이 그것을 증명한다. "빵처럼 부드럽고 황금처럼 밝은 분"인 마르탱 신부는 자신이 자식처럼 사랑하고 있던 퀴퀴냥의 주민들을 다시 교회로 끌어들이기 위한 즐거운 계략을 짜낸다. 신부는 자신이 지옥에서 고통받는 퀴퀴냥의 주민들의 모습을 미사에 참석한 주민들에게 생생하게 전달해 줌으로써 그들을 다시 교회로 끌어들이는 효과를 자아낸다. 그리하여 그 다음날부터 그들의 고해는 시작되었다. "말한 대로 시행되었다. 세탁을 했다. 이 잊을 수 없는 일요일부터 퀴퀴냥 마을의 높은 덕행은 사방 백리에까지 퍼져 나갔다."[13]

그러나 우리는 알퐁스 도데가 작품 속에서 남겨 놓은 농부의 모습이 언제나 건강함과 유쾌함, 천진무구함이라는 긍정적 요소만을 포함하고 있지는 않다는 사실을 덧붙여야겠다. 이러한 사실을 우리는 《월요 이야기》의 농부들에게 할당된 묘사 속에서 찾아낼 수 있기 때문이다. 사실상 농부에 대한 그의 묘사는 남프랑스의 농부들과 북프랑스의 농부의 대조를 통해 전개된다. 《뉘마 루메스탕》이나 《풍차간의 편지》에서 우리가 보게 되는 프로방스의 농부는 친절하고 순진하며 유쾌하고 용감한 반면, 《월요 이야기》의 북프랑스 농부는 의심스럽고 사나우며 교활한 특성을 보여 준다. "강변에 키가 훤칠한 늙은이가 나타나는 것이 보였다. (…) 햇볕에 탄 주름진 얼굴, 곡괭이질을 많이 하여 마디가 굵은 손, 이런 늙은이가 신사복을 입으니 더욱 거무추레하고 햇볕에 그을려 보인다. 고집센 이마, 아

---

13) Ibid., p.143.

파치 족 같은 갈고리 코, 냉혹한 입, 간사한 주름살, 이런 사나운 모습은 카시뇨라는 이름에 어울린다. (…) '다른 카페들은 횡재를 했지. 그런데 그놈은 (프러시아 병사들에게) 한푼어치도 팔지 않았을 뿐만 아니라 그보다 더 바보짓을 했지. (…) 못난 자식, 어디 애국자 노릇을 해서 어떤 꼴이 되나 두고 보자.'"[14] 이러한 특성은 북부의 농부들에게서 알퐁스 도데가 주목했던 하나의 태도에서 기인한다. 이 구절 속에서 농부는 냉혹하고도 탐욕스런 사람으로 보여진다. 즉 사회적인 의식이나 민족의 개념, 그리고 애국심이 완전히 결핍된 이기주의자들로서의 이 농부들은 자기 자신의 안일과 행복을 위해 모든 비열함과 음모의 경향──부의 축적을 위해 침입자인 프러시아인들과 타협하려는 경향──을 통해 전쟁으로 인한 불행에서 벗어나려 했다. 여기에 관련된 또 다른 구절이 있다. "비웃는 농부들은 프러시아 군에게 길을 가리켜 주었다. 농부들은 미신도 믿지 않았지만 동시에 조국도 믿지 않았다."[15] 조국에 대한 믿음도, 요정에 관한 신비한 전설도 믿지 않는 프랑스 북부 농부들[16]의 반전통적이며 염세주의자적인 태도는 삶에 대한 힘찬 정열의 소유자로서 그리고 자연과 전통을 찬미하는 심미가[17]로서의 프랑스 남부 농부들의 태도와의 대조를 통해 더욱더 부정적으로 부각된다. 따라서 알퐁스 도데는 극단적으로 말하자면 선과 악이라는 이중적인 구조하

---

14) DAUDET Alphonse, 《Contes du lundi: Le bac》, Paris, Librairie Générale Française, coll. 《Livre de Poche》, 1985, pp. 102-103.

15) Ibid., p. 167.

16) 산업의 발달에 따라 전통을 버리고 새로운 것만을 추구하는 북부인들의 경망스러움과 반전통적인 경향을 '파리의 프랑스인들'이라는 용어를 통해 강조한다. "불행하게도 파리의 프랑스인들이 타라스콩 가도에 증기제분소를 세울 생각을 하게 되었다. 무엇이든 새로운 것은 다 좋다!" DAUDET Alphonse, 《Lettres de mon moulin》, Paris, Flammarion, 1972, p. 58.

에서 남부와 북부의 농부들을 다루었을 것이라는 결론에 도달할 수 있다.

알퐁스 도데가 묘사한 프로방스의 농부는 그 자체로서는 두드러지지 않는다. 그의 존재는 북부의 농부가 있음으로써 더욱 두드러지는 것이다. 그렇다면 상이한 두 지역 농부들의 대조는 어디서 비롯된 것일까? 알퐁스 도데의 말에 의하면 북부와 남부 지역 농부들의 이러한 상이성은 모든 기질의 바탕에 있는 사회적이고 기후적인, 그리고 지리적인 조건들의 영향으로 거의 항상 귀착된다.[18] 대조의 연구로써 《뉘마 루메스탕》의 예보다 더 좋은 예를 인용할 수는 없을 것이다. 두 지역의 두 종족이 놀라우리만큼 균형을 이루고 있는 이 소설 속에서 알퐁스 도데는 발마주르 일가를 프로방스 농부의 전형적 표본으로 고안해 놓았다. 그 형제는 순진성과 자만과 긍지의 혼합물로 등장한다. 우리는 파랑돌춤의 선두에서 북을 치고 피리를 불어대면서 걸어가는 유쾌하고도 솔직한 그 농부를 본다. 그러나 파리에서 그를 다시 보게 될 때, 그는 파리적인 모든 악에 물

17) 심미가로서의 프로방스 농부들은 다음과 같이 묘사되었다. "우리의 묘약, 그것은 미스트랄의 싯구와 오바넬의 《Vénus d'Arles》, 앙셀므 마티외나 루마니뉴의 전설을 이해하고 또 환호를 보내는 농부들의 아름다운 언어에서 나오는 프로방스의 싯구에서 출발한다. 농부들은 우리와 함께 목소리를 맞추어 태양의 노래를 다시 부르곤 한다." DAUDET Alphonse, 《Trente ans de Paris》, Paris, C. Marpon et E. Flammarion, 1889, p.174.

18) 아들 레옹과의 대담 속에서 알퐁스 도데는 이 문제에 관해 설명한 바 있다. "이 문제는 다만 프랑스에만 관계되는 것은 아니다. 각각의 나라는 성격과 기질들이 갈피가 잡히지 않은 두 가지 모습의 극점인 북부와 남부 지방을 갖고 있다. 도덕적으로 유사한 모든 것들이 기후의 문제에서 기인한다고 과장되는 만큼 위도가 가져오는 분기점들을 고려하지 않는 것도 어리석은 일이다." DAUDET Léon, 《Alphonse Daudet》, 《Revue de Paris》, tome II, 1898, pp.844-845.

들은 속물로 나타난다."[19]

　관찰가적인 소설가로서 알퐁스 도데는 그 농부들의 거주지나 행위와 태도를 정확히 묘사하는 데 만족해하고 있었지만, 그러나 그것들이 역사가들이나 사회학자들의 요구에 충분한 객관적 자료를 제시하고 있지는 못하다. 게다가 당시 농촌 사회의 진보에 관한 어떠한 수학적 수치도 그는 명시하고 있지 않다. 이는 아마도 문학인으로서, 소설가로서 자신의 영역을 분명히 인식했기 때문이었을 것이다. 농부들의 기질에 대한 묘사에 있어서도 알퐁스 도데는 프로방스의 농부들로부터 유쾌한 측면 외에 다른 측면을 추출하지는 못했다. 우리가 기억할 수 있는 《뉘마 루메스탕》이나 《아를라탕의 보물》 혹은 극단적인 것으로서 다시 언급할 수 있는 《타라스콩의 타르타랭》 등이 바로 그에 해당되는 대표적인 작품들이다. 따라서 거기에서 그의 관찰상의 결점들이 나타난다. 그것은 한 종족의 특성에 관한 지나친 과장이나 혹은 왜곡의 경향이다. 프로방스적인 것에 대한 과도한 애착과 찬양이 그러한 예가 될 수 있다. 스스로 프로방스인이 되고자 했던 그의 의식은 그들에 대한 객관적인 관찰을 방해했을지도 모른다. 왜냐하면 한 종족의 기질상의 특질에 관한 정확한 관찰은 그 종족의 의식의 내부가 아닌 외부에서 더욱 용이할 것이기 때문이다. 그러나 이러한 결점에도 불구하고 알퐁스 도데의 프로방스는 대립과 어둠과 태양, 농촌 경치의 수많은 특색들, 그 지방

---

19) 지노 A. 라티도 알퐁스 도데의 작품에서의 지리적 환경이 가져다 주는 종족의 상이성에 대해 언급한다. "그는 종족을 자신의 특질들의 밑바탕에 놓아두며, 이러한 특질들의 변화는 그가 위치해 있는 장소들의 영향에 항상 비례하고 있다." 《Les Idées morales et littéraires d'A. Daudet》, Grenoble, 1911, p.29.

에 활기를 불어넣는 사실적이거나 가공적인 농부들의 다양성으로 더욱 풍부한 양상을 보여 주고 있다.

사제들

우리는 알퐁스 도데의 등장인물의 유형들 사이에서 사제들이 차지하는 비중을 결코 무시할 수 없다. 왜냐하면 그들은 여러 단편들 속에서 때로는 줄거리를 이끌어 가는 중심적 역할을 수행하기도 하고 때로는 조연으로 등장하면서 끊임없이 종교적 분위기를 전달하는 유형들 중의 하나이기 때문이다. 따라서 우리는 그의 종교적 색채가 담겨 있는 작품들을 통해서 종교에 대한 그의 근본적인 시각을 간접적으로 깨닫고, 또 그 성격을 조명해야 한다.

알퐁스 도데가 초기 작품에서부터 말기의 작품에 이르기까지 우리에게 다양하게 펼쳐 보인 종교에 대한 사상이 그러나 체계적인 일관된 흐름을 갖추고 있지는 않다. 거기에서 그의 종교는 경탄과 찬미, 회의와 불신이라는 이중적 모습으로 혼란스럽게 나타나고 있다. 그럼에도 불구하고 그의 종교적 사상이 긍정적인 것이든 부정적인 것이든, 그의 대부분의 작품에서 종교적 양상을 표출해 내고 있다는 사실은 적어도 그가 종교에 대해 지대한 관심을 지니고 있었음을 암시해 준다.

한 사람의 종교적 영감이나 그 사상의 진화를 논하게 될 때, 가장 인습적인 방법의 하나로써 우리는 그의 전기적 상황과의 연계를 고려하게 된다. 알퐁스 도데의 경우도 이러한 예에서 벗어날 수 없다. 따라서 우리는 그의 종교적 흐름이나 편력을 추적하기 위해 우선 전기적 상황을 언급해야 한다. 알퐁스 도데의 할아버지인 자크 도데는 가르 북쪽 지방의 작은 마을인 콩쿨에 정착한 가톨릭 농부 가정의 출신으로 비단공장을 운영하면서 풍요로운 생활을 영위하고 있었다. 알퐁스 도데의 아버지인 뱅상 도데는 님 출신의 아들린 레이노와 결혼했는데, 그녀의 선조들 역시 르 바스 비브레 지역의 오리올에 커다란 농장을 소유하고 있었던 독실한 가톨릭 농부들이었다. 부계와 모계의 선조들을 통해서 알퐁스 도데는 자연스럽게 가톨릭 혈통을 물려받게 되었다.[1] 도데의 어린 시절의 종교는 사업에 몰두해 있던 아버지보다는 착하고 신앙심 가득한 어머니에 의해 영감을 받았다. 그가 《꼬마 철학자》에서 자신의 출생에 관한 부정적 시각을 언급했던 대로[2] 그의 출생시 그의 가정은 아버지의 거듭된 실패로 상당히 암울한 상태에 놓여 있었다. 정서적이고 낭만적인 영혼의 소유자인 알퐁스 도데의 어머니 아들린은 생존의 현실과 멀리 떨어져서 하나의 탈출구로써 신앙과 독서의 세계에서 살았다. 보르네크는 자신의 저서에서 이러한 그녀의 모습을 상기하고 있다. "그녀

---

1) 아나톨 프랑스는 알퐁스 도데 집안의 종교적 분위기를 분명한 어조로 밝힌 바 있다. "독실하고 왕당파의 이 두 가문은 님의 교구에 성직자들을 배출했다." 《Alphonse Daudet, Revue de Paris》, 1898, tome II, p.5.

2) 알퐁스 도데는 자전적 소설인 이 작품에서 자신의 출생을 가정의 비극적 상황과 결부시키고 있다. "나의 출생이 우리 집안에 행복을 가져다 주지 못했다는 사실을 우선 말해야겠다. (…) 솔직히 말해서 나의 운명 역시 우리 부모님들의 나쁜 사주팔자를 그대로 타고난 셈이었다. 내가 태어난 날부터 두 분에겐 마치 도둑처럼 숨어 있던 끔찍한 불행이 여기저기서 튀어나와 덮쳐들기 시작했다."《Le Petit Chose》, Paris, Librairie Générale Française, coll. 《Livre de Poche》, 1985, pp.15-16.

는 남편에게 조용히 순종하고 헌신했으며, 아이들을 낳아 주었고, 그 아이들에게 흠뻑 빠져들었다. 그러나 그녀의 참된 삶은 다른 곳에 있었다. 그녀는 기도를 하러 가거나, 자신의 꿈의 원천이자 위로 자인 독서에 빠져들곤 했다. 그리고 임신이 가져다 주던 꿈의 이런 상태 속에서 그녀는 피곤함에 지쳐서 탈출하는 것만을 생각하고 있었다. 그것은 고백과 교회의 평화와, 그녀에게 천사들이 살고 있는 다른 곳을 암시해 주는 교회의 유리창에서 비쳐 나오던 빛들이었다."[3] 따라서 알퐁스 도데는 자신의 어머니가 그에게 가져다 준 어린 시절의 무의식적인 종교에 관해 다음과 같이 말한 적이 있다. "나는 종교의 편안함을 거부하는 사람들과는 절대로 어울리지 않을 거야. 왜냐하면 내가 어렸을 적에 종교가 어머니에게 가져다 준 커다란 진정과, 어머니와 함께 교회로 가도록 했던 사실을 결코 잊을 수 없기 때문이지."[4] 가정의 분위기에 의한 막연하고도 무의식적인 대상으로서의 이러한 종교는 그가 1845년부터 1849년까지 다녔던 2개의 가톨릭 교육 기관인 'Frères des Écoles Chrétiennes'와 'Institution Cavinet'로 이어졌다. 그는 형제들과 사촌들과 종교적인 행사나 미사에 참여하거나 성체식, 종교상의 행렬을 가장하여 노는 것을 즐겼다. 그는 교회에서 합창단의 어린이 역을 맡고 종을 치곤 했다.[5] 이 당시의 그의 뇌리에 깊이 박혀 있던 가톨릭의 의식과 그 분

3) BORNECQUE Jacques-Henri, 《Les années d'apprentissage d'Alphonse Daudet》, Paris, Nizet, 1951, pp.27-28.

4) Cité par le chanoine BRUYERE, 《Religion et morale dans la vie et l'oeuvre d'A. Daudet》, Mémoire de l'Académie de Nîmes, VII série, tome LIV, Nîmes, Chastanier fres et Bertrand, 1969, p.58. 레옹 도데 역시 자신의 어머니의 종교적 삶에 관해 언급한 바 있다. "그녀는 대단히 독실한 신자였으며, 자신의 삶을 성당에서 보내곤 했다." DAUDET Léon, 《Quand vivait mon père》, Paris, Grasset, 1940, p.9.

위기는 좀더 후에 《풍차간의 편지》와 《월요 이야기》의 여러 단편들에 할당된 종교적인 묘사의 기원이 된다. 종교에 대한 유년 시절의 이런 태도는 객관적인 여러 자료들에 의하면 12세 무렵까지 지속된 것처럼 보인다. 이 이후부터 그에게 종교적 위기가 처음으로 찾아온다.[6] 그는 아버지의 파산으로 인해 점점 더 우울해져 가는 가정의 눈물과 슬픔에서 벗어나 역으로 삶을 즐기고자 하는 격렬한 욕구 속에서 13세 무렵에 갑자기 자신을 잊기 시작한다. 섬세하고 수줍음 많은 아이는 이미 모험에 길들여져서 자유분방하고 거친 아이가 된다. 알퐁스 도데는 당시의 종교적 위기에 대해 언급하고 있는데, 그 위기는 부조리와 믿어야 될 신비함에 대한 반항으로 그를 잔인하게 뒤흔들었으며, 회한과 절망이 뒤따르는 반항은 남이 볼까 두려워 황량한 교회의 구석으로 남몰래 부끄럽게 들어가서 굽신거리고 있었다.[7] 작가는 자신의 작은 수첩들 속에서 어린 시절의 종교에 대한 회의를 이렇게 적고 있다. "종교적 사상에 관한 것은 별로 없다. 냉엄함이 나를 화나게 했다. 고등학교를 마친 후에 생-피에르 합창단에서 신을 불러 보았으나 신은 오지 않았다."[8] 여기서 우리는 청소년 시절의 알퐁스 도데의 모든 것을 보게 된다. 신은 그의

---

5) 알퐁스 도데는 이 시절의 종교적 삶을 다음과 같이 길게 서술하고 있다. "그 성가대 양성소에서의 생활은 정말 재미있었다. 다른 학교에 다니는 아이들처럼 써먹을 데도 없는 그리스어와 라틴어를 머릿속에 꾸역꾸역 집어넣는 대신에 우리는 예배하는 법과 찬송가 부르기, 무릎을 얌전히 꿇는 법, 품위 있게 향을 피우는 법 등을 배웠는데, 그런 학습은 까다롭고도 어려웠다. (…) 그곳에서는 무엇보다도 철저한 종교 의식을 가르치는 수업을 중시했다." 《Le Petit Chose》, Paris, Librairie Générale Française, coll. 《Livre de Poche》, 1985, pp.30-31.

6) Y. E. 클로장송은 알퐁스 도데의 첫 종교적 위기에 관해 언급하고 있다. "아주 어려서 그는 12세 무렵에 자신의 감성이 사랑과 종교적 경배 속에서 고통을 겪었음에도 불구하고 별다른 슬픔도 없이 신앙을 버렸다." 《Alphonse Daudet, peintre de la vie de son temps》, Paris, J. B. Janin, 1946, p.16.

부름에 응하지 않았으며, 형식주의에 치우친 종교는 그의 영혼의 욕구를 충족시켜 주지 못했다. 바로 이러한 정신 상태는 그의 보잘 것없는 도덕적 행위가 그의 신앙과 어깨를 나란히 하고 있었던 알레스에서의 자습감독 시절까지 갈등을 겪고 있었다. 유년 시절의 무의식적이고 맹목적이던 그의 신앙으로부터 자아의식 속에서 싹튼 청소년기의 회의적 감정에 이르기까지 그의 신앙에 대한 태도의 진화는 그 이후에 펼쳐지게 되는 그의 삶에서, 그리고 그의 다양한 작품 속에서 갈피를 잡기 어려운 상당히 혼란스런 양상으로 나타난다. 그는 《풍차간의 편지》와 《월요 이야기》《꼬마 철학자》에서 교회의 긍정적이고 동시에 부정적인 모습을 보여 주었고, 《뉘마 루메스탕》[9] 《전도사》[10] 등에서는 대단히 강도 높은 반(反)교권주의적 경향을 우

---

7) 우리는 《Trente ans de Paris》에서 알퐁스 도데의 종교적 위기에 대한 고백을 찾아볼 수 있다. "10세에서 12세 사이에 꼬마 철학자가 부조리와 불가사의에 대한 자신의 반항으로부터 뒤흔들었던 종교적 외침을 어떻게 단 한 마디도 내뱉지 않을 수 있었을까? 믿어야 했었던 그 부조리와 불가사의에는 황량한 교회의 구석에 아이를 엎드리도록 하는 회한과 절망이 따르는 반항심이 있었고, 그 아이는 남의 눈에 띌까봐 교회로 살짝 미끄러지듯 들어간다." 《Trente ans de Paris》, Paris, C. Marpon et E. Flammarion, 1889, pp.79-80.

8) Cité par le chanoine BRUYERE, 《Religion et morale dans la vie et l'oeuvre d'A. Daudet》, Mémoire de l'Académie de Nîmes, VII série, tome LIV, Nîmes, Chastanier fres et Bertrand, 1969, pp.79-80.

9) 이 작품에서 작가는 자신의 종교적 회의를 이렇게 피력하고 있다. "오르탕스는 구조를 요청하고 싶었을 것이다. 그러나 누구에게? 낙담에 찬 사람들이 바라보는 하늘은 너무나 높고 멀고 차갑다. (…) 땅의 목소리가 이 무관심한 침묵에 어떻게 도달할 것인가?"

10) 이 작품에서도 역시 종교는 아름다운 역할을 하지 않는다. "여왕의 프란체스코파 사제인 알페는 짐승의 털냄새를 풍기며 강도처럼 칼을 가지고 논다. 해적의 얼굴을 한 이 신부는 해적의 피와 거동, 그리고 라틴의 바닷가에서 볼 수 있는 옛 약탈자의 얼굴선을 지니고 있었다. (…) 적어도 조금도 편협한 신앙심을 갖고 있지도, 소심하지도 않으며 필요한 경우에는 좋은 동기를 위해 자신의 칼의 일부를 사용할 수도 있다."

리에게 전해 주고 있다. 그럼에도 불구하고 우리는 알퐁스 도데에게 있어서 신앙의 완전한 파산을 단언할 수는 없다. 왜냐하면 그의 여러 작품들이 종교적인 회의를 드러내고 있다 해도, 그는 개인적으로는 결코 성직자의 적의 입장에 있지 않았으며, 예술가로서의 그의 감수성 역시 근본적으로 가톨릭적인 영감을 지니고 있었다. 그의 종교에 대한 회의적 감정은 단지 지나치게 형식적이며 가식적이고 부조리한 반교권주의만을 목표로 하고 있었던 것이다. 그는 실제로 반교권주의적이었지만 지나치지는 않았다. 그는 순수하고 진지한 대중의 신앙을 존중하며 반면에 동정심이 결여된 맹목적인 신앙심을 경멸했다. 우리는 그 예에 적합한 한 구절을 인용할 수 있다. "나에게는 신문을 읽어 줄 사람이 아무도 없소. 내 아내가 읽어 줄 수 있을 텐데, 안 읽어 주지요. (…) 그 여편네가 빅시우 부인이 된 이후로 신앙심이 깊은 여자가 된 줄로 자신은 착각하는 모양인데, 정도 문제예요. 내 눈을 살레트 성수로 씻으라 했다오. 게다가 항상 성병의연금, 예수의 어린 시절, 도자기로 만든 성인의 입상 등에만 신경을 썼지요. 우리는 자선사업에 온 힘을 다했소. 하지만 나에게 신문을 읽어 주는 것도 자선사업일 텐데 그 여자는 싫어한다오."[11] 종교가 지녀야 하는 진정한 동정심을 그는 아들 레옹과의 대담 속에서 밝히고 있다. "나는 너무나도 은밀해서 그 자체도 알지 못하는 선(善)을 좋아한다. (…) 나는 너무나 어두워서 증여자의 얼굴도 결코 볼 수 없고, 어떠한 보상도 원치 않는 동정심을 좋아한다. 나는

---

11) BRUYÈRE, 《Religion et morale dans la vie et l'oeuvre d'A. Daudet》, Mémoire de l'Académie de Nîmes, VII série, tome LIV, Nîmes, Chastanier fres et Bertrand, 1969, p.107. DAUDET Alphonse. 《Lettres de mon moulin: Le portefeuille de Bixiou》, Paris, Flammarion, 1972, p.170.

연민의 표시가 드러나지 않고 긴장된 손에 의한 관능적인 쾌락도 없는 수줍은 동정심을 좋아한다."[12] 따라서 알퐁스 도데의 회의성이 짙은 작품들에 빗대어 그가 완전히 반교권적인 경향을 지닌 작가라고 단정짓는 것은 대단히 성급하고 피상적인 관찰일 수밖에 없다. 오히려 어린 시절부터 형성된 무의식적이고 모호한 가톨릭의 분위기가 신앙에서 멀어진 방황의 젊은 시절에 보다 구체성을 띠게 되었으며, 이것은 결국 그의 작품 전편에 걸쳐 흐르고 있는 불쌍한 자들에 대한 그의 선(善)과 연결된다. 그리하여 동정심과 희생과 헌신이라는 종교적 관점에서 볼 때, 알퐁스 도데는 그 어느 작가보다도 가톨릭적이었다는 견해를 도출할 수 있다.

우리는 알퐁스 도데의 종교적 삶의 단계를 몇 개로 나누어 볼 수 있다. 출생시 가정의 분위기에 이끌린 어린 시절의 무의식적인 신앙의 시기, 알레스에서의 자습감독으로서의 체류에서부터 결혼하기 전까지의 무절제한 생활로 인한 신앙 상실의 시기,[13] 무질서한 삶의 규율을 바로잡아 주었던 결혼으로 인한 그의 문학적인 성숙의 시기와, 마지막으로 그의 종교로의 복귀를 가져다 준 노년의 시기 등이 바로 그것이다. 죽기 10여 년 전부터 끔찍한 육체적 고통 때문에 너무나 일찍 찾아온 그의 노년은[14] 선과 용서와 불행한 사람들에

---

12) DAUDET Léon, 《Alphonse Daudet》, Revue de Paris, 1898, tome II, p.839.

13) "모든 바람에 열려지는 삶의 짧은 충동과, 의지보다는 부질없는 생각만을 하고 있었으며, 나 자신의 변덕과 끝날 것 같지 않은 젊음의 맹목적인 열정만을 추구했을 뿐이다"라고 알퐁스 도데는 20세 무렵의 무질서하고 관능적인 삶에 대해 언급했다. cité par le chanoine BRUYERE, 《Religion et morale dans la vie et l'oeuvre d'A. Daudet》, Mémoire de l'Académie de Nîmes, VII série, tome LIV, Nîmes, Chastanier fres et Bertrand, 1969, p.107.

대한 이해와 비천한 사람들에 대한 동정을 향한 상승의 계단에 그를 위치시킨다. 옴스 신부는 이 작가의 말년에 대해 "그는 생애의 마지막 13년 동안 선의 진정한 의무를 다하였다"라고 주장한다.[15] 그의 노년은 그 자신 속에서, 종교적 문제로부터 오랫동안 잊혀진 날카로운 불안과 어린 시절의 종교에 대한 향수를 다시 불러일으켰다. 삶의 행위 속에서 그는 그 종교를 재발견하지도 특히 그 종교를 초월하지도 못했다. 그러나 이러한 종교로의 복귀는 알퐁스 도데 자신에게 젊은 시절의 광란의 세월을 잊도록 하는 데 도움이 될지도 모르며, 그의 작품 속에서 도덕적으로 불완전한 것을 교정해 주는 것이 될는지도 모른다.

알퐁스 도데가 프로방스에 할당했던 작품들 속에서 사제들은 그의 신앙에 대한 편력과 갈등을 반향하듯이 다양한 양상으로 표출되고 있다. 우리는 우선 작가가 《풍차간의 편지》에서 묘사했던 프로방스 지방의 가톨릭적인 분위기를 상기하면서 사제들에 대한 양상을 추적해 보자. "들에는 사람의 그림자 하나 없다. (…) 가톨릭적인 착한 우리 프로방스는 일요일엔 흙을 쉬게 내버려두는 것이다. (…) 개만 집에 남고 창고는 모두 문이 닫혔다."[16] 그리고 종교적 용어가

---

14) 브뤼에르는 그를 괴롭히고 있던 병이 젊은 시절의 무절제한 생활에서 기인된 것이라는 견해를 제시하기도 한다. BRUYERE, 《Religion et morale dans la vie et l'oeuvre d'A. Daudet》, Mémoire de l'Académie de Nîmes, VII série, tome LIV, Nîmes, Chastanier fres et Bertrand, 1969, p.71.

15) Mgr HOMS, 《Deux moments de la vie d'A. Daudet à Paris》, Mémoires de l'Académie de Nîmes, Nîmes, Chastanier Fres et Bertrand, 1971, VIIème série, tome LIV, p.251.

16) DAUDET Alphonse. 《Lettres de mon moulin: Le poète Mistral》, Paris, Flammarion, 1972, p.183.

즐겨 동원됨으로써 이 단편 속에서는 이 지방의 종교적 분위기가 강조된다. "우리들은 행렬이 돌아오는 것을 보기 알맞은 시간에 도착했다……. 한 시간 동안 이어지는 끝없는 행렬이었다. 소매 없는 성직자 의상을 입은 수도회원들, (…) 네 사람의 어깨 위에 매인 금칠이 벗겨진 대성인들의 목상, 손에 커다란 꽃다발을 든 우상처럼 채색된 도제 성녀상, 법의, 성합, 녹색 벨벳의 이동 달집, 흰 비단으로 가장자리를 뜬 십자가, 이 모든 것이 성가와 연도, 그리고 일제히 울려대는 종소리 속에서 큰 촛불과 햇빛을 받아가며 바람에 물결치고 있었다."[17] 이러한 종교적 분위기에 대한 묘사는 그의 가슴 속에 항상 잠재되어 있던 어린 시절의 종교 의식에 대한 무의식적인 향수의 발로일지도 모른다. 그는 《꼬마 철학자》에서도 알레스의 학교에서 펼쳐지던 여러 종교 의식——아침과 저녁 기도, 종교 행렬, 주일 미사, 새학기 시작 때마다 열리던 미사——에 길다란 묘사를 할당했다.

알퐁스 도데가 묘사하는 대표적 사제들은 《풍차간의 편지》와 《월요 이야기》 등 이 지방의 몇몇 연대기에 할당된 단편들 속에서 다양한 모습으로 등장하고 있다. 퀴퀴냥의 마르탱 신부, 《세 독송미사》의 돔 발라게르 신부와 트렝클라그 영주들의 고용 사제들, 어리석은 가리그 신부, 《고셰 신부의 영약》의 고셰 신부가 바로 대표적인 사제들이다. 이 작품들은 《유배중인 왕들》이나 《복음주의자》《불멸》과 비교해 보면 엄밀한 의미에서 알퐁스 도데의 순수한 창작물은 아니다. 왜냐하면 그것들은 프로방스 지방의 전설들의 산물이기 때

---

17) Ibid., 〈La mule du pape〉, p.104.

문이다. 그러나 우리의 작가는 그 전설들을 자신의 상상력과 환상의 능력으로 덮어씌우고 자기 나름대로의 해석을 가함으로써 그 작품을 거의 완전한 창작물로 재구성하는 데 성공했다. 그는 작품을 통해 기독교와 사제들을 즐거움과 악의 없는 아이러니로 감싸면서[18] 때로는 우스꽝스럽거나 유쾌하게, 때로는 가시 돋친 독설과 경멸로 그것들을 우리에게 제시하고 있다.

《풍차간의 편지》에서 알퐁스 도데가 창조한 프로방스 사제들의 모습을 열거해 보자. 우렁차고 고결한 신부 마르탱은 격한 기질을 지녔으나 덕으로 가득 차 신도들을 신앙의 길로 인도하는 시골 사제들 중의 한 사람이다. 《시인 미스트랄》 속에 나타나 있는 시골 지역의 완벽한 가톨릭적인 분위기와는 달리 이 작품에서는 더 이상 신도들이 찾아오지 않는 황량한 모습의 교회가 우선 등장한다. "퀴퀴냥 사람들이 조금만 더 그를 만족케 했더라면 퀴퀴냥은 그에게 있어 지상낙원이 되었을 텐데. 그러나 애석하게도 거미가 고해소 안에 거미줄을 치고 부활절엔 빵이 그의 서랍 속에 남아 있었다. 이 어진 신부는 그런 일로 가슴이 아팠다."[19] 그러나 교회의 적막함에도 불구

---

18) 알퐁스 도데는 삶에 있어서의 아이러니의 역할을 강조했다. "아이러니는 삶에 있어서 소금과도 같은 것이다. 아이러니는 아름다운 감성을 너그럽게 봐주며, 그것이 없다면 그 감정들은 지나치게 아름다운 것이 되고 만다." DAUDET Léon, 《Alphonse Daudet》, Revue de Paris, 1898, tome II, p.839. 덧붙여 아이러니에 대한 그의 또 다른 해석을 덧붙이는 것도 유익할 것이다. "어떤 아이러니의 재주는 영원한 코미디의 관객들에게 있어서 가장 유리한 재능이다. 이 아이러니는 근본적으로 심술궂은 것은 아니다. 아이러니는 활발한 정신에 대한 표시이지 삭막한 가슴을 표시하는 것은 아니다." DOUMIC René, 《L'œuvre d'Alphonse Daudet》, revue des deux mondes, 1898, tome LXVIII, p.444.

19) DAUDET Alphonse, 《Lettres de mon moulin: Le curé de Cucugnan》, Paris, Flammarion, 1972, p.137.

하고 종국에 마르탱 신부는 즐거운 계략을 통해 주민들의 신앙으로의 복귀를 실현함으로써 이 마을의 종교적 분위기를 계속 유지시키고 있다. 이 사제에 대한 긍정적인 묘사는 알레스의 자습감독 시절의 제르멘 신부에 대한 묘사를 상기시켜 준다.[20] 마르탱 신부는 선의 의지와 진지한 신앙심, 그리고 교구의 주민들에게 대단히 헌신적인 정신으로 가득 차 있는 성직자의 모습으로 나타난다. 그에게는 단 하나의 결점이 있는데, 참을성 없는 움직임과 격노와 혹은 절망 속에서 터지는 격앙된 감정이 그것이다. 그는 종교로부터 대중적 신앙에 깊이 뿌리박힌 하나의 표현을 부여하는 순진한 존재이다. 그는 천국과 연옥, 특히 지옥에서부터 생생한 묘사를 만들어 낸다. 그는 자신이 목격한 일상적인 길들을 장황하게 전개한다. 천국으로 이르는 길이 묘사되지 않았다 해도 연옥으로의 길은 음산하게 표현되어 있고, 지옥의 길은 그곳을 지배하는 열 때문에 끔찍스러우며 넓게 열려 있는 문은 쉽게 방문을 허락한다. 마찬가지로 그는 저승의 문지기들과 지옥에서 고통으로 신음하는 존재들을 인습적인 방식으로 묘사하면서 이를 주민들에게 생생하게 전달한다. 성인 피에르는 천국의 열쇠를 보유하고, 천사가 연옥을 담당하며, 뿔 달린 악마가 지옥의 불구덩이로 죄인들을 밀어 넣는다. 그러나 사제의 이런 순진성은 커다란 능력과 수완을 은폐해 버린다. 마르탱 신부는 주

---

20) 종교적·도덕적 방황이 시작되던 이 시절, 한 인간의 배신 행위에 의해 커다란 가슴의 상처를 안은 알퐁스 도데에게 있어서 이 신부는 자신의 영혼의 구세주였다. "신부님은 하나님과도 같은 인자한 미소를 얼굴에 함박 띠우며 내게 팔을 벌렸다. 하지만 나는 형용할 수 없는 벅찬 감격으로 눈물을 쏟으며 그의 발 밑에 무릎을 꿇었다. 신부님은 나를 일으켜 세우더니 크고 부드러운 손으로 내 뺨에 흐르는 눈물을 닦아 주었다." 《Le Petit Chose: L'Anneau de fer》, Paris, Librairie Générale Française, coll. 《Livre de Poche》, 1985, p.133.

민들에 대한 효과적인 설득을 위해 이미지와 비교의 구체성, 그리고 두려움을 사용할 줄 안다. 알퐁스 도데의 입장에서 볼 때, 이 사제가 상상 속에서 경험한 여행의 4분의 3은 회의적인 어느 선량한 사람의 어조 위에서 가톨릭적인 저승 세계의 전통적 신비로움을 재생시키는 것이었다.

우리들을 중세기적 환상으로 이끌어 가는《세 독송미사》는 돔 발라게르 신부와 트렝클라주 영주들에게 고용된 사제들과 어리석은 가리그 사제의 모습을 잘 표현하고 있다.《교황의 노새》와 더불어 이 단편은 12,3세기의 우화로까지 거슬러 올라가야 할 것 같은 장난기 있는 반교권주의의 전통을 지니고 있다. 이 작품의 서두에서부터 돔 발라게르 신부와 가리그 보좌신부는 그들이 장차 범하게 될 어떤 죄를 우리에게 암시한다.

"가리그?"

"네 사제님, 송로를 가득 넣은 칠면조가 두 마립니다. 저도 조금 아는데요. 제가 넣는 일을 도왔으니깐요. 굽는 동안 껍질이 터질 것 같았어요. 그렇게 팽팽했어요." (…)

"자, 자, 그만해라, 얘야, 탐식죄는 그만두자, 특히 크리스마스 밤에는 말이다."[21]

그러나 자신의 다짐에도 불구하고 돔 발라게르의 경우 탐식에 대

---

21) DAUDET Alphonse,《Lettres de mon moulin: Les Trois Messes Basses》, Paris, Flammarion, 1972, pp.193-194.

한 욕구는 너무나도 강해서 대단히 빠른 속도로 독경미사를 진행하고 결국은 미사를 망쳐 신의 노여움을 사게 되고 결국 소화불량으로 죽게 된다. 이 경우에 미사의 진행 속도는 가리그의 종에 의해 박자가 맞추어진 훌륭한 강음으로 우리들을 이야기의 한복판으로 이끌어 간다. "그리고 그 저주받은 종은 전속력으로 달리게 하려고 역마차의 말에 매달아 놓은 방울처럼 쉴 사이 없이 그들의 귀밑에서 울려대고 있었다. (…) 땡그렁 땡! 땡그렁 땡! 세번째 미사가 시작된다. 환상은 더욱더 강하게 나타나며 금빛으로 번뜩이는 잉어, 구운 칠면조들이 거기, 바로 거기에…… 손에 잡힐 듯이… 잡힐 듯이… (…) 그리고 작은 종은 미칠 듯이 방울을 울리며 그에게 소리치고 있다. '빨랑빨랑, 훨씬 더 빨리' 가리그는 놀랄 만한 솜씨로 그를 도와 그의 옷자락을 들어 주고, 두 장씩 책장을 넘기며 경본대를 밀치고 작은 병을 뒤엎으면서 끊임없이, 더욱더 강하게, 더욱더 빠르게 작은 종을 연신 흔들고 있었다."[22] 알퐁스 도데는 이 단편에서 즐겁고 아이러닉한 방식으로 유혹에 대한 가톨릭의 전통적인 테마를 전개하고 있다. 예수처럼 돔 발라게르는 가리그 사제로 변장한 악마의 유혹을 받는다. 그 유혹은 가차없이 지옥으로 떨어트리는 일곱 가지 주요 죄과 가운데 하나인 탐식죄를 범하게 하려는 사탄에 의해 사용되는 악랄한 방법이다. 그러나 그 죄인은 탐욕으로, 자만심과 게으름과 음탕함으로 압도된다. 그의 잘못은 미사를 잘못 이끌고 갈수록 더욱 커져서 신성모독의 죄에 도달한다. 결국 소화불량으로 죽어가지만, 그러나 신은 자신의 커다란 선 속에서, 삼백 번의 크리스마스 미사를 반복하면서 연옥의 시대를 채우고 그의 죄

---

22) Ibid., pp.198-199.

를 갚는다는 조건으로 그를 용서해 준다.

《세 독송미사》의 가톨릭적인 테마는 돔 발라게르의 경우와 거의 흡사한, 술의 도취로 인해 신에게 벌을 받는 불쌍한 어느 사제가 등장하는 《고세 신부의 영약》 속에서도 다시 전개된다. 전통적인 연금술사의 작업장과 흡사한, 착하고 유쾌한 작업장에서 수도원의 부를 만들어 내는 영약, 즉 포도주의 제조 책임을 맡은 고세 신부는 그것을 마시지 않을 수 없었으며, 어쩔 수 없이 즐거운 도취에 빠지게 된다. 영약의 덕택으로 부가 늘어감에 따라 그는 자신의 발명품의 희생물로서 주정꾼과 동시에 유쾌한, 죄를 뉘우치는 종교상의 죄인으로 등장한다. 알퐁스 도데는 그 속에서 어리석고 가엾은 고세 신부에 대한 쓰라린 동정심과 교회의 부에만 관심을 쏟는 다른 사제들의 탐욕과 위선[23]을 표현하고 있다.

알퐁스 도데는 성당의 사람들을 주요 등장인물로 표현하고 있는 《풍차간의 편지》의 이 세 단편 속에서, 그들을 익살과 비웃음과 동정을 통하여 중세기의 전통을 다시 재현하는 데 성공했다. 그는 그것을 적당히 그리고 친절하게 각색했다. 그의 종교는 경건하고 착한 신앙심을 가진 소박한 사람들의 것으로, 세상에서 가장 선한 의도에 의해 이끌린다. 그들은 종종 삶의 쾌락에 매료된 착하게 살아가는 사람들이다. 따라서 연약한 기질로 인해 자신들을 망치기도 하지만, 그러나 그들이 범하는 죄과는 종교적으로 용서될 수 있는

---

23) 성직자들의 위선적 경향은 《La mule du pape》에 등장하는, 노새에 대한 이중적 행위를 자행하는 티스테 베덴과 그의 일당들의 경우에서 찾아볼 수 있다.

가벼운 죄과일 것이다.

바다의 인간들

《풍차간의 편지》에는 이 작품의 기본적이며 일반적인 영감과는 거리가 먼 몇몇 단편들이 두 부분으로 나뉘어 존재하고 있다. 지중해와 알제리에서의 알퐁스 도데의 체류를 상기시켜 주는 이 두 부분의 텍스트들은 프로방스적인 것에 할당된 일련의 작품들과 어우러지면서 프로방스의 기본적 분위기를 공유하고 있다. 여기서 혹자는 "알퐁스 도데가 성격이 다른 단편들을 한 권의 책 속에 추가했던 이유는 무엇일까"라는 의문을 제기할 수도 있다. 오늘날까지 정확한 대답을 해주기란 사실상 불가능하다. 아마도 하나의 볼륨으로 만들기에는 수효가 많지 않았던 전체의 양상에서 코르시카와 알제리의 추억들의 경우에, 작가는 자신이 잊고 있었던 것들 가운데 마음에 드는 몇몇을 꺼내어 《풍차간의 편지》에 삽입했을 것이라는 추측이 가능할지도 모른다.

지역적인 상이성에서 기인하는 상당히 판이한 분위기를 지니고 있는 코르시카 섬에 대한 단편들은, 그럼에도 불구하고 프로방스의 풍차간에 머물러 있었을 때 영감을 받아 씌어졌다고 여겨지는 다른 작품들과 같은 성격을 지니고 있다. 왜냐하면 지리학적으로, 그리고 기상학적으로 코르시카의 바다와 하늘의 특징들이 남프랑스적인 그것들과 가깝게 연결되어 있으며, 우리가 항상 화자의 곁에 머무르는 곳은 퐁비에유의 풍차간이기 때문이다. 그는 그 풍차간에 대한 환상을 간직하도록 주의를 기울인다. 코르시카 섬을 향한 도피의 경우에도 그것은 풍차간에 대한 환상을 불러일으키는 기상적인 하나의 사건이다. 코르시카 섬에 대한 추억들이 어느 불면의 밤으로부터 일어난다. 거칠은 미스트랄이 폭풍우와 송림 속의 혼란스런 바람 소리, 그리고 암초에 부딪히는 파도의 포효를 상기시킨다. 이 세계에서 가장 꾸밈없고 자연스런 풍차는 따라서 등대로 변해 버린다. 그러나 우리는 여전히 풍비에유에 남아 있다. 즉 그의 영감의 원천에 존재하고 있는 것이다. "간밤에는 잠을 이룰 수가 없었다. 미스트랄 바람이 성난 듯 불어대었고, 그 무섭게 몰아치는 소리에 아침까지 꼬박 뜬눈으로 지샐 수밖에 없었다. 부서진 날개가 선박의 기계처럼 북풍을 받아 무섭게 흔들리고, 풍차간 전체가 삐거덕거리는 것이었다. (…) 그것은 내게 3년 전, 코르시카 연안 아작시오 만의 입구에 있는 상기네르 등대에서 지내던 때의 잇달은 불면의 밤을 생생하게 일깨워 주었다."[1] 그리고 하나의 추억은 또 다른 추억을 불러일으킨다. "요 전날 밤의 미스트랄이 우리를 코르시카로 데려갔으니 오늘은 그쪽 어부들이 밤을 새워가며 이야기하는 무시무시한 이야기를 들려주어야 겠다."[2] 따라서 《풍차간의 편지》의 지역적 범위는 《상기네르의 등대》, 《세미양트 호의 최후》, 《세관리들》에 의해 프로방스를 넘어서서 지중해적인 차원으로까지 확장된다. 1866년에 《풍차에 대하여》라는 연대기 속에서 그는 다음과 같이 쓰고 있다. "어디로 갈까? 처음에 나는 코르시카와 사르데뉴 사이에 있는 어느 등대의 등대지기가 되어볼까 하는 생각에 잠겨 보

---

1) DAUDET Alphonse, 《Lettres de mon moulin: Le phare des Sanguinaires》, Paris, Flammarion, 1972, p.119.
 2) Ibid., 〈L'Agonie de la Sémillante〉, p.119.

았다. 그 장소는 꽤 매력적이다. 하늘은 푸르고 소금기 있는 대기가 허파에 가득 차고, 바다는 시야에서 사라진다. 그러나 그곳에서 혼자 지낼 수는 없다. 그 등대에는 세 명의 등대지기가 있다……. 동업자들이라…… 나는 동업자들을 원치 않았는데."[3]

지중해적인 삶의 모습들은 이 세 작품에 집중적으로 할당되어졌다. 이 작품들의 기원은 작가의 풍차간의 체류 시절보다 몇 년 앞선 시기로 거슬러 올라간다. 1862년 후반기의 수개월 동안 건강이 다시 위태로워진 알퐁스 도데는[4] 파리를 떠나고픈 욕구를 느끼게 된다. 이 당시 그가 선택한 은둔지가 바로 코르시카였다. 알퐁스 도데에게 이 여행은 일종의 수련 내지는 요양의 기간에 해당된다. 말년에 이르러 그는 상기네르 등대에서의 체류에 대해 회상하면서 이렇게 고백했다. "오랫동안의 은둔은 힘든 것이다."[5] 사실 그것은 모든 영혼의 상태처럼 고독에서 기인한다. 사람들은 자신들이 고독을 추구하는 정도 내에서 그리고 어느 순간엔가 그 고독과 단절할 수 있는 의식의 정도 내에서 고독을 즐기는 경향이 있다. 이 섬에서 그가 주로 머물렀던 곳은 아작시오와 바스티아였다. 그는 그곳에서 자신을 지탱해 주는 대지를 자신 속에 조금씩 지니고 있는 사람들에 의해 특징지어진, 모질고도 거친 환경을 머리와 가슴에 가득 담은 채 코르시카로부터 파리로 돌아갔다.[6] 몇 년 후 놀라운 기억력의 재능

---

3) 이보다 1년 전인 1861년 겨울에도 그는 봄부터 시작된 건강의 악화로 인해 그해 말부터 1862년 2월까지 프랑스 남부와 알제리 지방을 여행했다.

4) Cité par PONZITORE-FALCOZ Renato, in: Commentaires et notes aux 《Lettres de mon moulin》, Paris, Larousse, 1975, p.62.

5) Ibid.

속에서 그의 체험은 다시 문학적으로 변모된다. 따라서 코르시카에서의 여행에 대한 추억은 프로방스적인 요소들과 더불어 《풍차간의 편지》의 주요한 문학적 모티프라 할 수 있다.

우리는 이 세 편의 단편들에 할당된 등장인물들에게서 몇몇 공통적 성격을 지니고 있는 유형들을 추출할 수 있다. 등대지기와 세관리, 수부 등이 바로 그것이다. 이들은 바다라는 공간을 자신들의 기본적인 생활 공간으로 삼고 있는 공통성 때문에 우리는 '바다의 인간들'이라는 용어로 그들을 하나의 테두리로 묶어 관찰해 볼 수 있을 것이다.

알퐁스 도데가 코르시카를 문학적인 제재로 다룬 유일한 작가는 아니다. 그 이전에 코르시카는 이미 메리메의 서간집인 《마테오 팔코네》와 《콜롱바》의 주제로 이미 사용된 바 있다. 우선 우리는 코르시카에 관련된 세 편의 작품들 중에서 제일 앞에 위치하는 《상기네르의 등대》를 통해 등대와 등대지기들의 삶의 양상을 추적해 보자.

아작시오 만 입구의, 코르시카 섬 서쪽 측면의 거대한 군도인 사르데뉴는 파도 한가운데 솟아 있는 피라미드 형태로 된 4개의 섬으로 구성되어 있다. 가장 큰 섬 위에 시야가 대단히 넓은 조명등을 갖춘 등대가 설치되어 있다. 아작시오의 카페에서 알퐁스 도데는

---

6) 이 당시의 체류에 대해 그는 아들 레옹에게 이렇게 말한 바 있다. "나는 그곳에서 아름답고도 때로는 슬프고도 불안스런 시간을 보냈지만, 정신을 바짝 차리고 있었으며, 나 자신을 비판해 보기도 하고 광풍의 회오리바람과 같은 소리를 듣기도 했다." DAUDET Léon, 《Alphonse Daudet》, Paris, Charpentier, 1898, p.65.

비로 빛나는 유리창을 통해 어슴프레한 저녁이 그의 영혼에 찾아들 때 그 등대의 간헐적인 불빛에 마음을 빼앗기곤 했다. 그 등대의 책임관할관인 검사관의 제의에 따라 작가는 그 등대를 방문했다. 고독에 굶주리고 바다를 사랑하는 그에게 있어 그곳은 그가 꿈꾸던 은둔의 장소였다. 등대라는 용어는 알렉산드르 만에 있던 파로스라는 섬의 이름에서 유래하는데, 그 섬에는 기원전 3세기경에 전 세계에서 가장 훌륭한 7개의 등대 중 하나가 세워져 있었다. 등대에는 프랑스의 시계공 카르셀이 1800년에 고안해 낸 톱니바퀴와 피스톤으로 돌아가는 기름 램프가 설치되어 있었다. 우리는 알퐁스 도데의 작품에서 그러한 양상을 보여 주는 등대의 여러 가지 묘사를 찾아볼 수 있다. "잠시 후 쇠사슬과 활차, 그리고 시계추를 울리는 소리가 등대 안에 울려 퍼졌다. (…) 여섯 줄의 심지가 있는 카르셀 램프를 상상해 보라. 그 주위를 천천히 회전하고 있는 랜턴의 내면 벽은 한쪽엔 수정으로 된 커다란 렌즈로 막혀 있고, 불이 꺼지지 않도록 바람을 막고 있는 커다란 벽 위로 구멍이 뚫려 있었다."[7]

알퐁스 도데는 이 작품에서 등대지기들의 일상 생활을 상세하게 그림으로써 비참함 속에서의 인간의 모습에 대한 충실한 그림을 제공하고 있다. 그가 등대지기들과 나누었던 몇 마디 말들 속에서 우리는 그가 함께 생활했던 세 등대지기의 성격에 관한 세심한 관찰을 엿볼 수 있다. "이 사람들의 생활 방식을 보면 두 지방 사람들의 차이를 알게 된다. 마르세유 사나이는 능란하며 활동적이고 언제나

---

7) DAUDET Alphonse. 《Lettres de mon moulin: Le phare des Sanguinaires》, Paris, Flammarion, 1972, pp.113-114.

바쁘게 움직인다. (⋯) 코르시카 사나이들은 둘 다 근무 시간 외에는 절대로 일하지 않는다. 그들은 자신들을 관리로 생각하고 진종일 부엌에서 끝도 없이 스코바를 하며 지냈다."[8] 지역적인 차이에서 기인하는 이들의 상이한 성격은 그러나 조금도 우리의 기분을 상하게 하지 않는다. 왜냐하면 불행한 사람들에 대한 알퐁스 도데의 애정은 등대지기들을 어질고 순박한 선의 대상으로 예외없이 적용하고 있기 때문이다. "그런데 마르세유 사람이나 코르시카 사람이나 세 명 모두 단순하고 소박하며 선량한 사람들이었고, (⋯)."[9]

  알퐁스 도데가 이들의 경우에서 공통적으로 추출하는 것은 바로 비장한 어조이다. 이 비장함은 그들의 거친 노동 환경과 생존 환경에서 기인하는 것이며, 작가는 그것을 대단히 사실적이고 적나라하게 묘사하는 데 성공하고 있다. 신문사 탐방기자로서의 자질, 즉 간결한 문체를 통해 장소와 등장인물들이 그림같이 생생한 단어들 속에 나타나고 있으며, 필요에 따라서 대화는 빠르고도 의미심장하게 이루어지고 있고, 그의 등장인물들은 일반적으로 작품의 배경과 교묘하게 조화를 이룬다. 동료의 죽음에 대한 바르톨리 영감의 처절한 증언, 팔랑보라는 세관리에 대한 묘사 등이 이에 해당한다. 알퐁스 도데는 바로 이 등대에서 등대지기들과의 접촉을 통해 자신을 깨닫고 꿈에 대한 풍부한 매력을 음미하는 법을 배우게 된다. 꿈에 대한 매력은 은둔의 고독이 그에게 가져다 준 지고의 쾌락이었다.

---

8) Ibid., p.111.
9) Ibid.

알퐁스 도데의 경우, 그가 머무른 이 등대에서 풍차와의 어떤 연관성, 즉 공통적이면서도 대립적인 성격들을 우리는 가정해 볼 수 있다. 퐁비에유의 가장 높은 곳에 위치해 있는 풍차간은 설치된 위치의 공통점에 의해 그의 머릿속에 각인된 이 등대와 그것에 뒤얽힌 추억들을 연상케 만든다. 이 두 물체는 그에게 은둔과 휴식의 공간을 다같이 제공한다. 그러나 그것들이 부여하는 분위기는 상당히 다르다. 풍차간이 밝은 태양과 신의 입김으로 그에게 따뜻한 휴식처를 제공한다면, 등대는 매서운 바람과 추위로 그를 맞이하는, 즉 두 물체는 따뜻하고 환대적인 풍차간과 차갑고 적대적인 등대라는 대립적인 성격을 보여 주고 있다. 이러한 개념을 연장시켜 본다면 풍차간은 따뜻한 모성애적인 대상으로, 그리고 등대는 더욱 근엄하고 엄격한 부성애적인 존재로 간주될 수 있을 것이다. 결국 이같은 대립적 성격의 극단적인 확대를 통해서 우리는 이 두 물체 사이에 하나의 평행선을 만들어 볼 수 있다. 즉 풍차를 미소짓는 프로방스로, 그리고 등대를 야성적인 코르시카로 상징화시킬 수 있을 것이다.

우리는 알퐁스 도데가 코르시카 섬에 관한 작품들에서 공통적으로 제시하고 있는 등장인물들의 실존의 비장함을 나열해야 한다. 세관리들과 함께 나누었던 생활을 상기시켜 주는 《세관리들》은 음울하고도 비극적인 운명이 지배하는 거친 생존의 세계 속에서 진실로 인간을 이해하게 된 알퐁스 도데 자신의 모습을 우리에게 보여 주고 있다. 여기에서 작가는 시종일관 그들의 힘든 생존 상황을 음울하면서도 동정적인 어조로 강조한다. "한겨울인데도 이 가엾은 사람들은 하루 온종일, 아니 밤중에도 그처럼 물에 젖은 의자에 쭈그리고 앉아 몸에 해로운 습기 속에서 떨며 지냈다. 왜냐하면 배 위에서는 불을 피울 수가 없었으며 기슭에 배를 대는 일은 퍽이나 어려운 일이었고 (…) 먹을 것이라곤 곰팡이 핀 빵과 야생의 양파밖에 없다. 술이나 고기는 어림도 없다. 왜냐하면 술과 고기는 비싸고, 이들은 1년에 5백 프랑밖에 벌지 못한다."[10] 세관리들의 일반적인 비참한 생활 조건은 알퐁스 도데가 목격한 하나의 사건을 통해 더욱 극단적인 비장함을 효과적으로 창조해 낸다. 풍투라라는 병에 걸려 신음하는 팔랑보와 그의 동료들의 심리적인 반응의 묘사가 바로 그것이다. "이따금 팔랑보가 힘없이 탄식했다. 그러자 모두의 시선은 가족을 멀리 떠나 구조받지도 못하고 죽어가는 이 가엾은 친구가 누워 있는 어두운 구석으로 향하는 것이었다. 가슴패기가 불룩해지면서 깊은 한숨 소리가 들려왔다. 이것은 참을성 있고 부드러운 노무자들이 자신들의 불운을 느끼고서 내뱉는 것의 전부이다. 반항도, 파업도 하지 않고 그저 단 한번의 한숨, 그뿐이다."[11] 그러나 알퐁스 도데는 그들의 삶에서 언제까지나 비참함이나 슬픔과 같은 생존의 양상에만 집착하지는 않는다. 그는 주어진 상황 속에서 사회적 불의에 항거하지 않고 자족하며 묵묵히 살아가는 선을 지닌 사회적인 건전한 집단으로서 그들을 제시하고 있다. "그건 별 문제가 아니었다. 여기 사람들은 모두가 만족하고 있는 듯했다. 선미의 선실 앞에 선원들이 물을 마시러 오는 빗물이 가득 담긴 커다란 물통이 하나 있었다. 지금도 생각이 나는데 마지막 한 모금을 다 마시고 난 이 가엾은 친구들은 정말로 맛있다는 듯 "아!" 하며 컵을 흔드는 것이었다. 그것은 하나의 만족감의 표현으로 우습기도 하고 동시에 눈

---

10) Ibid., ⟨Les douaniers⟩, p.129.
11) Ibid., p.133.

시울 뜨거운 것이기도 했다."[12] 따라서 이 구절은 아주 대조적인 또 다른 구절을 상기시켜 준다. 그것은 파리 코뮌의 실패로 붙잡혀 끌려가는 파리 지역의 어느 노동자의 독백이다. 이 노동자는 자신의 코뮌 가담을 후회하면서 배에서 일하는 수부들을 가슴 깊이 존경한다. "하늘과 바다만이 보이는 돛대 꼭대기에 기어올라가 거대한 돛을 달 때 거센 바람이 몰아치면 그들은 갈매기처럼 바다 한가운데로 날아가 버린다. 아! 그 생활도 파리의 노동자와 마찬가지로 힘들고 보수가 적은 생활이다. 그러나 이들은 불평이 없다. 항거하지 않는다. 그들은 조용하고 결단성 있는 맑은 시선으로 자기네 지휘관을 존경스럽게 바라본다. 저 사람들은 우리 클럽에는 오지 않았던 것이 틀림없다."[13] 따라서 수부들의 삶을 향한 자세는 파리의 노동자들에게 그가 추천하는 모범이 된다. 그가 모델로 삼은 사람들은 자신의 동료의 죽음 앞에서조차 결코 불평하지 않는《세관리들》의 수부들이며, 죄수들 중의 한 사람의 눈을 통해 존경심을 불러일으키는《선상에서의 독백》의 수부들이다. 우리는 여기서 알퐁스 도데의 사회적·정치적 의식의 일면을 엿볼 수 있다. 전통적으로 왕정주의 가계 출신이었던 작가는[14] 노동자 계층의 부상에 의한 급격한 사회적 혁명이나 변혁을 원치 않았다. 그는 자칫하면 코뮌에 가담할

---

12) Ibid., p.130.

13) DAUDET Alphonse, 《Contes du lundi》, Paris, Librairie Générale Française, coll. 《Livre de Poche》, 1985, p.164.

14) 왕정주의적이었던 그의 가정의 분위기는 다음과 같이 압축되어 있다. "아버지의 입에서 끊임없이 저주의 빛을 띠고 뱉어지던 혁명! 옆에서 아버지가 퍼부어대는 말만을 귀담아 듣고 있으면 18XX년의 혁명이야말로 유독 우리 집에만 들이닥쳐 우리를 불행의 골짜기로 떨어뜨렸다고 생각하게 될 것이다. 그러므로 우리 집안에서 오갔던 혁명가들에 대한 평판이 좋을 리 없었다는 사실을 어쩌면 당연한 것인지도 모른다." Ibid., p.17.

뻔했지만 그것은 단순히 9월 4일에 생겨난 체제의 빈약함에 대한 반작용이었을 뿐이다.[15] 사회주의 이론은 정치적 보수주의자로서의 그에게는 충격적인 것이었으므로 단편들에서 그는 모든 혁명을 비난한다. 그에게 있어 혁명이란, 스스로 위대한 단어들에 의해 도취되고 매혹된 일단의 야심가들과 미치광이들이 이끄는 것이며, 그들 집단은 어떠한 정치적 의식도 지니고 있지 못하다. 우리는 그러한 견해를 《선상에서의 독백》과 《파리 코뮌의 튀르코》에서 생생히 목격할 수 있다. 그 당시 전개되던 사회적 상황에 대한 불만은 그에게 정치적 실망을 안겨 주었다. 따라서 우리는 그의 작품 도처에서 정치에 대한 혐오감이나 증오심을 쉽사리 찾아볼 수 있다.[16] 그는 사회주의적 작가는 아니었으나 그의 작품은 그 시대의 사회적 불평등과 불의에 대한 냉혹한 기록이다. 거기에는 소설가의 역할이 없기 때문에 그는 결론을 내리지 않았을 뿐이며, 그의 비난이 서류의 정확성을 지니고 있지 않은 것은 농부들의 묘사에서와 마찬가지로 예

15) 알퐁스 도데는 이 시기를 다음과 같이 회상한다. "내가 "코뮌 만세!"라고 소리치지 않았다 하더라도 자칫하면 거기에 빠질 뻔했다." CLOGENSON Y. E, 《Alphonse Daudet, peintre de la vie de son temps》, Paris, J. B. Janin, 1946, p.31.

16) 《Monologue à bord》에서 그의 정치에 대한 극단적 혐오감이 나타나 있다. "아! 제기랄! 이 모든 것이 정치 때문이라는 것을 생각하면. 난 그런 정치 따윈 상대조차 하지 않았다. 항상 무서웠으니까." DAUDET Alphonse, 《Contes du lundi》, Paris, Librairie Générale Française, coll. 《Livre de Poche》, 1985, p.163. 이에 관한 또 다른 구절을 《풍찻간의 편지》에서도 찾아볼 수 있다. "오두막으로 말하자면 서로 이웃지간이지만 우리 감시인과 그와는 서로 내왕이 없다. 만나는 것조차 피하고 있었다. 어느 날 내가 루이데루에게 그 이유를 물었더니 그는 심각한 표정으로 대답하는 것이었다. '의견의 차이지요. 그는 공화파이고 나는 왕당파랍니다.' DAUDET Alphonse. 《Lettres de mon moulin: En Camargue》, Paris, Flammarion, 1972, p.265. 결국 알퐁스 도데는 정치에 대해 다음과 같이 외치기에 이른다. "정치여, 난 널 미워해. 너는 결합된 존재를 위해 만들어진 용감한 사람들을 분리시킨다." DAUDET Alphonse, 《Robert Helmont》, Paris, Gallimard, coll. 《La Pléiade》, 1986, p.928.

술가로서의 기질이 그것을 방해하였던 때문이다.

생생하고 유쾌한 이름을 지니고 있던 순양함에 대한 파선의 이야기가 알퐁스 도데의 또 다른 작품 《세미얀트 호의 최후》에서 충격적으로 상기된다. 그 사건은 이번에는 코르시카 남쪽에 있는 라베치 군도에서 펼쳐지는데, 그 군도는 보니파시오를 사르데뉴와 분리하는 해협에 위치해 있다. 1863년 2월과 3월에 알퐁스 도데는 세관리들을 따라 해안의 순회 감시를 떠난다. 3주나 계속된 그 항해에서 작가는 잊을 수 없는 하나의 추억을 간직한다. 그것은 바로 7백73명의 해병대원을 크리미아로 운송하던중 1855년 2월에 불가사의하게 침몰해 버린 순양함에 대해 사람들이 들려준 환각적 이야기들과 개인적인 인상들에 대한 것들이다. 《아를의 여인》의 경우와 마찬가지로 그는 결국 죽음으로 종결되는, 현실적인 사건들로부터 영감을 받았다. 그 파선에 관한 이야기는 도데의 상상력을 통해 다시 윤색되어져, 《풍차간의 편지》에서 불행이 인간을 승화시키는 모습을 보여 주고 있다.

앞의 두 작품이 인간의 실존 상황에 대한 비참함을 그려내고 있다면 《세미얀트 호의 최후》는 한 난파선의 비극적인 상황에 모든 초점을 맞추고 있다. 종종 그랬듯이 텍스트의 서두에서 알퐁스 도데는 자신이 기도하는 이야기에 서곡을 부여했던 것이 무엇인지를 설명하고 있다. 그는 자신이 들은 이야기를 더욱 생생하고 현실적인 것으로 만들기 위해 세 명의 화자를 등장시킨다. 앞의 두 화자는 알퐁스 도데에게 직접적으로 사건들을 생생하게 전언해 주고, 세번째 화자는 간접적으로 참여한다. 이 세 화자의 증언은 그 사건의 줄거리를 하나로 이어 주는 같은 성격을 지니고 있다. 작품의 내부로 들어감에 따라 우리는 점점 더 사건의 명확한 요소들을 깨닫게 된다. 알퐁스 도데는 상상력을 통해 자신에게 전해진 정보들을 가지고 작업할 수 있었다. 그는 '갈매기들만이 유일한 목격자였던' 그 사건의 진정한 재구성에 몰두한다. 따라서 부족한 부분을 정말로 가장 그럴듯하게 고안해 내려고 노력한다. "나는 지금 막 들은 이 비참한 이야기가 남긴 인상이 사라지기 전에, 오직 갈매기들만이 목격한 이 가여운 난파선과 단발마의 고통에 대한 이야기를 머릿속에서 다시 조리있게 정리해 보려고 노력했다. 나의 가슴을 울린 몇 가지 사실, 즉 정장을 차려입은 선장이라든가 사제의 영대, 스무 명의 병참 대원 등이 이 비극의 전말을 추정하는 데 도움이 되었다."[17] 그리고 이러한 상상력의 재능에다 그 자신이 직접 수행했던 여러 장소들의 방문이 그의 재구성의 노력에 추가되었다. 그리하여 그는 이야기를 하고 있는 시점에서 사건이 벌어지고 있는 것처럼 우리에게 사건을 생생하게 전해 주고 있다.

별다른 감동도 없이 수행되고 있었던 이 순회여행은 선장 리오네티의 첫 증언——"라베치 군도입니다. 세미양트 호의 6백여 명의 선원이 묻혀 있는 곳이 여기입니다."——에 의해 긴장감을 불러일으키고, 그들의 묘지 방문을 통해 이 이야기는 갑자기 생생하게 전개되기 시작한다. "나는 아직도 눈에 선하다. 자그마하고 낮은 벽, 녹슬어 잘 열리지 않는 철문, 고요한 예배당, 그리고 잡초에 묻힌 수

---

17) DAUDET Alphonse. 《Lettres de mon moulin: L'agonie de la Sémillantee》, Paris, Flammarion, 1972, p.124.

백 개의 검은 십자가……."[18] 묘지에 대한 음울한 분위기 묘사는 수병들의 비극적인 죽음을 암시한다. 이 작품의 후반부는 우리에게 사고의 처절한 상황을 빠르고도 숨막히게 전해 주고 있다. 알퐁스 도데는 여기서 죽음에 직면한 그 수부들의 심리적 상황을 적나라하게 제시하는 데 성공했다. 죽음에 대한 불안감의 반작용으로 농담을 지껄이는 파리 출신의 하사, 그 파리인의 농담에도 더 이상 웃지 않는 수부들의 공포, 사제의 절박한 임종의 기도 등은 감탄부호와 정지부호의 반복이나 짤막한 외침과 대화 등에 의해 긴장감과 불안감을 극도로 조성한다. 그리고 이어 모든 것이 비극으로 종료된다.

궁극적으로 알퐁스 도데는 이 단편들에서 생존의 비극적 상황 속에서 살아가는 뱃사람들의 일상적인 삶의 형태와 그들의 반응 상태를 사실적으로 제시하고 있다. 《상기네르의 등대》와 《세관리들》이 거칠은 생존 조건 속에서도 인간적인 본성을 잃지 않고 살아가는 모습을 충분히 그려내고 있다면, 《세미양트 호의 최후》는 대자연속에서 차지하는 인간의 미미하고 연약한 존재감, 거기에서 비롯되는 인간 실존의 비극, 그리고 가엾은 죽음에 대한 끝없는 작가의 동정심을 보여 주고 있다. 그리고 이 모든 사건들은 작가의 당시 전기적 상황과 일치하고 있는데, 그의 추억들은 놀라운 기억력과 그것에 덮어 씌운 상상력의 재능 덕택으로 우리를 더욱 생생한 감동으로 이끌어 간다.

---

18) Ibid., p.120.

동 물

알퐁스 도데는 특히 《풍차간의 편지》의 프로방스적인 연대기 속에서 동물적인 개체들에게 인간적인 개체들과 동일한 비중을 부여함으로써, 주요한 그의 문학적 제재들 중의 하나로 다양한 동물들의 초상을 우리에게 제시하고 있다. 이 개체들은 각각의 작품의 경치나 혹은 배경을 완성시켜 주는 부수적인 사물로 등장하기도 하고, 또 때로는 한 작품의 줄거리를 이끌어 나가면서 중심적 역할을 담당하는 주인공으로 등장하기도 한다.

그는 퐁비에유의 풍차간의 체류에서부터 카마르그의 사냥 여행에 이르기까지 줄곧 인상적인 생생함으로 이 지방의 동물들의 견본에 주목했다. 그가 우리에게 남긴 이상화되고 때로는 시적인 경치들 속에서 어우러지는 여러 동물들의 모습은, 그의 예리한 시각에 의해 상당히 과학적이고 정확한 정보를 제공하고 있다. 풍차간의 첫 입주 때부터 그는 동물들을 자신의 친근한 동료로 여기며 흥미로 가득 찬 묘사를 시작한다. 카마르그의 사냥 여행에 참여하면서부터는 모든 자연의 예찬자로서 그리고 섬세한 관찰가로서, 그는 우리에게 프로방스의 동물 세계에 대한 아름다움을 날카롭게 포착하여 전달한다.

동물군에 대한 알퐁스 도데의 묘사는 대체로 두 가지 경향을 보여주고 있다. 첫번째 경향은 작품의 경치와 교묘한 조화를 이루며 그 경치를 완성시켜 주는 요소로 작용토록 동물들을 사실적이고도 그림같이 생생하게, 그리고 정확하게 묘사하는 것이다. 또 다른 경향은 작가 자신의 개인적 상상력으로 고안되거나 주관적 판단에 의해 다양하게 변모된 동물들의 모습들이 바로 그것이다. 카마르그의 사냥 여행을 통해서 우리에게 남겨 준 동물군에 대한 박물학적인 그의 지식을 전자의 경우에 일치시킬 수 있다면, 코믹하게 혹은 비장한 방법으로 그리고 도덕적으로 고안된 일련의 작품들──《스갱 씨의 염소》와 《교황의 노새》는 후자의 경우에 해당될 수 있을 것이다. 우리는 우선 여러 텍스트 속에서 동물들의 묘사를 추출하고 앞에서 이미 언급한 두 가지 경향으로 나누어 동물들의 양상을 살펴볼 것이다. 이어서 작가가 어떤 과정과 시각과 정열로 그의 지방의 모든 양상에 접근해 갔으며, 그것들을 어떻게 재생시켜 놓았는지를 다룰 것이다.

알퐁스 도데가 자신의 작품에서 구현한 동물군에는 프로방스의 다양한 생태계를 반영하듯 곤충과 새들을 포함한 수많은 개체들이 등장한다. 우리는 모든 살아 있는 이 개체들을 하나의 동물군으로 묶어 다룰 것이다. 《풍차간의 편지》의 첫 단편인 〈정착〉은 알퐁스 도데와 그가 살러 갔던 지방 사이에 특히 동물들과의 밀접한 교감이 설정되어 있었다는 것을 충분히 증명한다. 작가는 이 작품의 서두에서부터 동물들에 대한 자신의 첫인상을 기록하기 시작한다. "기겁을 하고 놀란 놈은 토끼들이었다……. 무척 오래전부터 풍차간의 문이 닫혔고, 그 벽이며 바닥이 잡초에 묻힌 것을 보아 토끼들은 제 분업자란 종족이 전멸되었거니 믿기에 이르렀고, 좋은 장소를 찾아냈다 싶어 그곳에다 사령부니 작전기획실 같은 것을 꾸몄던 것이다. 말하자면 토끼들의 제마프 풍차간이라고나 할까 (…) 또 한 놈,

나를 보고 몹시 놀란 것은 20여 년 전부터 풍차간을 빌려 살고 있는 사색가 같은 얼굴을 한 음험한 늙은 올빼미였다. 나는 그놈이 윗방, 떨어진 기왓장과 벽토 부스러기에 묻힌 횃대 위에 꼼짝 않고 버티고 있는 것을 보았다. (…) 놈이 시종 눈을 껌뻑이며 상을 찌푸리고 있기는 하나 이 말없는 임대자가 어느 누구보다도 내 마음에 들었기에 나는 서둘러 그놈과 새로운 임대 계약을 맺었다."[1] 자신의 동거자들에 대한 위의 구절 속에서 알퐁스 도데는 하나의 특이한 비교를 제안하고 있다. 우리는 그 비교의 예들을, 동물들을 생생한 방법으로 그려내기 위해서 그것을 인간화시키는 데 기여한 표현들 속에서 분명하게 찾아볼 수 있다. 토끼의 경우, 인간화시켜 주는 용어들은 '사령부' '작전기획실' '제마프 사령부' 등이며, 올빼미는 '고약하고 늙은 사색가'로서, 그리고 또 다른 '임대자'로서 비교된다. 자신을 제일 먼저 맞이해 준 토끼와 올빼미를 인간화시킴으로써, 그리고 자신의 동료나 동거자로 동격화시키면서 서로간에 풍차간에 대한 공동 소유자라는 새로운 관계가 설정된다. 이러한 동물들에 대한 인간화는 여러 단편 속에서 공통적으로 흐르고 있는 커다란 경향들 중의 하나이기도 하다.

　알퐁스 도데는 주변 농가의 모습을 통해서 그 시대의 프로방스의 전통적인 가축 사육에 대한 정확한 그림을 우리에게 제시하고 있다. 그가 농가의 가축 중에서 가장 먼저 언급한 것은 양떼로 그들의 계절적인 이동을 말한다. 양은 오래전부터 농가에서 가축 사육의 기

---

1) DAUDET Alphonse, 《Lettres de mon moulin: L'Installation》, Paris, Flammarion, 1972, pp.43-44.

본을 형성하고 있었으며, 사실상 염소와 더불어 프로방스 지방의 가축 사육의 지속적인 특징인 이동 시스템과 방목에 적합한 동물이었다. 〈정착〉의 후반부에서는 작가 자신이 직접 목격한 양떼의 이동과 거기에서 펼쳐지던 일련의 광경이 섬세하고도 감동적으로 표현되어 있다. 풍차간에서의 동물들과의 친교로 시작되는 이 작품의 전반부는, 인근 농가에서 전개되는 감동적인 가축들의 귀환을 통해서 동물들에 대한 작가의 호의적인 인상을 후반부까지 지속적으로 이어간다. "이곳 프로방스에서는 더위가 오면 가축을 알프스 산으로 보내는 것이 관습으로 되어 있단다. (…) 그런 다음 가을 바람이 일기 시작하면 다시 농가로 내려오지. (…) 그래 바로 어제 저녁에 양떼들이 도착한 것이다. (…) 앞에는 나이든 수놈들이 뿔을 내밀고 씩씩한 모습으로 돌아왔다. 그놈들 뒤로 새끼양을 거느린 어미들, 갓 태어난 새끼양을 담은 광주리를 등에 얹고 흔들면서 걷고 있는 빨간 술을 단 암노새들, 다음으로 땀에 흠뻑 젖은 개들이 혀를 땅에 닿을 듯 끌며 따르고 그 뒤로 키가 큰 두 명의 양치기가 법의처럼 발꿈치까지 치렁치렁 감기는 사아지 외투에 몸을 감싸고 따라왔다."[2]

올빼미나 토끼들과 마찬가지로 알퐁스 도데는 다른 가축들에게도 인간의 행동과 감정을 부여했다. 그리고 몇몇 특색이나 용어, 혹은 표현을 통해서 가축들에 대한 그의 애정을 우리에게 보여 주었다. 대표적인 경우를 제시해 보자. "그러나 무엇보다도 감동적인 것은 개들이었다. 양들의 치닥거리로 바쁜 양치기의 선량한 이 개들은 농가에 와서도 양떼들만 돌보고 있다. (…) 개들은 양들이 우리 속으

---

2) Ibid., pp.44-45.

로 다 들어가 창살이 닫히고 커다란 빗장이 질리고, 양치기들이 식탁에 둘러앉기 전까지는 아무 소리도 들으려 하지 않았으며, 다른 것은 거들떠보려 하지도 않았다."[3] 동물들에 대한 애정 외에도 이 작품에서 알퐁스 도데는 그들에 대한 자신의 인상을 다양한 방식으로 표출하고 있다. 시각적이고 청각적인 인상을 동원한 표현이 바로 그것이다. 우선 형태와 움직임과 색채가 어우러져 있는 시각적인 인상이 드러난 용어들이나 표현들을 열거해 보자. '로즈메리 향기 가득한 잿빛 언덕' '갈색 사지 외투' '꽃잎에 이슬을 가득 머금은 빨간 디지털리스꽃'이 시각적 효과를 극대화시킨 표현이라면, 청각적 효과를 증대시킨 구절은 다음과 같이 표현되어 있다. "집 안에서의 소동은 또 얼마나 볼만한 것인가! 얇은 망사볏을 단 금록색 공작들이 그들이 도착한 것을 알고는 높은 횃대 위에서 꽥꽥 외마디 울음을 울며 그들을 맞이했다. 잠들어 있던 닭들도 소스라쳐서 일어났다. 모두 다 일어났다. 비둘기들도 오리들도 칠면조들도 뿔닭도 다 일어났다. 가금사육장은 온통 벌집을 쑤셔 놓은 듯했다."[4]

동물군의 다양한 종에 대한 묘사는 카마르그와 관련된 단편들 속에서 절정을 이룬다. 실제로 카마르그는 에이두가 '동물적인 삶의 낙원'[5]이라고 지칭했듯이, 이 시대에 있어서 프랑스의 가장 대규모적인 동물들의 보고였다. 알퐁스 도데는 이 지역에서의 사냥 여행에서 목격한 동물군의 생태를 이 작품 속에 충실하게 재생해 내었다.

---

3) Ibid., pp.45-46.

4) Ibid., p.45.

5) EYDOUX Henri-Paul, 《Promenades en Provence》, Paris, André Balland, 1969, p.67.

그러나 《카마르그에서》의 첫 구절에서부터 알퐁스 도데는 사냥보다는 다른 것을 생각하고 있음을 암시하고 있다. 그는 'l'espère' 라는 단어를 시인의 입장으로 해석한다. 그에게 있어 이 단어는 기다리는 사냥꾼만을 의미하는 것이 아니라 어렴풋한 시간 속에서의 모든 자연을 의미한다. 그 자연의 성격은 완전히 정지되지 않은, 순수한 밝음이나 완전한 어둠을 기다린다. 그에게 있어 사냥은 스포츠라기보다는 예술가로서 반향과, 향기와 떨림이 해가 질 때의 꿈에 대한 영혼을 채워 주는, 경치를 즐기는 하나의 기회였다. 따라서 그는 사냥의 행위에 지나치게 집착하지 않은 채 관찰가로서, 그리고 예술가로서, 시간이 그에게 가져다 주는 자연의 다양한 모습과 그곳에 어울려 살아가는 동물들에게 오랫동안 시선을 고정시켰다. 작가가 이 작품에서 가장 빈번하게 묘사하고 있는 것은 새들이다. 우선 그의 사냥 목표가 되어 있던 새들은 이 작품의 처음부터 끝까지 빈번하게 등장하면서 이 지역 동물군의 대표성을 상징한다. 우선 새들에 대한 언급을 살펴보자. "벌써 해오라기와 흑꼬리도요새떼의 멋있는 행군이 두서너 차례 있었고, 봄에 오는 철새의 도래도 빠지지 않았다는 것이다."[6] 혹은 "길다랗게 삼각편대를 만들면서 오리떼가 땅에 내려앉을 듯이 아주 낮게 날아간다."[7] 그리고 바카레 호수에 대한 묘사 속에서 그림 같은 경치를 완성시켜 주는 부수적 개체들로서의 다양한 새들의 모습을 찾아볼 수 있는데, 여기서는 대단히 능란한 시각적 표현이 우세를 보이고 있다. "멀리에서부터 이 반짝이는 물결에 이끌려 온 물오리, 백로, 알락해오라기, 배가 희고

---

　6) DAUDET Alphonse, 《Lettres de mon moulin: En Camargue》, Paris, Flammarion, 1972, p.257.
　7) Ibid., p.261.

날개가 붉은 홍학 등이 한 줄의 길다란 띠에 여러 가지 색깔을 배합한 것처럼 나란히 기슭을 따라 줄지어 물고기를 잡아먹고 있다. 그리고 따오기, 진짜 이집트 따오기가 찬란한 햇빛을 받으면서 이 고요한 고장을 제 집인 양 즐기고 있다."[8] 이렇듯 다양한 새들에 대한 묘사는 알퐁스 도데의 풍부한 과학적·생물학적 지식을 입증하고 있다.

새들과는 별도로 이 호수 주변을 점유하고 있는 소떼에 대한 다양한 표현을 빼놓을 수 없다. 그가 목격한 소떼들의 행동에 관한 사실적인 묘사 속에서 소들은 가장 인간화된 모습으로 나타난다. 이 소떼들의 모습에서 작가는 자연의 위력에 맞서는 그들의 지혜와 용감성을 인간화시키고 그들의 인간적인 질서를 우리에게 상기시켜 준다. "역시 같은 기슭의 좀더 떨어진 곳에는 자유로이 풀을 뜯는 소들의 마나도떼가 있다. (…) 카마르그의 소들은 대부분 페라드라는 마을의 축제에서 경쟁하기 위해 키운다. 그리하여 어떤 것은 벌써 프로방스나 랑그독 지방에서 명성을 떨치고 있다. (…) 이 이상스런 소떼들은 그들이 지도자로 추대한 늙은 황소를 중심으로 자치생활을 하고 있었다. 태풍이 들이닥쳐 방비도 없고 더욱 제지할 만한 것은 아무것도 없는 이 넓은 카마르그 들판을 매섭게 휘몰아칠 때, 소떼들은 우두머리 뒤로 모여서 머리를 얕게 숙이고 그들의 힘을 집중하고 있는 그 커다란 이마를 바람을 향해 돌리는 광경이란 정말 장관이다."[9]

---

8) Ibid., p.267.
9) Ibid.

동물군에 대한 현실적이고 사실적인 표현을 떠나서 우리는 알퐁스 도데에 의해 고안되거나 각색된 동물들의 모습을 검토해야 한다. 동물들에 대한 가장 완벽한 의인화는 《스갱 씨의 염소》와 《교황의 노새》에 집중되어 있다. 이 두 단편에서 작가는 감미로운 방법으로 주요 등장인물인 동물들을 묘사하고 있다. 그는 동물들에게 인간의 감정과 행위를 빌려 주고, 따라서 간접적으로 인간의 증언에 기초를 두고 있다. 이러한 의인법은 알퐁스 도데 이전에 여러 작가들에 의해서 시도된 바 있다. 고대 그리스의 우화작가인 이솝과 라틴의 우화작가인 페드르가 그랬다. 중세기에는 르나르의 소설이 교활한 여우와 우둔한 곰, 거칠고 잔인한 늑대를 등장시켰다. 좀더 후인 17세기에는 라 퐁텐이 자신의 우화에서 동물을 작품의 중심인물로 삼았다. 알퐁스 도데는 그것을 혁신하지 않고 그 작가들의 오랜 전통을 다시 취했다. 이러한 방법은 픽션과 현실을 아주 가까이 접근시킨다. 상황과 등장인물들은 모두가 가공된 것이지만, 그것들은 인간의 존재와 관계되는 상당히 현실적인 문제의 누설자들이다. 그리고 그것들은 종종 작가의 개인적 사상을 설명해 준다.

　　알퐁스 도데는 단편 《스갱 씨의 염소》를 염소의 행동과 열망에 유사한 피에르 그랭고르에게 바치고 있다. 프랑스 르네상스 초기의 실존적 인물이었던 이 시인은 순종과 타협이 가져다 주는 부와 안락한 삶보다는 표현의 자유를 선호한 창조자의 상징이었다. 당시 불쌍하고 굶주린 작가의 전형으로서 대단한 선풍을 끌었다. 빅토르 위고는 그에게서부터 자신의 소설 《노트르담의 꼽추》의 주인공들 중 한 사람을 고안해 내었고, 테오도르 방빌은 알퐁스 도데가 이 작품을 썼던 같은 해인 1866년에 상연된, 그랭고르라는 역사적 코미디의 인물을 만들어 내었다. 작가는 이 작품의 첫 구절에서 그랭고르를 회상하면서 자신의 개인적 체험의 상태를 만들어 주는 시대착오적인 자극을 덧붙인다. 파리에서의 초창기 시절, 알퐁스 도데는, 참된 창조자들이 궁핍하게 살아가는 데 비해 저속한 연대기 작가들이 물질적 풍요를 누리고 있었음을 확인했다. 알퐁스 도데는 우선 라 퐁텐과 유사한 방식으로 쓴 이 산문의 서두에서 하나의 도덕을 제시하면서 이야기를 시작한다. "(…) 싫단 말인가? 그러고 싶지 않다고? 자네는 끝까지 멋대로 해볼 작정이군 그래, 좋아, 그럼 어디 스갱 씨의 염소 이야기나 좀 들어 보게. 제 고집대로만 살려고 하면 어떻게 된다는 것을 알게 될 걸세."[10] 작가는 선과 순진성으로 가득 찬 스갱 씨의 이미지에 어울리는 순박하며 착하고 귀여운 염소를 자신의 메시지의 중개자로 선택했다. "게다가 양순하고 상냥하여 그릇에 발을 집어넣는 일도 없이 가만히 서서 젖을 짜게 했거든. 귀여운 염소였지."[11] 그러나 염소와 주인과의 원활했던 관계는 어떤 한 순간에 상이한 태도를 취하게 된다. "스갱 씨는 잘못 생각했다. 염소는 사실 싫증을 내고 있었던 것이다. 어느 날 염소는 산을 바라다보면서 혼잣말을 했다. '저 높은 곳은 얼마나 좋을까! 내 목에 가죽끈을 매어 놓는 이따위 망할 놈의 일도 없이, 히이드 덤불 속을 마음대로 뛰노는 기쁨은 어떨까! 밭에서 풀을 뜯어먹는 소나 나귀는 얼마나 좋을까! 우리들 염소들에겐 넓은 곳이 필요하단 말이야.'"[12] 우리는 여기서 또다시 염소의 완전한 의인화 과정을 볼 수 있다. 염소는 진짜 사람이 된다. 염소는 생각하고 자신에게 말을 걸며 놀라

---

10) Ibid., 〈La chèvre de M. Seguin〉, p.67.
11) Ibid., p.68.
12) Ibid., pp.68-69.

운 숙고를 하기도 한다. 그는 상상력을 지니고 있으며 싫증을 내기도 한다. 여기에서 염소는 이제 더 이상 동물이 아니다. 염소는 작가가 자신의 메시지를 전달코자 하는 그랭고르 바로 그 사람인 것이다. 고집 센 성격의 이 염소는 산이 그에게 불러일으키는 자유에의 너무나도 커다란 갈망에 의해 산에 도달한다. 염소는 자연이 그에게 가져다 주는 도취 속에서 자유를 만끽한다. 알퐁스 도데는 시각적이고 후각적인 묘사가 우세한 구절을 통하여 염소의 행동을 표현한다. 그러나 시간이 가져다 주는 자연의 반전된 분위기에 의해 염소의 자유스런 행위는 갑자기 중단된다. 시간의 변화는 염소의 비극을 예고해 준다. 작가는 산의 경치에 종종 음산한 분위기를 부여하면서 염소의 영혼이 어떻게 변화되는지를 드러내 준다. "갑자기 바람이 서늘해졌다. 산은 보랏빛으로 물들었다. 저녁 무렵이었다. (…) 그는 집에 돌아가는 양떼의 방울 소리를 듣고서 마음이 몹시 서글펐다. (…) 그는 소스라치게 놀랐다. 그러자 산 속에서 울부짖는 소리가 들려왔다."[13] 스갱 씨의 염소와 멀리서 들려오는 늑대의 포효 소리 사이에 하나의 다이알로그가 성립된다. 늑대의 등장은 이 단편의 비극적 결말을 암시한다. 착한 염소와 대립되는 제재로서의 늑대는 전통적인 문학이 부여했던 대로 관습적인 모든 성격을 지니고서 등장한다. "염소는 갑자기 자기 등뒤에서 나뭇잎이 바스락거리는 소리를 들었다. 그는 몸을 돌려 어둠 속에서 곧추선 짧은 두 귀와 번들거리는 두 눈을 보았다……. 늑대였다."[14] 그리고 늑대와 염소의 치열한 전투에서 그 염소는 우리가 《코르니유 영감의 비밀》

---

13) Ibid., pp.71-72.
14) Ibid., p.72.

이나 《아를의 여인》에서 볼 수 있는, 알퐁스 도데의 정신을 종종 규정하는 명예감을 입증하고 있다. 풍차간의 명백한 몰락에도 불구하고 고집스럽게 풍차를 돌리려 하는 코르니유 영감의 명예감, 그리고 자신의 아들이 행실이 좋지 못한 아를의 한 여인과 결혼하리라는 생각에 수치심으로 얼굴이 붉어지는 장의 아버지가 보여 주는 명예감, 그들의 명예감에 대한 태도는 삶에 대한 고귀한 자존심이기도 했다. 마침내 별이 스러지고 닭이 울 때, 염소의 그렇게도 예쁜 망토는 이제 《아를의 여인》의 결말을 연상시키는 핏빛으로 물들어 있었다. 알퐁스 도데는 이 비장한 결말에 몇몇 문장을 추가함으로써 자신이 전달하고자 하는 메시지의 의미를 강조한다. "잘 있게, 그랭고르군, 자네가 들은 이야기는 절대로 내가 꾸며낸 것이 아닐세. 만일 자네가 프로방스에 올 일이 있다면, 이곳 농부들이 가끔 자네에게 스갱 씨의 염소 이야기를 들려줄 걸세."[15] 따라서 작가가 그랭고르에게 보내는 단편의 기원을 상기시키는 프로방스어로 된 몇몇 구절은 우리를 처음 부분으로 돌려보내고, 또 이 짐승들의 이야기 뒤에서 인간들의 이야기를 읽어야 한다는 사실을 알려 준다. 그 염소는 약한 희생자로서 거기에서 죽어갔다. 강한 자들에 의해 학대당한 연약한 이들의 상징이자, 심술궂은 사람들에 의해 상처받는 착한 사람들의 상징이며, 예속화에 대항하는 자유에의 투쟁이자 권력 앞에서의 패배를 의미한다.

《스갱 씨의 염소》가 하나의 도덕적 교훈을 우리에게 제시하고 있다면, 《교황의 노새》는 유명한 이 지방의 속담을 전개한다. 의인화

---

15) Ibid.

된 대표적인 또 다른 작품 《교황의 노새》에서 보르네크가 설명한 바 있듯이 알퐁스 도데는 '노새(mule)'라는 말의 두 가지 의미(사람들이 입맞추는 십자가에 표시되어 있는 교황의 슬리퍼 혹은 당나귀나 암말 혹은 숫말과 암당나귀가 교미할 때 나오는 여성용 분비물) 위에서, 《풍차간의 편지》의 여러 단편에서 볼 수 있는 수노새와 암노새의 존재 위에서, 그리고 사람들이 이 동물에게 부여하는 특히 앙심을 품은 성격 위에서 상상적인 속담이나 격언을 보여 준다. "저 사람 말이야, 조심해! (…) 7년 동안 뒷발질하려고 별러온 법왕의 노새 같은 놈이야."[16] 스갱 씨의 염소 블랑케트가 일곱번째 염소였다는 사실을 상기한다면, 여기에서 숫자 7은 아마도 작가가 선호한 특별한 숫자였으리라는 추측도 가능할 것이다. 《스갱 씨의 염소》의 전반부에 묘사된 소박하고 친절하며 귀여운 염소의 모습은 그대로 노새에게도 적용되고 있다. 스갱 씨의 착한 성품에 어울리는 염소의 소박하고 친절하며 귀여운 모습이 조화를 이루고 있듯이, 노새는 여기에서 상냥하고 다정스런 교황의 이미지에 어울리는 훌륭하고 늠름한 모습으로 등장한다. "동물 쪽을 보아도 물론 그만한 가치가 있음을 말해 두어야겠다. (…) 천사같이 얌전하며 순진한 두 눈, 언제나 움직이고 있는 길다란 두 귀는 마치 얌전한 어린아이와 같은 인상을 주었다."[17] 요컨대 이 단편을 이끌고 생각하는 것은 그 노새이다. 따라서 노새는 티스테 베덴의 등장과 함께 주요 등장인물이 된다. 알퐁스 도데는 결과를 미리 숙고하고 놀라운 노하우로써 자신의 이야기를 펼쳐 나간다. 작가는 노새가 티스테 베덴과 그 일당의

---

16) Ibid., 〈La mule du pape〉, p.95.

17) Ibid., p.95.

노새에 대한 장난질에 대해 준비된 탈출구를 예상케 해주는 하나의 경고를 드러냄으로써 살짝 눈에 띄는 표적들을 독자에게 전달한다. "한 놈이 노새의 귀를 잡아당기면 다른 한 놈은 꼬리를 잡아당긴다. 퀴케는 등에 올라타고, 벨뤼게는 사각모를 덮어씌우려 법석이다. 그러나 이 용감한 짐승이 단 한번 허리를 휘둘러 놈들을 한꺼번에 북극성이나 그보다 더 먼 곳으로 보낼 수 있다는 사실을 이 말썽꾸러기 놈들은 한 놈도 생각지 못했다."[18] 노새의 분노는 티스테 베덴의 종탑에서의 장난으로 인해 불타는 복수심으로 강화된다. "어느 날, 그는 노새를 이끌고 성가대의 작은 종탑, 저 위 높은 궁전 꼭대기로 올라가겠다는 생각을 했으니…… 지금 내가 하는 이야기는 절대로 지어낸 말이 아니다. 20만의 프로방스 사람들이 직접 눈으로 보았던 것이다"[19] 바로 이 장면에서 노새의 자존심은 여지없이 무너져 내린다. 따라서 마지막 문단에서 하나의 서스펜스가 창조된다. 그것은 노새의 명예 회복을 위한 복수의 폭발이다. 알퐁스 도데는 깜짝 놀랄 만한 시각 속에서 결말을 보여 주기 위해 7년 동안이나 간직한 복수의 폭발을 과장한다. 그리고 극적인 장면이 연출된다. "노새는 무시무시한 뒷발질 한방을 그에게 안겼다. 어떻게나 맹렬했는지 팡페리구스트에서까지 연기처럼 풀썩 올라가는 흙먼지, 금빛의 선풍 같은 연기가 보였다. 그 먼지 속에 따오기의 깃털 하나가 딩굴고 있었다. 그것이 불운한 티스테 베덴이 남긴 유일한 유품이었다."[20]

우리는 《스갱 씨의 염소》와 《교황의 노새》 속에서 몇몇 공통점을

---

18) Ibid., p.100.
19) Ibid.
20) Ibid., p.105.

추출할 수 있다. 첫번째로 두 작품 모두 프로방스 지방의 오랜 속담 혹은 이야기에 작가가 자신의 상상력을 통해 개인적인 재해석을 덧붙였다는 점이다. 두번째 공통점은 주인의 이미지에 어울리는 모습을 지닌 두 동물의 경우, 갑자기 어느 순간에 주인과의 원만한 관계가 단절되었다는 것이다. 세번째로 이 두 동물은 인간들과 대립하면서 이야기의 줄거리를 형성하는 인간화된 개체로 등장하고 있다는 사실이다. 그랭고르로 도치된 염소, 티스테 베덴에게 대항하려는 인간적 감정을 지닌 노새가 그렇다. 네번째로는 그 두 동물이 공통적으로 보여 주고 있는 인간적 감정의 구체성은 바로 코르니유 영감이나 장의 아버지가 우리에게 보여 준 프로방스인들의 고귀한 명예감에 대한 감정과 같은 성격을 지닌다. 마지막으로 두 작품은 우리에게 도덕에 대한 하나의 상징을 제시한다. 염소는 자유를 갈망하는 용기의 상징이며, 노새는 복수를 향한 한없이 착했던 어느 존재의 끈기와 집요함을 상징한다.

우리는 알퐁스 도데가 묘사한 프로방스의 동물군에 곤충을 편입시켜야 한다. 왜냐하면 이 지방은 에밀 리페르의 말대로 "조화로운 곤충의 대지"[21]이기 때문이다. 작가가 묘사한 이 지방의 대표적 곤충으로 우리는 매미를 들 수 있다. 매미는 여러 작품에서 가장 빈번하게 묘사되고 있는 제재일 뿐만 아니라, 실제로 이 지방의 뜨거운 열기가 가져다 주는 경치에 잘 어울리는 가장 흔한 곤충이기도 하다. 따라서 매미는 펠리브리주가 그들의 무기로 삼았듯이 이 지방의 하나의 상징과도 같은 존재였다. "오직 솟아오르는 열기와 미칠

---

21) RIPERT Emile, 《La Provence》, Paris, Laurens, 1929, p.17.

듯이 울어대는 매미들의 시끄러운 울음소리뿐이었다. 귀가 찢어질
듯 빠른 박자로 울어대는 매미 소리는 바로 그 눈부시고도 광활한
열기의 진동과도 같았다."[22] 유사한 또 다른 구절이 있다. "먼지로
뽀얗게 된 큰 길가의 느릅나무 속에서는 크로 평야에서처럼 마냥
매미들이 울어대고 있었다."[23] 매미들에 관한 작가의 묘사에서 알
수 있는 사실은, 이 작가가 항상 매미를 눈부시고도 뜨거운 태양의
빛과 열기에 연결시켜 때로는 유쾌하고 또 때로는 우울한 자신의
기분에 일치하는 듯 보이는 멜로디를 우리에게 남겨 주었다는 것이
다. 가득 찬 빛과 뜨거운 열기로 대변되는 태양이 이 지방의 상징이
라면, 그 태양과 조화를 이루면서 음향적 경치를 완성시켜 주는 매
미들의 존재는 더불어 이 지방의 또 하나의 상징이 된다.

　매미도 의인화의 혜택을 입는다. 《풍차간의 편지》에 나오는 토끼
들의 제마프 풍차간을 연상시키는 또 다른 구절이 있다. "매미 도서
관이라면 바로 내 집 문 앞에 있는지라…… 이 도서관은 정말 경탄
할 만했으며, 놀라우리만큼 잘 설비되어 있었는데, 밤낮으로 시인
들에게 개방되어 있었고, 언제나 음악을 들려 주는 심벌즈를 지닌
작은 사서들에 의해 관리되고 있었다."[24] 늙은 피리쟁이 프랑스 마
마이가 자신의 기억 속에서 그 옛날 프로방스 지방의 한 속담의 기
원을 모르고 있었다 하더라도, 알퐁스 도데는 '매미 도서관'이라는
표현이 보여 주듯이 자신의 상상력의 도움으로 《교황의 노새》라는

---

22) DAUDET Alphonse, 《Lettres de mon moulin: Les deux auberges》, Paris,
Flammarion, 1972, p.213.
23) Ibid., 〈Les vieux〉, p.148.
24) Ibid., 〈La mule du pape〉, p.95.

단편을 재구성할 수 있었던 것이다. 따라서 매미는 작가의 휴식을 위한 동료이자 그 음악――때로는 유쾌하고 때로는 단조롭고 귀를 찌를 듯 짜증을 불러일으키는――을 통해 작가에게 창작의 재료를 가져다 주는 영감의 고취자들 중 하나이다. 알퐁스 도데는 알제리에 관한 두 편의 단편에 관해 언급하면서 프로방스적인 연대기들의 분위기를 탬버린과 매미로 규정하고 있다. "이번에는 2,3천리 떨어진 알제리의 어느 아름다운 거리로 안내하여 거기서 하루를 보내도록 하겠다……. 탬버린이나 매미와는 조금 다른 느낌이 들 것이다."[25] 레미 드 구르몽의 다음 구절은 《풍차간의 편지》가 지니고 있는 분위기를 단적으로 압축하고 있다. "그는 프랑스 남부 지방 출신이었는데 바로 그 지방에서는 문장들이 매미 소리를 낸다. 따라서 그는 감미롭게 이야기를 들려 준다."[26] 결국 미스트랄은 이 문집에서 풍겨 나오는 매미들의 분위기를 남프랑스인들의 정서와 나아가 알퐁스 도데 자신에게 일치시키기에 이른다. "'자, 귀여운 매미야, 파리로 가서 파리인들을 매혹시켜봐' 라고 혈기왕성한 미스트랄은 타라스콩의 보도 위를 걸으면서 알퐁스 도데에게 말했고, 이때 파리행 급행열차가 기적을 울리고 있었다. (…) 그리고 그 매미는 날아서 미풍양속을 해치는 주변 환경의 영향에도 불구하고 기본적으로 남프랑스인으로서 파리에서 살았다. (…) 알퐁스 도데의 가장 위대한 업적은 매미로서의 자신의 날개의 푸른빛과 금빛을 지니고 있었다는 것이며, 그 날개에 뤽상부르와 튈르리 공원의 종려나무들의 풍부한 흔들림을 부여했다는 데 있다."[27] 모든 개체들과 특히 동물들

---

25) Ibid., 〈A Miliana〉, p.221.

26) GOURMONT Rémy de, 《Epilogues》, 1895-1898, 1re série, Paris, Mercure de France, 1913, p.197.

에 친화력을 보여 주고 있는《풍차간의 편지》는 "밤낮으로 시인들에게 개방된 놀라울 만큼 잘 설비된 매미들의 도서관"을 통해 사실상 이 작가의 감명과 추억으로 가득 차 있는 진정한 프로방스적 연대기인 것이다.

식 물

식물군은 사실상 한 지역의 외적 모습을 구성하는 일차적 구성 요소이며, 그 요소를 통해서 우리는 그 지역의 자연의 특성을 깨닫게 된다. 대지는 식물에게 생존의 공간을 제공하고 식물은 대지에 자양분을 공급함으로써 이 두 자연의 요소들은 공생의 관계 혹은 절대적인 불가분의 관계를 유지한다. 이러한 두 요소의 바탕 위에서 인간들과 동물들의 삶은 가능해진다. 알퐁스 도데의 작품 속에서도 우리는 이 자연의 절대적인 섭리와 질서를 분명하게 찾아볼 수 있다. 프로방스 지방의 연대기에 충실한 일련의 작품들 속에서 식물군은 이 지방의 경치를 충실히 완성시켜 주는 사실적인 자연의 요소로서 사실적으로 묘사되기도 하고, 또 때로는 가공적인 작품들 속에서 각 작품의 배경에 어울리는 시적이며 환상적이거나 혹은 이상화된 경치를 형성하기도 한다. 〈정착〉에서나 〈카마르그에서〉에서 묘사된 식물군의 충실한 묘사가 전자의 경우에 해당된다면,《들판의 부군수》와《스갱 씨의 염소》에서의 식물들의 묘사는 후자의 경

---

27) VILLAS Belz de,《Le monument d'Alphonse Daudet》, Revue de Midi, Nîmes, 1898, n° 6, p.573.

우에 해당된다.

알퐁스 도데의 작품에 등장하는 수도 헤아릴 수 없을 정도로 다양한 식물들의 양상을 단 몇 페이지로 열거하거나 압축한다는 것은 불가능한 일이며 또한 무의미한 일이다. 식물들은 작품의 배경을 형성하는 부차적인 문학적 재료로 그의 모든 작품에서 등장하고 있으며, 따라서 개체들이 차지하는 역할의 중요성에서 볼 때 식물들이 차지하는 부차적인 역할은 인간적인 개체들이나 동물들의 역할과 비교해서 상대적으로 열등한 의미를 지니고 있기 때문이다. 그럼에도 불구하고 우리는 그의 작품에서 차지하고 있는 식물군의 의미를 과소평가할 수는 없다. 왜냐하면 알퐁스 도데가 프로방스의 독특한 식물들의 그윽하고 미묘한 향내를 맡고 그 향기를 우리에게 전달해 줌으로써, 우리는 그 시대 이 지역의 식물군에 대한 상당히 정확한 정보를 얻을 수 있기 때문이다. 우리는 여기에서 몇몇 특징적인 식물군에 초점을 맞춰 보아야 한다.

장 폴 코스트의 말에 의하면 "프로방스의 식물들은 일반적으로 기후와 대지의 성질이라는 두 가지 요소를 이용한다."[1] 즉 이 지역의 식물군은 놀랍게도 가뭄에 적응하는 석회질에서 서식하는 식물군——떡갈나무, 케르므(연지벌레), 백리향, 로즈메리, 라밴더, 수선화, 붓꽃 등——과 습기로 가득 찬 점토질 흙에서 자라는 식물군—포플러, 버드나무, 프로방스 갈대——카마르그의 소금기 있는 땅들과 호수 연안지대에서 존재하는 가는 위성류와 수송나무군들,

---

1) COSTE Jean-Paul, 《Nous partons pour la Provence》, Paris, P.U.F, 1977, p.12.

마지막으로 석회질을 견뎌내지 못하고 반대로 크리스털의 덤불 위에서 번식하는 식물군——하이야스, 히이드——등 세 부류로 나눌 수 있다. 이러한 일반적인 식물학적 정보에 따라서 알퐁스 도데가 묘사한 식물들은 그의 작품 속에서 적절하게 분배되어 있다. 전형적인 평원과 언덕에서 펼쳐지는 〈정착〉과 같은 단편에서 나타나는 식물들이 첫번째 경우에 해당하며, 카마르그의 특수한 환경이 가져다 주는 식물들이 두번째 경우에, 그리고 《스갱 씨의 염소》에서 묘사된 것과 산 위에서 펼쳐지는 식물들이 마지막 경우에 해당된다.

  우리는 이 지역의 다양한 식물들에 대한 작가의 인상들을 《풍차간의 편지》의 서두에서서부터 쉽사리 발견할 수 있다. 우선 석회질 토양의 식물에 대한 묘사를 살펴보자. "상기의 풍차간은 론 강 계곡, 프로방스의 중앙, 즉 소나무와 떡갈나무로 에워싸인 언덕에 위치하고 있음. 이 풍차는 날개 끝까지 감아 올라간 야생포도 덩굴이랑 이끼, 로즈메리 및 그밖의 겨우살이 식물을 보아서 명백하듯이 스무 해 이상이나 방치되었으며 제분 불능 상태에 있음."[2] 작가는 자신의 풍차간의 첫 인상들——거의 폐허가 되다시피 한——을 주변의 몇몇 특징적인 식물들의 묘사를 통해서 모아 놓는다. 그리고 그 어두운 인상들은 다시 몇몇 식물들의 열거를 통해서 밝고 유쾌한 모습으로 일신된다. "예쁘장한 소나무 숲이 햇빛을 반짝이며 내 앞에서부터 산기슭까지 내닫는다. 지평선에는 알피유 산이 아름다운 봉우리를 드러내고(…)."[3] 소나무와 떡갈나무와 함께 태양의 눈부신

---

2) DAUDET Alphonse, 《Lettres de mon moulin: Avant-Propos》, Paris, Flammarion, 1972, p.39.
  3) Ibid., 〈L'Installation〉, p.44.

빛에 의해 올리브나무와 석류나무, 그리고 도금양과 포도나무는 이 지역의 식물군의 상징을 이룬다.

　야생동물들의 보고로서의 카마르그는 또한 특이한 식물군의 서식처이기도 하다. "카마르그의 소금기 있는 땅들과 호수 연안지대에서는 대단히 특이한 식물군——수송나무와 갯질경이속, 가는 위성류들——이 존재한다"는 코스트의 정확한 기록[4]은 알퐁스 도데의 놀라운 관찰력에 의해 씌어진 단편 《카마르그에서》를 충분히 연상시켜 준다. "위성류와 갈대숲은 약간 높은 기슭 위에 고운 벨벳같이 반들반들한 진초록색 풀잎으로 기묘하고 아름다운 꽃밭을 펼치고 있다. 수레국화, 물클로버, 과남풀, 그리고 기후의 변화에 따라 색깔을 바꾸어 가며 끊임없이 꽃을 피워 색채로 겨울을 알리는 그 아름다운 살라델."[5] 나무들에 대한 묘사와 함께 다양한 꽃들의 양상을 알려 주는 표현 역시 우리의 감각을 일깨워 준다. 사실상 2월부터 시작되는 프로방스의 봄은 꽃들의 출현으로 더욱 생기를 띤다. 장-루이 보도와이예는 꽃들의 만개를 탄생과 젊음의 상징으로 해석하면서[6] 이 지역의 꽃들에 대한 다양한 정보를 제공하고 있는데, 이는 알퐁스 도데가 작품에서 보여 주고 있는 양상과 거의 일치한

---

4) COSTE Jean-Paul, 《Nous partons pour la Provence》, Paris, P.U.F, 1977, p.13.
　5) DAUDET Alphonse, 《Lettres de mon moulin: En Camargue》, Paris, Flammarion, 1972, p.266.
　6) 장-루이 보도와이예의 글은 이 지역의 꽃들에 관계되는 정확한 정보를 제공하고 있다. "정서적으로 신선하고 감각적으로 순진무구한 꽃들은 젊음과 탄생을 상징한다. 갸날픈 소관목은 늙은 시프레 주위에서 춤을 추는 처녀들이다. 이어 들판의 모든 꽃들이, 도랑과 길가의 모든 꽃들이 피어오른다." 《Beauté de la Provence》, Paris, Bernard Grasset, coll. 《Les Cahiers Verts》, 1926, p.12.

다. 꽃들에 대한 수많은 묘사는 《스갱 씨의 염소》에서 만개하고 있다. 이 작품에서 꽃들의 묘사는 이 지역의 산악에 있는 다양한 식물상을 재현하고 있으며, 또 다른 한편으로 이 지방의 경치를 대단히 시적이며 환상적인 세계로 만들어 내는 데 성공하고 있다. 다음은 산의 꽃들에 대한 묘사로서 그 꽃들은 모든 시를 호흡한다. "하얀 염소가 다다르자 산 전체가 황홀하게 느껴졌다. 늙은 전나무도(…) 밤나무들은 땅에 닿도록 몸을 굽혀 가지 끝으로 그를 애무했다. 황금빛 금작화는 그가 지나는 길 쪽으로 꽃봉우리를 활짝 열고 향긋한 냄새를 풍기고 있었다. (…) 큼직한 푸른빛 도라지꽃, 길쭉한 꽃받침이 있는 붉은 디지탈리스, 취해 오르는 즙을 가득 담은 야생꽃이 숲을 이루고 있었다네."[7] 작가는 자신이 고안해 낸 이야기에 어울리는 배경을 창조하기 위해서 다양한 방법을 통해 산의 경치에 환상적 분위기를 부여하려 애쓴다. 그것은 인간의 모든 감각을 충족시켜 주는 방법이다. 그는 '푸른 도라지꽃'과 '붉은 디지탈리스'의 용어로써 색채의 표현을 배가시키고, '나뭇잎이 바스락거리는 소리'를 듣게 하면서 음향을 배가시키며, '취해 오르는 즙을 가득 담은 야생꽃'과 '향기 나는 금작화'를 통해 후각적인 감각을 증폭시킨다.

프로방스의 수많은 식물들 중에서 알퐁스 도데가 커다란 의미를 부여하고 있는 것은 소나무이다. 왜냐하면 《풍차간의 편지》의 단편들 대다수가 바로 소나무 숲으로 둘러싸인 풍차간에서 씌어지거나 적어도 구상되었기 때문이다. 따라서 알퐁스 도데는 몇몇 단편들의

---

7) DAUDET Alphonse, 《Lettres de mon moulin: La chèvre de M. Seguin》, Paris, Flammarion, 1972, p.70.

서두에서 자신의 문학적 작업을 위한 장소로써, 그리고 문학적 영감의 제공자로써의 소나무 숲을 빈번히 묘사하고 있다. 《풍차간의 편지》의 시작인 〈머리말〉에서 묘사된 "소나무와 떡갈나무로 에워싸인 언덕에 위치한 풍차간" 주변의 전형적 분위기에 대한 작가의 인상은 〈코르니유 영감의 비밀〉에서도 다시 강조된다. "오른쪽을 보아도 왼쪽을 보아도 소나무 숲 위에서 미스트랄을 받아 빙글빙글 돌아가는 풍차의 날개와 길을 따라 오르내리는 부대를 실은 작은 나귀들뿐이었다."[8] 그리고 소나무가 형성하고 있는 이러한 분위기는 이 문집의 끝에 위치한 〈병영의 향수〉에 이르기까지 여러 번에 걸쳐 상기되고 있으며, 따라서 소나무는 그의 작품에서뿐만 아니라 실제로 떡갈나무들과 함께 그 당시 프로방스의 일반적 경치를 완성시켜 주는 전형적인 식물들 중 하나이다.

알퐁스 도데의 작품의 배경이나 혹은 그 시대의 실제적 경치의 주인공으로서의 역할 이외에, 소나무는 작가에게 프로방스와 파리에 대한 이중적 향수라는 하나의 근원적인 정서를 제공한다. 프로방스인으로 태어나 죽을 때까지 프로방스인으로 남고자 했던 그는, 프로방스에 대한 자신의 사랑을 수도 없이 표현했으며, 그러한 표현 속에서 소나무를 고향에 대한 향수를 불러일으키는 상징적인 존재로 만들었다. 가장 대표적인 예가 친구 티몰레옹에게 보낸 편지 속에 단적으로 드러나 있다. "몽토방의 소나무 아래 혼자 앉아 있을 수만 있다면 나는 어떠한 희생이라도 아끼지 않을 텐데."[9] 몽토방

---

8) Ibid., 〈Le secret de maître Cornille〉, p.57.
9) DAUDET Alphonse, 《Lettres Familiales》, Paris, Plon, 1944, p.147.

의 소나무들, 소나무들로 뒤덮인 풍차간의 언덕, 이 모든 것이 프로방스를 상징한다. 그가 소나무 숲에서 발견한 것은 바로 프로방스 그 자체였던 것이다. 한편으로 그는 파리인이기도 했다. 풍차간에서의 유쾌하고 즐거운 생활이 단조롭고도 권태스럽게 변모될 때, 그는 소나무 숲에서 역설적으로 파리를 그리워하고 또 그 속에서 파리를 본다. 《병영의 향수》는 바로 이러한 그의 이중적 심리 상태를 잘 반영하고 있다. 작가는 파리의 샹프레 소나무 숲에서는 프로방스를 그리워하고, 프로방스의 소나무 숲에서는 파리의 하늘을 생각한다. 작가는 이중적인 자신의 심리 상태를 고향에서 권태로운 휴가를 보내면서 파리를 그리워하는 북치는 병사의 감정에 대비시킨다. "네 파리도 내 파리와 마찬가지로 여기까지 나를 쫓아온다. 너는 너대로 소나무 숲 속 그늘에서 북을 친다. 그리고 나는 여기서 원고를 쓰고. 아아, 우리들은 얼마나 선량한 프로방스 사람들인가! (…) 그런데 나는 숲 속에 드러누워 향수병에 걸린 채 저 멀리 사라지는 북소리를 듣고 있자니 내 파리 전체가 소나무 숲 사이에 펼쳐지는 듯한 기분이 든다. 아아, 파리…… 언제까지나 파리!"[10] 우리는 이 구절을 작가의 프로방스인과 파리인으로서의 이중적인 고향과 변덕이라고 성급하게 결론지을 수는 없다. 작가는 1866년부터 모든 악조건에도 불구하고 문학적인 경력에 있어서 자신에게 행운을 가져다 줄 수 있었던 양자(養子)로서의 도시인 파리에 애정을 느끼고 있었기 때문이다. 그리고 파리에서의 생활이 더욱 친근하고 눈부신 영광의 것이 될수록, 그 생활에 대한 추억들은 때때로 그의 정신에

---

10) DAUDET Alphonse, 《Lettres de mon moulin: Nostalgie de Caserne》, Paris, Flammarion, 1972, p.70.

나쁜 꿈으로 투영되었다는 것 또한 사실이다. 그러나 《풍차간의 편지》 전체에서 나타나는 프로방스적인 신앙에 대한 이러한 긴 고백과 마찬가지로 모든 열광과 신뢰와 향수의 시각 속에서의 파리에 대한 역설적인 향수의 시간은 무엇을 의미하는 것일까? 그것은 그의 전 생애가 이 지역의 멀어짐과 가까워짐의 연속적인 점층으로 사실상 형성되어 있으며, 바로 거기에서 그의 이중적이고 특이한 향수가 나타나고 있다는 사실을 의미한다. 알퐁스 도데는 소나무 숲을 통해 자신의 이 모든 감정을 우리에게 생생하게 전달해 주며 따라서 그것들은 그의 삶과 문학에서 하나의 커다란 상징을 형성한다. 그에게 있어 소나무들은 지리학적으로 그리고 그의 실제적인 삶 속에서 프랑스 북부와 남부를 이어 주는 '연결선(trait d'union)'이자, 동시에 이 두 지역을 문학적으로 이어 주는 하나의 다리가 된다.

여행을 마치면서

 이제까지 우리는 알퐁스 도데의 텍스트를 통해서 작가가 전 생애 동안 사랑했던 프로방스적인 모든 요소를 섭렵해 보았다. 여행의 과정에서 우리는 때로는 프로방스의 눈부신 태양 아래에서 지체하기도 했고, 또 때로는 카마르그의 거친 들판에서 야생적인 자연의 아름다움에 놀라기도 했다. 퐁비에유의 풍차간에 불어대는 신선한 바람의 향기에 도취도 했고, 그 속에서 자연과의 교감을 이루며 살아가는 프로방스 농민들의 유쾌한 삶에 참여하기도 했다. 코르시카 섬에 살고 있는 바다 사람들의 비극적 삶을 목격했는가 하면, 목동의 목가적인 시를 음미하기도 했다. 이처럼 프로방스에 관한 알퐁스 도데의 텍스트는 프로방스적인 요소들을 시종일관 이중적인 구조하에서 펼쳐내고 있음을 우리는 깨달았다.

 우리는 이 지역의 자연적 요소를 대상으로 삼고 있는 묘사가 대략적으로 2개의 축을 중심으로 전개되고 있다는 결론에 도달했다. 첫 번째 축은 '자연에 따라서'라는 대명제하에서 설정된 그림의 방식을 통해 구현된다. 이렇듯 사실적인 묘사는 〈정착〉과 일련의 코르시카 섬에 관한 단편들에서 나타나고 있다. 알퐁스 도데에게 있어 프로방스의 자연은 휴식의 장소이자 영감의 원천이었다. 퐁비에유

부근의 훌륭한 농부들이 삶에 지친 작가에게 휴식과 창조적인 영감에 적합한 환대적인 장소를 제공했다면, 코르시카 섬과 그 인근 지역은 적대적이면서도 그에게 있어 상상력과 꿈을 자극하는 장소였다. 어업감시인들과 수부들에 관계된 일련의 단편들이 그것을 증명한다. 게다가 카마르그 지역과 프로방스의 산악 지역에 관한 사실적인 표현은 거의 전문가다운 자연에 대한 심오한 작가의 지식을 보여 주고 있다. 두번째 축은 서정과 환상이 어우러져 있는 고안된 자연에 대한 묘사를 토대로 한다. 어린 시절에 들었던 프로방스의 수많은 전설과 그의 상상력의 배경으로 사용된 자연은 여러 단편들의 시적 요소가 된다. 여러 단편들 속에서 자연은 때로는 개체들에게 우호적이고 때로는 적대적인 존재로서 등장한다. 《스갱 씨의 염소》에서 자연은 다양한 양상하에 전개된다. 시간의 흐름에 따라 모습을 달리하는 자연은 적대적이기도 하지만, 인간이라는 존재에 신비한 마력의 효과를 부여하면서 《들판의 부군수》에서처럼 그 자신을 드러내기도 한다. 그래서 《별》에 등장하는 목동은 영혼과 고결함, 그리고 시의 위대함을 보여 준다. 별들이 펼쳐져 있는 광막한 하늘을 응시하면서, 너무나도 순수한 자연 속에서 살면서 목동은 도시인들이 가질 수 없는 고결한 정신의 상승을 획득한다.

　전통과 프로방스인들의 삶에 관해서 알퐁스 도데는 인간적인 프로방스, 즉 산업화에 의해 위협받고 방치된 낡은 풍차로 상징화된 프로방스를 제시한다. 그리하여 문명의 진보가 야기한 약화된 전통에 대한 작가의 심오한 회한과 애착의 감정이 프로방스 연대기의 기본적인 구조를 형성하고 있음을 알 수 있다. 우리는 이에 해당되는 단편들 속에서 프로방스를 왜곡하고 개체들을 억압하는 진보에 대한 비판과 거부를 깨달았다. 그러나 산업화에 대한 알퐁스 도데의 이러한 부정적 감정은 미스트랄이 물질문명에 대해 퍼부었던 격렬한 비난과는 다른 성격을 띠고 있다. 알퐁스 도데는 누구보다도 새로운 사회에 통합되어 우여곡절을 경험한 후 균형적인 삶을 영위한 사람들 중 가장 모범적인 예에 해당하기 때문이다. 우리는 또한 알퐁스 도데의 작품을 통해서 프로방스 개체들의 초상화에 대한 진정한 화랑을 세워 보았다. 그는 자신이 듣거나 보았던 이야기들과 사건들을 재구성하면서 가공적인 개체들과 동시에 현실적인 개체들을 우리에게 제시했다. 그래서 그의 텍스트는 자신의 주변에서 일어난 사건들을 그가 어떻게 이용했는가를 보여 주고 있다. 고유한 성격을 지니고 있는 다양한 등장인물들 사이에는 사실상 어떤 상이성이 존재하며, 우리는 그 상이성에도 불구하고 그 인물들을 연결해 주는 공통점을 파악할 수 있다. 그것은 바로 그가 우리의 관심을 끌고자 했던 불행한 사람들과 낙오된 사람들에 대한 연민과 동정이었다.

우리는 알퐁스 도데의 작품이 지니고 있는 프로방스적인 성격을 통하여 작가의 삶과 문학을 프로방스로부터 결코 분리할 수 없다는 사실을 깨달았다. 이 지역에서의 간헐적인 체류에도 불구하고 알퐁스 도데는 자신이 알고 있는 한도 내에서의 모든 인물들, 그리고 프로방스의 시와 관대함을 놀랍도록 구현하는 모든 인물들을 작품 속에서 불멸화시켰다. 우리의 작가가 강조하고 있는 프로방스는 지나치게 차갑고 문명화된 도시적인 프로방스가 아닌, 빛과 태양으로 눈부신 건강하고 눈부신 농부의 프로방스였다. 결국 프로방스적인 알퐁스 도데의 작품들은 프로방스를 사랑하던 젊은 작가에 의해 태양과 매미의 울음이 뒤섞인 상상력 속에서 창작되었다는 사실을 깨달을 수 있다.

　오늘날 퐁비에유에는 알퐁스 도데의 풍차간을 방문하려는 수많은 관광객들로 붐비고 있다. 그리고 푸른 언덕 위에 세워진 풍차의 실루엣이 그림엽서를 통해 널리 퍼져 가고, 풍차를 모형으로 제작된 미니어처와 페르낭델이 자신의 목소리를 실어 알퐁스 도데의 이야기를 낭독한 디스크들이 날개 돋친 듯 팔려 나가고 있다. 알퐁스 도데가 죽은 지 1백여 년 이상이 지났음에도 그에 대한 열기는 이처럼 식을 줄 모른다.

이종민

프랑스 툴루즈 제2대학에서 프로방스 지역 문화에 관한 연구로 석
사·박사학위 취득, 현재 서경대에서 강의중.
주요 논문: 〈Un certain regard sur les aspects de la France du XIXe
siècle dans les textes porven aux d'A. Daudet〉(박사학위 논문),
〈Lamartine, Le Dieu et la Nature〉(석사학위 논문),
〈알퐁스 도데의 작품에 나타난 등장인물들에 관한 고찰 —— Lettres
de mon moulin을 중심으로〉(《세계사상》 제4호, 1998),
《Les images du soleil dans Numa Roumestan》(2000-2001, 제2호)
주요 역서: 《창부》(알랭 코르뱅, 1995) 《성애의 사회사》(자크 솔레,
1996) 《죽음의 역사》(필리프 아리에스, 1997)·《모더니티 입문》(앙리
르페브르, 1998) 《문학과 정치 사상》(폴 프티티에, 2002)

문예신서
274

알퐁스 도데의 문학과 프로방스 문화

초판발행 : 2004년 5월 25일

지은이 : 이종민
총편집 : 韓仁淑
펴낸곳 : 東文選
제10-64호, 78. 12. 16 등록
110-300 서울 종로구 관훈동 74
전화 : 737-2795

편집설계 : 朴 月

ISBN 89-8038-027-5 93800
ISBN 89-8038-000-3 (세트/문예신서)

【東文選 現代新書】

1 21세기를 위한 새로운 엘리트	FORESEEN 연구소 / 김경현	7,000원
2 의지, 의무, 자유 ─ 주제별 논술	L. 밀러 / 이대희	6,000원
3 사유의 패배	A. 핑켈크로트 / 주태환	7,000원
4 문학이론	J. 컬러 / 이은경 · 임옥희	7,000원
5 불교란 무엇인가	D. 키언 / 고길환	6,000원
6 유대교란 무엇인가	N. 솔로몬 / 최창모	6,000원
7 20세기 프랑스철학	E. 매슈스 / 김종갑	8,000원
8 강의에 대한 강의	P. 부르디외 / 현택수	6,000원
9 텔레비전에 대하여	P. 부르디외 / 현택수	7,000원
10 고고학이란 무엇인가	P. 반 / 박범수	8,000원
11 우리는 무엇을 아는가	T. 나겔 / 오영미	5,000원
12 에쁘롱 ─ 니체의 문체들	J. 데리다 / 김다은	7,000원
13 히스테리 사례분석	S. 프로이트 / 태혜숙	7,000원
14 사랑의 지혜	A. 핑켈크로트 / 권유현	6,000원
15 일반미학	R. 카이유와 / 이경자	6,000원
16 본다는 것의 의미	J. 버거 / 박범수	10,000원
17 일본영화사	M. 테시에 / 최은미	7,000원
18 청소년을 위한 철학교실	A. 자카르 / 장혜영	7,000원
19 미술사학 입문	M. 포인턴 / 박범수	8,000원
20 클래식	M. 비어드 · J. 헨더슨 / 박범수	6,000원
21 정치란 무엇인가	K. 미노그 / 이정철	6,000원
22 이미지의 폭력	O. 몽쟁 / 이은민	8,000원
23 청소년을 위한 경제학교실	J. C. 드루엥 / 조은미	6,000원
24 순진함의 유혹 〔메디시스賞 수상작〕	P. 브뤼크네르 / 김웅권	9,000원
25 청소년을 위한 이야기 경제학	A. 푸르상 / 이은민	8,000원
26 부르디외 사회학 입문	P. 보네위츠 / 문경자	7,000원
27 돈은 하늘에서 떨어지지 않는다	K. 아른트 / 유영미	6,000원
28 상상력의 세계사	R. 보이아 / 김웅권	9,000원
29 지식을 교환하는 새로운 기술	A. 벵토릴라 外 / 김혜경	6,000원
30 니체 읽기	R. 비어즈워스 / 김웅권	6,000원
31 노동, 교환, 기술 ─ 주제별 논술	B. 데코사 / 신은영	6,000원
32 미국만들기	R. 로티 / 임옥희	10,000원
33 연극의 이해	A. 쿠프리 / 장혜영	8,000원
34 라틴문학의 이해	J. 가야르 / 김교신	8,000원
35 여성적 가치의 선택	FORESEEN연구소 / 문신원	7,000원
36 동양과 서양 사이	L. 이리가라이 / 이은민	7,000원
37 영화와 문학	R. 리처드슨 / 이형식	8,000원
38 분류하기의 유혹 ─ 생각하기와 조직하기	G. 비뇨 / 임기대	7,000원
39 사실주의 문학의 이해	G. 라루 / 조성애	8,000원
40 윤리학 ─ 악에 대한 의식에 관하여	A. 바디우 / 이종영	7,000원
41 흙과 재 〔소설〕	A. 라히미 / 김주경	6,000원

73 시간, 욕망, 그리고 공포	A. 코르뱅 / 변기찬	18,000원
74 本國劍	金光錫	40,000원
75 노트와 반노트	E. 이오네스코 / 박형섭	20,000원
76 朝鮮美術史研究	尹喜淳	7,000원
77 拳法要訣	金光錫	30,000원
78 艸衣選集	艸衣意恂 / 林鍾旭	20,000원
79 漢語音韻學講義	董少文 / 林東錫	10,000원
80 이오네스코 연극미학	C. 위베르 / 박형섭	9,000원
81 중국문자훈고학사전	全廣鎭 편역	23,000원
82 상말속담사전	宋在璇	10,000원
83 書法論叢	沈尹默 / 郭魯鳳	16,000원
84 침실의 문화사	P. 디비 / 편집부	9,000원
85 禮의 精神	柳 肅 / 洪 熹	20,000원
86 조선공예개관	沈雨晟 편역	30,000원
87 性愛의 社會史	J. 솔레 / 李宗旼	18,000원
88 러시아미술사	A. I. 조토프 / 이건수	22,000원
89 中國書藝論文選	郭魯鳳 選譯	25,000원
90 朝鮮美術史	關野貞 / 沈雨晟	30,000원
91 美術版 탄트라	P. 로슨 / 편집부	8,000원
92 군달리니	A. 무케르지 / 편집부	9,000원
93 카마수트라	바짜야나 / 鄭泰爀	18,000원
94 중국언어학총론	J. 노먼 / 全廣鎭	28,000원
95 運氣學說	任應秋 / 李宰碩	15,000원
96 동물속담사전	宋在璇	20,000원
97 자본주의의 아비투스	P. 부르디외 / 최종철	10,000원
98 宗教學入門	F. 막스 뮐러 / 金龜山	10,000원
99 변 화	P. 바츨라빅크 外 / 박인철	10,000원
100 우리나라 민속놀이	沈雨晟	15,000원
101 歌訣(중국역대명언경구집)	李宰碩 편역	20,000원
102 아니마와 아니무스	A. 융 / 박해순	8,000원
103 나, 너, 우리	L. 이리가라이 / 박정오	12,000원
104 베케트연극론	M. 푸크레 / 박형섭	8,000원
105 포르노그래피	A. 드워킨 / 유혜련	12,000원
106 셸 링	M. 하이데거 / 최상욱	12,000원
107 프랑수아 비용	宋 勉	18,000원
108 중국서예 80제	郭魯鳳 편역	16,000원
109 性과 미디어	W. B. 키 / 박해순	12,000원
110 中國正史朝鮮列國傳(전2권)	金聲九 편역	120,000원
111 질병의 기원	T. 매큐언 / 서 일·박종연	12,000원
112 과학과 젠더	E. F. 켈러 / 민경숙·이현주	10,000원
113 물질문명·경제·자본주의	F. 브로델 / 이문숙 外	절판
114 이탈리아인 태고의 지혜	G. 비코 / 李源斗	8,000원

■ 테오의 여행 (전5권)	C. 클레망 / 양영란	각권 6,000원
■ 한글 설원 (상 · 중 · 하)	임동석 옮김	각권 7,000원
■ 한글 안자춘추	임동석 옮김	8,000원
■ 한글 수신기 (상 · 하)	임동석 옮김	각권 8,000원

【이외수 작품집】

■ 겨울나기	창작소설	7,000원
■ 그대에게 던지는 사랑의 그물	에세이	8,000원
■ 그리움도 화석이 된다	시화집	6,000원
■ 꿈꾸는 식물	장편소설	7,000원
■ 내 잠 속에 비 내리는데	에세이	7,000원
■ 들 개	장편소설	7,000원
■ 말더듬이의 겨울수첩	에스프리모음집	7,000원
■ 벽오금학도	장편소설	7,000원
■ 장수하늘소	창작소설	7,000원
■ 칼	장편소설	7,000원
■ 풀꽃 술잔 나비	서정시집	6,000원
■ 황금비늘 (1 · 2)	장편소설	각권 7,000원

【조병화 작품집】

■ 공존의 이유	제11시점	5,000원
■ 그리운 사람이 있다는 것은	제45시집	5,000원
■ 길	애송시모음집	10,000원
■ 개구리의 명상	제40시집	3,000원
■ 그리움	애송시화집	8,000원
■ 꿈	고희기념자선시집	10,000원
■ 따뜻한 슬픔	제49시집	5,000원
■ 버리고 싶은 유산	제1시집	3,000원
■ 사랑의 노숙	애송시집	4,000원
■ 사랑의 여백	애송시화집	5,000원
■ 사랑이 가기 전에	제5시집	4,000원
■ 남은 세월의 이삭	제52시집	6,000원
■ 시와 그림	애장본시화집	30,000원
■ 아내의 방	제44시집	4,000원
■ 잠 잃은 밤에	제39시집	3,400원
■ 패각의 침실	제 3시집	3,000원
■ 하루만의 위안	제 2시집	3,000원

東文選 現代新書 96

근원적 열정

뤼스 이리가라이

박정오 옮김

　뤼스 이리가라이의 《근원적 열정》은 여성이 남성 연인을 향한 열정을 노래하는 독백 형식의 산문시로 이루어져 있다. 이 글에서는 여성이 담화의 주체로 등장하지만, 남성 중심으로 이루어진 현존하는 언어의 상징 체계와 사회 구조 안에서 여성의 열정과 그 표현은 용이하지도 자유로울 수도 없다.

　따라서 이리가라이는 연애 편지 형식을 빌려 와, 그 안에 달콤한 사랑 노래 대신 가부장제 안에서 남녀간의 진정한 결합이 왜 가능할 수 없는지를 역설적으로 보여 주려 애쓴다. 연애 편지 형식의 패러디는 기존의 남녀 관계에 의문을 제기하고 교란시키는 적절한 하나의 전략이 되고 있는 것이다.

　서구의 도덕적 코드가 성경 위에 세워지고, 신학이 확립되면서 여신 숭배와 주술은 주변으로 밀려났다. 이리가라이는 그 뒤 남성신이 홀로 그의 말과 의지대로 우주를 창조하고, 그의 아들에게 자연과 모든 피조물을 통치하게 하는 사고 체계가 형성되면서 여성성은 억압되었다고 지적한다. 또한 그녀는 남성신에서 출발한 부자 관계의 혈통처럼, 신성한 여신에게서 정체성을 발견하고 면면히 이어지는 모녀 관계의 확립이 비로소 동등한 남녀간의 사랑과 결합을 가능케 해준다고 주장한다.

　이리가라이는 정신과 육체의 이분법적인 서구 철학의 분류에서 항상 하위 개념인 몸이나 촉각이 여성적인 것과 연관되어 있다는 점을 인식하고 타자로 밀려난 몸에 일찍부터 주목해 왔다. 따라서 《근원적 열정》은 여성 문화를 확립하는 일환으로 여성의 몸이 부르는 새로운 노래를 찾아나선 여정이자, 여성적 글쓰기의 실천 공간인 것이다.

東文選 文藝新書 186

각색, 연극에서 영화로

앙드레 엘보 / 이선형 옮김

본 저서는 공증된 사실을 출발점으로 삼고 있다. 관객은 어두운 객석에서 무대를 바라보며 낯선 망설임과 대면한다. 무대막과 스크린은 만남과 동시에 분열을 이끌어 낸다. 무대 이미지와 영화 영상은 분명 동일한 딜레마를 제시하지는 않는다. (나쁜) 장르 혹은 (정말 악의적인) 텍스트의 존재를 믿는다면, 물음의 성질은 달라질 것이다. 공연의 방법들은 포착 · 기호 체계 · 전환 · 전이 · 변신이라는 이름의 몸짓으로 말하고, 조우하고, 돌진하고, 위장한다.

과연 이러한 관계의 과정을 통해 각색에 대한 총칭적인 컨셉트를 정의내릴 수 있을까? 각색의 대상들 · 도구들 · 모순들 · 기능들, 그리고 그 메커니즘은 무엇이란 말인가?

기호학적 영감을 받은 방법적인 수단은 문제를 명확하게 표명한다. 이 수단은 실제적인 글읽기를 통해 로런스 올리비에와 파트리스 셰로의 《햄릿》, 베케트가 동의하여 필름에 담은 《고도를 기다리며》, 그 외의 여러 작품에 대한 실제적인 글읽기에서 잘 드러난다.

기호학자인 앙드레 엘보는 현재 브뤼셀 자유대학교 인문대학 교수로 재직중이다. 그는 연극 기호학 센터 소장을 역임하고, 여러 국제공연기호학회에서 활발하게 활동하고 있다. 그의 저서 《공연 기호학》 · 《말과 몸짓》 등은 기호학적 방법론을 바탕으로 한 공연 예술에 관한 연구이다. 그런데 엘보의 연구가 후반으로 들어서면서 오페라 및 퍼포먼스와 같은 전체 공연 예술로 그 지평을 넓혀 가고 있음은 매우 흥미로운 일이다. 공연 예술 전반에 대한 기호학적인 연구를 통해 궁극적으로 영상 예술과의 조우를 꾀하고 있기 때문이다. 본 저서 《각색, 연극에서 영화로》는 바로 이러한 전환점을 잘 보여 주는 하나의 결과물이라고 하겠다.

東文選 文藝新書 127

역사주의

P. 해밀턴
임옥희 옮김

　역사주의란 고대 그리스로부터 현대에 이르기까지 어떤 형태로든 존재해 왔던 비판운동이다. 하지만 역사주의가 정확히 의미하는 것은 무엇인가? 이 명료한 저서에서 폴 해밀턴은 역사·용어·역사주의의 용도를 학습하는 데 본질적인 열쇠를 제공한다.

　해밀턴은 과거와 현재에 있어서 역사주의에 주요한 사상가를 논의한다. 그는 독자들에게 역사주의와 관련된 단어를 직설적이고도 분명하게 제공한다. 역사주의와 신역사주의의 차이가 설명되고 있으며, 페미니즘과 탈식민주의와 같은 당대 논쟁과 그것을 연결시키고 있다.

　《역사주의》는 문학 이론이라는 때로는 당혹스러운 분야에 익숙하지 않은 학생들이 반드시 읽어야 한다. 이 책은 이상적인 입문 지침서이며, 더 많은 학문을 위한 귀중한 기초이다.

　《역사주의》는 독자들에게 필요한 지식과 배경과 이 분야의 연구에 적용할 수 있는 어휘를 제공함으로써 이 분야에 반드시 필요한 입문서이다. 폴 해밀턴은 촘촘하고 포괄적으로 다음을 안내하고 있다.

· 역사주의의 이론과 토대를 설명한다.
· 용어와 그것의 용도의 내력을 제시한다.
· 독자들에게 고대 그리스로부터 현대에 이르기까지 이 분야에서 핵심적인 사상가들을 소개한다.
· 당대 논쟁 가운데서 역사주의를 고려하면서도 페미니즘과 탈식민주의 같은 다른 비판 양식과 이 분야의 관련성을 다루고 있다.
· 더 읽을거리를 제공하는 참고문헌을 포함하고 있다.

東文選 文藝新書 137

구조주의의 역사(전4권)

프랑수아 도스

김웅권 · 이봉지 外 옮김

80년대 중반 이래 포스트모더니즘의 유행이 불어닥치면서 한국의 지성계는 포스트모더니즘의 이론적 기반을 제공한 포스트 구조주의라는 용어를 '후기 구조주의'와 '탈구조주의'의 둘로 번역해 왔다. 전자는 구조주의와의 연속성을 강조한 것이고, 후자는 그것과의 단절을 강조한 것이다. 그런데 파리 10대학 교수인 저자는《구조주의의 역사》라는 1천여 쪽에 이르는 저작을 통하여 구조주의의 제1세대라고 할 수 있는 레비 스트로스 · 로만 야콥슨 · 롤랑 바르트 · 그레마스 · 자크 라캉 등과, 제2세대라 할 수 있는 루이 알튀세 · 미셸 푸코 · 자크 데리다 등의 작업이 결코 단절된 것이 아니며, 유기적인 연관을 맺고 있다는 것을 밝힘으로써 이에 대한 하나의 해답을 제시하고 있다.

그는 지난 반세기 동안 프랑스 지성계를 지배하였던 구조주의의 운명, 즉 기원에서 쇠퇴에 이르는 과정에 대한 전체적인 조망을 통해 우리가 흔히 구조주의와 후기 구조주의라고 구분하여 부르는 이 두 사조가 모두 인간 및 사회 · 정치 · 문학, 그리고 역사에 관한 고전적인 개념의 근저를 천착하여 우리로 하여금 그것들의 정당성을 의문시하게 만드는 탈신비화의 과정에 참여하였다는 것을 밝혔으며, 이런 공통점들에 의거하여 이들 두 사조를 하나의 동일한 사조로 파악하였다.

또한 도스 교수는 민족학 · 인류학 · 사회학 · 정치학 · 역사학 · 기호학, 그리고 철학과 문학에 이르기까지 프랑스에서 흔히 인간과학이라 부르는 학문의 모든 분야에 걸쳐 이룩된 구조주의적 연구의 성과를 치우침 없이 균형 있게 다룸으로써 구조주의의 일반적인 구도를 제시한다. 뿐만 아니라 구조주의의 몇몇 기념비적인 저작에 대한 심층적인 분석을 통하여 주체의 개념을 비롯한 몇몇 근대 서양 철학의 기본 개념의 쇠퇴와 그 부활 과정을 보여 줌으로써 옛 개념들이 수정되고 재창조되며, 또한 새로운 개념으로 다시 태어나는 과정을 파노라마처럼 그려낸다.

東文選 文藝新書 153

시적 언어의 혁명

줄리아 크리스테바

김인환 옮김

　미셸 푸코는 《말과 사물》에서 19세기 이후 문학은 언어를 자기 존재 안에서 조명하기 시작하였고, 그런 맥락에서 횔덜린·말라르메·로트레아몽·아르토 등은 시를 자율적 존재로 확립하면서 일종의 '반담론'을 형성하였다고 지적한다. 그러한 작가들의 시적 언어는 통상적인 언어 표상이나 기호화의 기능을 초월하기 때문에 다각적이고 종합적인 연구를 필요로 한다. 본서는 바로 그러한 연구를 구체적으로 보여 주는 시도이다.

　20세기 후반의 인문과학 분야를 대표하는 저작 중의 하나로 꼽히는 《시적 언어의 혁명》은 크게 시적 언어에 대한 일반적인 특징을 종합한 제1부, 말라르메와 로트레아몽의 텍스트를 분석한 제2부, 그리고 그 두 시인의 작품을 국가·사회·가족과의 관계를 토대로 연구한 제3부로 구성된다. 이번에 번역 소개된 부분은 이론적인 연구가 망라된 제1부이다. 제1부 〈이론적 전제〉에서 저자는 형상학·해석학·정신분석학·인류학·언어학·기호학 등 현대의 주요 학문 분야의 성과를 수렴하면서 폭넓은 지식과 통찰력을 바탕으로 시적 언어의 특성을 다각적으로 조명 분석하고 있다.

　크리스테바는 텍스트의 언어를 쌩볼릭과 세미오틱 두 가지 층위로 구분하고, 쌩볼릭은 일상적인 구성 언어로, 세미오틱은 원초적이고 본능적인 언어라고 규정한다. 그리하여 시적 언어로 된 텍스트의 최종적인 의미는 그 두 가지 언어 층위의 상호 작용에 의해서 결정된다고 본다. 그리고 시적 언어는 표면적으로 보기에 사회적 격동과 관계가 별로 없어 보이지만, 실상은 사회와 시대 위에 군림하는 논리와 이데올로기를 파괴하는 힘이 있다는 것을 말라르메와 로트레아몽의 《말도로르의 노래》에 대한 연구를 통하여 증명한다.

東文選 文藝新書 211

토탈 스크린

장 보드리야르
배영달 옮김

　우리 사회의 현상들을 날카로운 혜안으로 분석하는 보드리야르의 《토탈 스크린》은 최근 자신의 고유한 분석 대상이 된 가상(현실)·정보·테크놀러지·텔레비전에서 정치적 문제·폭력·테러리즘·인간 복제에 이르기까지 현대성의 다양한 특성들을 보여준다. 특히 이 책에서 보드리야르는 오늘날 우리를 매혹하는 형태들인 폭력·테러리즘·정보 바이러스와 관련하여 기호와 이미지의 불가피한 흐름, 과도한 커뮤니케이션, 프로그래밍화된 정보를 분석한다. 왜냐하면 현대의 미디어·커뮤니케이션·정보는 이미지의 독성에 의해 증식되며, 바이러스성의 힘을 지니기 때문이다.

　보드리야르는 현대성은 이미지의 독성과 더불어 폭력을 산출해 낸다고 말한다. 이러한 폭력은 정열과 본능에서보다는 스크린에서 생겨난다는 의미에서 가장된 폭력이다. 그리고 그것은 스크린과 미디어 속에 잠재해 있다. 사실 우리는 미디어의 폭력, 가상의 폭력에 저항할 수가 없다. 스크린·미디어·가상(현실)은 폭력의 형태로 도처에서 우리를 위협한다. 그러나 우리는 스크린 속으로, 가상의 이미지 속으로 들어간다. 우리는 기계의 가상 현실에 갇힌 인간이 된다. 이제 우리를 생각하는 것은 가상의 기계이다. 따라서 그는 "정보의 출현과 더불어 역사의 전개가 끝났고, 인공지능의 출현과 동시에 사유가 끝났다"고 말한다. 아마 그의 이러한 사유는 사유의 바른길과 옆길을 통해 새로운 사유의 길을 늘 모색하는 데서 비롯된 것일 터이다. 현대성에 대한 탁월한 통찰력을 보여 주는 보드리야르의 이 책은 우리에게 우리 사회의 현상들을 비판적으로 읽게 해줄 것이다.

東文選 現代新書 74

시 학 — 문학 형식 일반론 입문

다비드 퐁텐

이용주 옮김

　이론 교과로서 시학은 모든 예술 사이에, 아름다움에 대한 학문으로 정의된 미학과 다양한 현존 언어들 사이에, 인간 언어에 대한 과학적 연구로 이해되는 언어학의 중간에 위치한다. 시학은 언어로 된 메시지의 미학적 측면, 즉 순간적인 다량의 의사 소통에서 전달된 정보 이후에 바로 사라지지 않고 수신자에게 메시지를 감지하게 만드는 것에 중점을 둔다.

　2천5백 년 전 아리스토텔레스가 기초를 마련한 시학은 현대에 와서 문학의 특성, 즉 '문학성'에 대한 폭넓은 연구로 바뀌었다. 평가하고 해석하는 비평과 달리 시학은 언어 예술, 언어의 내적 규칙, 언어 기법, 언어 형식을 객관적으로 기술하고자 한다. 이 연구서는 먼저 역사적인 흐름에 따라 요약하고, 서술학, 픽션의 세계, 시적 언어, 의미화 과정, 문학 장르의 까다롭고 아주 흥미로운 문제까지 포함한 근대 문학 이론의 다양한 영역을 통해 심오하고 점진적인 과정을 제시한다.

　저자 다비드 퐁텐 교수는 고등사범학교를 졸업하였으며, 철학 교수 자격 소지자이다.

東文選 文藝新書 196

상상의 박물관

앙드레 말로
김웅권 옮김

 앙드레 말로의 예술 평론서들에 대한 평가는 찬반이 엇갈리는 측면이 있지만, 웬만한 미학 관련 서적이라면 그를 인용하지 않는 경우가 드물다는 사실이 그의 독창적인 업적을 웅변적으로 말해 준다.

 19세기에 어떤 사람들은 예술에 대한 고찰을 시도했고, 그 고찰은 우리에게 무언가를 계시해 주고 의미를 함축한다. 우리는 그들이 우리와 마찬가지로 동일한 작품들에 대해 말하고 있고, 그들이 이용한 참고 자료는 우리가 이용하는 참고 자료와 같다고 생각한다. 그런데 그들은 1900년까지 무엇을 보았던가? 그들이 본 것은 두세 곳의 박물관과 유럽이 남긴 걸작들 가운데 빈약한 양의 사진이나 판화 또는 복제품이었다. (…) 오늘날 대학생은 대부분 컬러 사진 복제품인 훌륭한 작품들을 가질 수 있다. 그는 또 사진 복제품을 통해 이류의 많은 그림들, 오래된 고대의 예술들, 먼 옛날 콜럼버스 발견 이전의 인도와 중국의 조각 작품들, 일부 비잔틴 미술품, 로마의 벽화들, 원시적이고 대중적인 예술들을 만날 수 있다. (…) 우리는 우리의 불확실한 기억을 보완하기 위해, 가장 큰 박물관이 소장할 수 있는 것보다 더 많은 의미 있는 작품들을 간직하고 있다.

 왜냐하면 상상의 박물관이 열렸기 때문이다. 이 상상의 박물관은 실제 박물관들이 불가피하게 강제한 불완전한 대면 비교를 궁극적 한계에 부딪치게 만든다. 그것은 조형 미술이 실제 박물관들의 부름에 부응하면서, 그 나름의 인쇄술을 발견함으로써 가능했던 것이다.

 독자는 말로가 전개하는 사색의 바다를 유영하면서, 시대적으로 기술되는 미술사 책에서는 전혀 맛볼 수 없는 새롭고 경이로운 예술의 섬에 도착할 것이다.

東文選 文藝新書 191

그라마톨로지에 대하여

자크 데리다

김웅권 옮김

“언어들은 말하기 위해 만들어지고, 문자 언어는 음성 언어에 대리 보충의 역할만을 한다……. 문자 언어는 음성 언어의 대리 표상에 불과하다. 사람들이 대상보다 이미지를 규정하는 데 더 많은 주의를 기울이는 것은 기이한 일이다.” ― 루소

따라서 본서는 기이함을 드러낼 수밖에 없는 책이다. 그러나 그 이유는 문자 언어에 모든 주의를 기울임으로써, 이 책이 문자 언어로 하여금 근본적인 재평가를 받게 하기 때문이다. 그런 만큼 총칭적 ‘논리 자체’로 자처하는 것의 가능성을 사유하기 위해 그것(그러한 논리로 자처하는 것)을 넘어서는 일이 중요할 때, 열려진 길들은 필연적으로 상궤를 벗어난다. 이 논리는 다름 아닌 상식의 분명함에서, ‘표상’이나 ‘이미지’의 범주들에서, 안과 밖, 플러스와 마이너스, 본질과 외관, 최초의 것과 파생된 것의 대립에서 안정적 입장을 취하면서 음성 언어와 문자 언어의 관계를 규정하게 되어 있는 논리이다.

우리의 문화가 문자 기호에 부여한 의미들을 분석함으로써, 자크 데리다가 또한 입증하는 것은 그것들의 가장 현실적이면서도 때때로 가장 눈에 띄지 않은 파장들이다. 이런 작업은 개념들의 체계적인 ‘전치’를 통해서만 가능하다. 실제, 우리는 “문자란 무엇인가?”라는 질문에 야생적이고 즉각적이며 자연발생적인 어떤 경험에 ‘현상학적’ 방식으로 호소함으로써 대답할 수는 없을 것이다. 문자(에크리튀르)에 대한 서구의 해석은 경험·실천·지식의 모든 영역들을 지배하고, 사람들이 그 지배력으로부터 해방시킬 수 있다고 생각하는 질문――“그것은 무엇인가?”――의 궁극적 형태까지 지배한다. 이러한 해석의 역사는 어떤 특정 편견, 위치가 탐지된 어떤 오류, 우발적인 어떤 한계의 역사가 아니다. 그것은 본서에서 ‘차연’이라는 이름으로 인지되는 운동 속에서 하나의 종결된 필연적 구조를 형성하고 있다.

東文選 文藝新書 162

글쓰기와 차이

자크 데리다

남수인 옮김

　해체론은 데리다식의 '읽기'와 '글쓰기' 형식이다. 데리다는 '해체들'
이라고 복수형으로 쓰기를 더 좋아하면서 해체가 '기획' '방법론' '시스
템'으로, 특히 '철학적 체계'로 이해되는 것을 거부한다. 왜 해체인가?
비평의 관념에는 미리 전제되고 설정된 미학적 혹은 문학적 가치 평가에
의거한 비판이라는 부정적인 이미지, 부정성이 필연적으로 내포되어 있
는 바, 이러한 부정적인 기반을 넘어서는 讀法을 도입하기 위해서이다.
이 독법, 그것이 해체이다. 해체는 파괴가 아니다. 비하시키고 부정하고
넘어서는 것, '비평의 비평'을 하는 것이 아니다. 해체는 "다른 시발점,
요컨대 판단의 계보·의지·의식 또는 활동, 이원적 구조 등에서 출발하
여 다른 가능성을 생각해 보는 것," 사유의 공간에 변형을 줌으로써 긍정
이 드러나게 하는 읽기라고 데리다는 설명한다.
　《글쓰기와 차이》는 이러한 해체적 읽기의 전형을 보여 준다. 이 책은
1959-1966년 사이에 다양한 분야, 요컨대 문학 비평·철학·정신분
석·인류학·문학을 대상으로 씌어진 에세이들을 수록하고 있다. 이 책
은 루세의 구조주의에 대한 '비평'에서 시작하여, 루세가 탁월하지만 전
제된 '도식'에 의한 읽기에 의해 자기 모순이 포함될 수밖에 없음을 지
적함으로써 자신의 읽기가 체계적 읽기, 전제에 의거한 읽기, 전형(문법)
을 찾는 구조주의적 읽기와 다름을 시사한다. 그것은 "텍스트의 표식, 흔
적 또는 미결정 특성과, 텍스트의 여백·한계 또는 체제, 그리고 텍스트
의 자체 한계선 결정이나 자체 경계선 결정과의 연관에서 텍스트를 텍스
트로 읽는" 독법이 될 것이다. 이러한 독법을 통해 후설의 현상학을 바탕
으로, 데리다는 어떻게 로고스 중심주의가 텍스트의 방향을 유도하고 결
정하고 있는지 보여 주는 한편, 사유의 새로운 지평을 열어 보고자, 중요
하지 않은 것으로 간주되어 경시되거나 방치된 문제들을 발견하고 있다.

東文選 文藝新書 239

미학이란 무엇인가

마르크 지므네즈

김웅권 옮김

　미학이 다시 한 번 시사성 있는 철학적 주제가 되고 있다. 예술의 선언된 종말과 싸우도록 압박을 받고 있는 우리 시대는 이 학문의 대상이 분명하다고 간주한다. 그런데 미학은 상대적으로 최근에 태어난 것이다. 왜냐하면 예술에 대한 성찰이 합리성의 역사와 나란히 한 역사이기 때문이다. 마르크 지므네즈는 여기서 이 역사의 전개 과정을 재추적하고 있다.

　미학이 자율화되고 학문으로서 자격을 획득하는 때는 의미와 진리에의 접근으로서 미의 문제가 초미의 관심사가 되는 계몽주의의 세기이다. 그리하여 다양한 길들이 열린다. 미의 과학은 칸트의 판단력도 아니고, 헤겔이 전통과 근대성 사이에서 상상한 예술철학도 아닌 것이다. 이로부터 20세기에 이루어진 대(大)변화들이 비롯된다. 니체가 시작한 철학의 미학적 전환, 미학의 정치적 전환(특히 루카치 · 하이데거 · 벤야민 · 아도르노), 미학의 문화적 전환(굿맨 · 당토 등)이 그런 변화들이다.

　예술이 철학에 여전히 본질적 문제인 상황에서 과거로부터 오늘날까지 미학에 대해 이 저서만큼 정확하고 유용한 파노라마를 제시한 경우는 드물다.

　마르크 지므네즈는 파리I대학 교수로서 조형 예술 및 예술학부에서 미학을 강의하고 있다. 박사과정 책임교수이자 미학연구센터 소장이다.

東文選 文藝新書 242

문학은 무슨
생각을 하는가?

피에르 마슈레

서민원 옮김

　문학과 철학은 어쩔 도리 없이 '엉켜' 있다. 적어도 역사가 그
들 사이를 공식적으로 갈라 놓기 전까지는 말이다. 이 순간은 18
세기 말엽이었고, 이때부터 '문학'이라는 용어는 그 현대적인 의
미에서 사용되기 시작하였다.

　문학이 독자들에게 제공하는 즐거움과는 우선 분리시켜 생각
하더라도 과연 문학은 철학적 가르침과는 전연 상관이 없는 것일
까? 사드 · 스탈 부인 · 조르주 상드 · 위고 · 플로베르 · 바타유 ·
러셀 · 셀린 · 크노와 같은 작가들의, 문학 장르와 시대를 가로지
르는 작품 분석을 통해 이 책은 위의 질문에 긍정적인 대답을 하
고 있다. 왜냐하면 문학은 그 기능상 단순히 미학적인 내기에만
부응하지 않는 명상적인 기능, 즉 진정한 사유의 기재이기 때문
이다. 이미 널리 인정되고 있는 과학철학 사상과 나란한 위치에
이제는 그 문체로 진실의 효과를 창출하고 있는 문학철학 사상을
가져다 놓아야 할 때이다.

　피에르 마슈레는 팡테옹-소르본 파리 1대학의 부교수이다. 주
요 저서로는 《문학 생산 이론을 위하여》(마스페로, 1966), 《헤겔
또는 스피노자》(마스페로, 1979), 《오귀스트 콩트. 철학과 제 과
학들》(PUF, 1989) 등이 있다.

東文選 文藝新書 243

행복해지기 위해
무엇을 배워야 하는가

알랭 우지오 [외]
김교신 옮김

아니, 행복해지는 법을 배울 수 있기라도 한 것일까? 행복하지 않다면 그 인생은 실패한 인생이란 말인가? 그리고 실패한 인생은 불행한 인생이고, 이는 아니 삶만 못한 것일까? ……현대인들은 과거의 그 어떤 조상들이 누렸던 것보다도 더한 풍족함 속에서도 끊임없이 '행복에 대한 강박증'에 시달린다. 행복은 이제 의무이자 종교이다. "행복하라, 그렇지 않으면……"

프랑스 개혁교회 목사인 알랭 우지오의 기획아래 오늘날 프랑스에서 가장 영향력 있는 22명의 각계의 유명인사들이 모여 "행복해지는 법'에 대한 지혜를 짜 모았다.

■ 실패로부터 이익을 끌어낼 수 있을까?
■ 고통은 의미가 있을까?
■ 행복해지는 법을 배울 수 있을까?
■ 신앙은 삶에 도움을 줄 수 있을까?
■ 자신의 감정을 두려워해야 할까?
■ 더 이상 희망이 없을 땐 어떻게 살아야 할까?
■ 타인을 받아들이는 법을 배울 수 있을까?
■ 자기 자신을 사랑하는 법을 배울 수 있을까?

마지막으로 알랭 우지오는 행복해지기 위한 세 가지 기술을 제시한다. 먼저 신뢰 속에 살아 있다는 느낌, 그 다음엔 태평함과 거침없음, 그리고 마지막으로 삶에 대한 단순한 사랑으로 '거저' 사는 기쁨. 하지만 이 세가지 중에서 가장 중요한 것은 변명도 이유도 없는 것에 대한 사랑, 삶에 대한 사랑이다.

東文選 文藝新書 244

영화와 회화
— 탈배치

파스칼 보니체
홍지화 옮김

　우리는 영화와 회화 사이의 덜 분명하지만 보다 확실하고 보다 비밀스러운 관계를 조명하고자 한다. 영화는 예술적인 문제들과 만나게 되거나, 회화가 다르게 다루었던 효과들을 나름의 목적에 이용할 것이다. 회화의 고정성과 영화 이미지의 유동성으로 인해 영화와 회화가 반드시 단절되는 것은 아니다. 왜냐하면 영화는 나름대로 고정된 이미지와 연관되고, 회화도 움직임과 연관되기 때문이다.

　영화와 회화에 바쳐진 이 텍스트 모음집에서 파스칼 보니체는 현대 예술의 변모——마네부터 포토리얼리즘에 이르기까지——를 통해 회화에 대한 영화·카메라·스크린·움직임의 영향을 분석한다. 또한 회화의 쪽 단위로 조판하는 정판의, 정태적인 프레임의, 게다가 현대 회화의 폭력적인 제스처의 몇몇 영화인들에 대한 상호 영향을 분석한다. 두 가지 전제들이 이 책에서 시험된다. 이를테면 회화가 극예술에도 속한다는 것, 그리고 영화는 몇몇 경우에 산업이 그에게 부과하는 서술적 운명을 피하려 한다는 것이다. 두번째의 경우는 고다르 혹은 안토니오니가 증명하는 것처럼 현대 회화의 모델에 따라 추상적인 서정주의에 도달하기 위한 것이다.

東文選 文藝新書 2002

상처받은 아이들

니콜 파브르

김주경 옮김

우리가 유년기를 아무리 구름 한 점 없는 행복한 시기로 꿈꾼다고 해도, 그 시기가 우리의 바람처럼 언제나 낙원인 것은 아니다. 유년기 속에는 여러 가지 함정, 크고 작은 시련들이 숨겨져 있다. 아이는 이러한 것들 덕분에 자신을 튼튼히 세워 가기도 하고, 또한 이러한 것들 때문에 상처를 입을 위험도 있다.

가정과 학교에서 어른들은 때때로 아이들에게 아픔을 주기도 하고, 그들의 고통스러운 외침에 귀를 닫기도 한다. 또 곁에 없는 부모로 인해 상처를 입은 아이가 생기는 것은, 아이에게 그 부모의 빈자리를 제대로 설명하지 못했기 때문이다. 뿐만 아니라 어떤 사실에 대해 아이에게 전혀 말을 하지 않고 비밀을 만드는 것은 아이를 무력하게 만들며, 삶의 의욕마저 앗아 갈 수 있다. 아이의 허약한 육체나 질병도 삶에서 심리학적인 문제를 가져올 수 있다. 유년기에는 이처럼 찔리고 터지고 깨지고 찢어진 온갖 상처들이 존재할 수 있다. 그런데도 흔히 우리는 아이가 표현할 수 없는, 혹은 표현할 줄 모르는 고통 같은 것은 옆으로 제쳐 놓기 십상이다.

담임 선생님을 싫어하는 파비앙, 어머니의 비극적인 죽음을 가슴에 묻어두었던 상드라, 침묵에 짓눌린 프랑크, 뱃속에서부터 이미 손상되었던 세브랭의 경우 등을 통해서 정신분석가 니콜 파브르는 상처가 밖으로 표현됨으로써 아물어 가는 것을 보여 주고 있다. 그녀는 치료 과정에서 심리요법이 하는 역할과 아이가 정신분석가에게서 구할 수 있는 도움을 놀랍도록 섬세하게 설명해 주고 있다. 시련이란 일단 극복되고 나면 균형잡히게 자라도록 받쳐 주는 개성을 이루는 하나의 흔적이 될 수 있기 때문이다.

나비가 되어 날아간 한 남자의 치열하고도 아름다운 생의 마지막 노래. 세상에서 가장 아름답고도 애절한 이야기가 비틀스의 노래와 함께 펼쳐진다.

잠수복과 나비

장 도미니크 보비 / 양영란 옮김

장 도미니크 보비. 프랑스《엘르》지 편집장. 저명한 저널리스트이며 두 아이를 둔 자상한 아버지. 멋진 말을 골라 쓰는 유머러스한 남자. 앞서가는 정신의 소유자로서 누구보다도 자유를 구가하던 그는 1995년 12월 8일 금요일 오후 갑작스런 뇌졸중으로 쓰러졌다. 3주 후 의식을 회복했으나, 그가 움직일 수 있는 것은 오직 왼쪽 눈꺼풀뿐. 그로부터 그의 또 다른 인생, 비록 15개월 남짓에 불과한 '새로운' 인생이 시작되었다.

유일한 의사 소통 수단인 왼쪽 눈꺼풀을 20만 번 이상 깜박거려 15개월 만에 완성한 책《잠수복과 나비》. 마지막 생명력을 쏟아부어 쓴 이 책은, 길지 않은 그의 삶에서 일어났던 일화들을 진솔하게 묘사하고 있다.

그러나 그의 이야기는 유머와 풍자로 가득 차 있다. 슬프지만 측은하지 않으며, 억지로 눈물과 동정을 유도할 만큼 감상적이지도 않다. 오히려 멋진 문장들로 읽는 이를 즐겁게 해준다. 그리하여 살아남은 자들에게 희망과 용기를 주며, 삶의 그 모든 것들이 얼마나 소중한가를 새삼 일깨워 준다. 아무튼 독자들은 이제껏 경험해 보지 못한 진한 감동과 형언할 수 없는 경건함을 맛보게 될 것이다.

《잠수복과 나비》는 출간되자마자 프랑스 출판사상 그 유례가 없는 엄청난 베스트셀러가 되었으며, 보비는 자기만의 필법으로 쓴 자신의 책을 그의 소중한 한쪽 눈으로 확인한 사흘 후 옥죄던 잠수복을 벗어던지고 나비가 되어 날아갔다. 자유로운 그만의 세계로……

국영 프랑스 TV는 그의 치열하고도 아름다운 마지막 삶을 다큐멘터리로 2회에 걸쳐 방영하였으며, 프랑스 전국민들은 이 젊은 지식인의 죽음 앞에 최대한의 존경과 애도를 보냈다.

이젠 다시
유혹하지 않으련다

피에르 쌍소

서민원 옮김

섬세하고 정교한 글쓰기로 표현된, 온화하지만 쓴맛이 있는 이 글의 저자는 대체 누구를 더 이상 유혹하지 않겠다고 선언하는가? 여성들, 신, 삶, 아니면 그 자신인가?

여자를 유혹하는 남자들이 점점 사라져 가고 있다. 느림의 철학자 피에르 쌍소는 유혹자로서의 자신의 경험을 소설 같은 에세이로 만들어 그 궤적을 밟는다. 물론 또 다른 조류에 몸을 맡기기 전까지 말이다. 그것은 정겨움과 관대함으로 타인을 바라보는 신비의 조류이다. 이 책은 여성과 삶을 사랑하는 작가의 매우 유려한 필치로 쓰여진, 입가에 미소가 맴돌게 하면서도 무언가 생각하게 하는 책이다. 결국 우리로 하여금 보다 잘 성찰하고, 보다 잘 느끼며 더욱 사랑하라고 속삭인다.

"40년 전에는 한 여성이 유혹에 진다는 것은 정숙함과 자신의 평판을 포기한다는 것을 의미했습니다. 오늘날의 여성은 그럴 필요를 느끼지 않으니 자신을 온전히 내주지도 않지요. 유혹이 너무 일반화되어 그 비극적인 면을 잃고 말았어요. 반대로 누군가의 마음을 사로잡는다는 것, 서로 같은 조건에서 그에게 주의를 기울인다는 것은 유혹이나 매력 같은 것보다 한 단계 위의 가치입니다."

"이 세상의 아름다움과 미소를 함께 나누는 행복을 위해서라도 마음을 사로잡는 일은 누구에게나 하나의 의무라고 봐요. 타인은 시간과 더불어 그 밀도와 신비함을 더해 가고, 그와 나의 관계에서 풍기는 수수께끼는 거의 예술작품에 가까워지지요. 당신의 존재에 겹쳐지지만 투사하지는 않는 것, 그것이 바로 완전한 유혹이 아닐까요."